創意論說文寫作教學

張銘娟・著

自序

　　這一本研究的產出，融合著許多生活中起起伏伏的思緒與教學以來的收穫，首要感謝的是指導教授周慶華所長不辭辛勞的細心指導，總是督促我做更有效率的研究內容；口試委員楊秀宮教授、王萬象教授用心指導並提出寶貴建議，以及在我工作領域上共同奮鬥的夥伴陪伴我共同編織而出。如同三大語文經驗，有你們「知識性」鼎力協助、「規範性」嚴謹督導和「審美性」適性參與，讓我能夠如期的產出論文。

　　研究過程中，德音國小和昌平國小許多夥伴，即使在生活中有著許多繁瑣的事務環伺下，仍不忘適時的加注我研究生活的動力，讓積極與熱情陪伴我一路走下去；在研究產出過程中，給予我心靈上的充實與安定，陪伴我在學習枯竭之際，能夠重拾活力再度思索！更在研究題材中提供寶貴的教學經驗與輔助，感謝你們一路的鼓勵與體諒！最重要的是，親愛的家人們讓我無後顧之憂地進行課程學習和專注研究，更時時鼓勵我努力與堅持，讓我能夠全心投入這一段學習生涯而順利完成！

　　研究主題的起始來自於教學現場。擔任國語文教學教師體認到，寫作教學向來都是語文教育重要的課題，無論是在求學階段或是在研究歷程上，寫作始終扮演著橋樑的角色，溝通寫作者與讀者彼此思維中的理性、知性與感性。但隨著時代觀念的迅速更迭，傳統制式化的寫作必須透過創意的注入，才能真實且深刻的呈現當代的社會風格。而在諸多寫作文體中，論說文因為課題的穩定性導致論理、論據呈現僵化，因此研究中針對論說文既有論說架構進行研究上的突破，採取對象論說、後設論說以及後後設論說的脈絡進行創意論說文論理的演

釋、論據的歸納，以新穎的理論建構來啟發寫作者另一條論說的路徑。期望透過這項研究，協助教學者從事論說文寫作教學時，能使用更有效的教學策略進行教學，並引發寫作者的高度意願，樂於主動創思、論說，帶給論說文寫作教學領域另一番的新氣象。

　　不免俗的，我跟諸多研究生一樣，面對學習年段的結束，都有一種如釋重負的感覺，隱約中，也有一股學習鬥志被激起的潛意識，面對自己熱衷的，可能是興趣也好，也可能是工作上的必備技能，開始意識到浩瀚學海中屬於自己的一道門漸具雛型，曾經飄渺不定，如今彷彿停留在某處，同時驅使自己往前一步的，不再只是那既定的學習課程與教授們的引導推進，而是自己深藏心中的那份感動與欲望，也許學歷的終點在此，但經歷卻是自此而後漸行漸廣，歲月漸長的同時，生命也將更充實、更懂得接納與包容。

目次

圖次

表次

第一章　緒論

第一節　研究動機

　　我從事國小教育已經滿七年，在這七年之間，執著於將國小六年教育課程自一年級到六年級不間斷的教學一遍，從中發現了教育課程的連貫性以及在連貫性中的不連貫與缺失。其中的不連貫在於年段之間銜接的不完整，以及對於課程並無一貫性的研究與產出，常是「各人自掃門前雪」，僅針對每一個班級的弱點進行教學，無法有一個系統性的教學模組。其缺失則在於：

　　　　九年一貫課程，國小階段國語文時數減少，刪除每學期作文八到十篇的最低規定，造成許多學校一學期作文不到五篇，甚至部分教師完全不教作文。

　　　　新課程加入鄉土語文和英語，師資普遍不足，所以地方政府往往將有限的教師研習經費，用來加強這方面的師資研習，嚴重排擠了國語文教學的師資培訓。

　　　　許多教師不知道每週只有五節的國語該怎麼教，更不要說近年來教師的退休潮，新進教師的語文教學經驗相對薄弱，在在都影響了教學品質。

　　　　許多國家的本國語文教學安排九到十四節，是常態；而我們的語文領域包含三種語言，總節數才八節，還不到單一語文的最下限。當國民語文能力繼續惡化低落，不只是教育的危機，而且是國家民族的危機。（國語日報網站，2004）

如此的教學限制下，要能有期待的成效出現，是需要更有效的教學媒材才能輔助而成。然而，教育的成效並非一蹴可幾，是需要時間來驗收，也相當期待在教育部即將推行的 2011 年課綱中，能將目前課程中的缺失作適時的彌補。

自 2008 年教育部國教司訂定自 2011 實施的的課綱中揭示：

【寫作能力】

（一）宜重視學生自身經驗與感受陳述。第一階段寫作訓練，著重學生興趣的培養。第二階段引導學生主動寫作，並與他人分享。第三、四階段培養學生樂於發表的寫作習慣。

（二）宜著重激發學生寫作興趣，喚起內在情感經驗，引導寫作方向。第一階段由口述作文開始引導，第二階段由口述作文轉換成筆述作文，第三、四階段能熟練筆述作文。

（三）宜就主題、材料、結構，配合語言詞彙的累積與應用，逐步認識各類文體，並依難易深淺，全程規畫，序列設計，分類引導，反覆練習。

（四）明瞭並能運用蒐集材料、審題、立意、選材、安排段落、組織成篇、修改等寫作步驟。

（五）指導學生認識，並能配合寫作需要，恰當使用標點符號。

（六）了解本國文法與修辭的特性，並能嘗試欣賞與運用。

（七）配合本國語教材之範文教學，嘗試創作各種不同類型、不同場合、不同風格的文章。

（八）教師可依實際教學，獨立編寫寫作教材，以利學生學習。（教育部，2008）

文中，明訂寫作能力仍為小學三階段性的教學發展重點。第一階段除了最基本的識字寫字教學之外，已經著手接觸閱讀與寫作這兩大

領域的語文技能；第二學習階段中，閱讀課程除了是基本的理解能力之外，還有著另一個重要的角色，那就是透過閱讀來引導寫作，於是有了口述式閱讀、看圖說故事以及引導式閱讀等許多種不同的閱讀式寫作工作坊成果的產出，也著實讓中年級的學童有了初步寫作的概念，對於寫作顯得「不排斥」。但升上了高年級，除了課程的繁複以外，尚須熟練各式文體的作文，其中新增的文體名稱「論說文」明顯讓高年級學童退卻，因為「論說文」建立的基礎太過於邏輯性，致使智力成長發展尚停留在創造性時期的學童無法轉化，進而產生排斥。

　　細觀寫作測驗引導學校寫作培養能力的發展，2001 年到 2005 年國中基本學力測驗並未加考寫作，此時的寫作課程更是載浮載沉，時而不寫、時而應付政策，更是讓學生對此一門課有了忽視的理由。於是教育部在 2006 的國中第一次基本學測重新試辦寫作測驗，並決定在 2007 的基本學力測驗將寫作正式納入成績審核項目，以六級分為評分等第，更需乘以二加總計分。如此可見，在停了五年的寫作評分為何重回基本能力評鑑現場，實在是因為寫作的優劣關係著學習者的文句表達能力、口語能力以及社會組織能力，更是能夠窺見學童心中情感的歸屬與善惡。賴慶雄和楊慧文在《作文新題型》一書的前言中指出：

> 　　作文是很美的心靈活動，它可以創造出和諧動人的音樂美、栩栩如生的形象美、和諧多姿的結構美、情景交融的意境美，是一種文學美的綜合表現。文學透過形象反應生活，繪聲繪色地塑造出描寫對象生動的情貌，特別是藉由肖像描寫、行動描寫、細節描寫、對話描寫、心理描寫，深刻地揭示人物的心靈，頌揚真善美，使學生的情操產生薰陶感染的作用。（賴慶雄、楊慧文，1997）

　　如此，對於親師與學童之間的靜態溝通，勢必能夠有更進一步的了解。因此，寫出一篇完整的文章絕非一朝一夕，而是需要思考、邏輯、組織以及情感的綜合表現。

　　在制式化的寫作教學中，常見是填充式的教材與單一方向的思考模式，對於思考活絡的國小學童來說，無疑是一種思想牢獄。早在 1970年代，先進歐美國家已經重視這個議題並積極發展，臺灣在這幾年雖然已漸漸接納創意的融入，然仍不及創意的發展速度，因此如何融合硬性的寫作教學與柔性的創意思考，是一個相當值得研究的課題。以教師而言，創造思考教學是一種因時制宜、改變制式教學的方式，讓學生在新刺激中，激起創造動機，突破以往傳統教學的限制。（詹斯匡，2008）因此，希冀透過一套系統化的創意論說文教學研究的理論建構，能夠給予現今教學現場上對於論說文教學有著與我相同困擾的教師們，在論說文教學上能有所助益。

第二節　研究目的與研究方法

　　自國語文教育課程的研發、擬定、規畫、編輯、實施與評鑑來看，多數能夠以客觀的分數定高低，但寫作這一分科卻是主觀的分數，因為它所需被評斷的不單只是字面上的對與錯，還包括其中的知識經驗、規範經驗與審美經驗，當然最大的主觀還是評定者本身的價值觀。但我們卻不能為了迎合評鑑者而僅在葫蘆中作文字遊戲，而是該在合於人性觀點中，將自己生活經驗，以有如工廠式的產出流程，注入自主的創意，將每一個產出的成品都能夠完整展現出自己最佳的情意。唯有如此，每一項的作品才能夠與眾不同，而達到「寫作」真實抒發作者認知、情意、技能三面向兼顧的作用。

　　　傳統的語文教學法是由點到面，它的優點是按部就班，循序漸
　　進，有系統，但最大缺點是不符合學生學習的經驗，不能提高
　　學生的寫作興趣。新的語文教學理論提出語文學習是由面到

點，它的特點是因應兒童學習的實際情況，提高學生的寫作興趣，讓學生在願意學、喜歡學的情境下，提高寫作能力。新全語文寫作是由面到點的，它是一個由上而下和互動的取向，由意義帶動寫作，由整體的語文能訓練開始，然後才集中訓練個別的語文能力。（謝錫金，2000）

於上述中，我們不難發現，透過創意策略作為引路先鋒，以學生自己的生活經驗和感受作為一路上的據點，再鋪陳自己的知識、規範以及審美經驗，實為現在引導學童進行寫作課題的趨勢。如下圖所示：

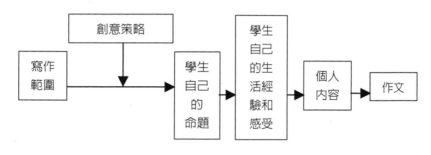

圖 1-2-1　寫作創意策略

（轉引自謝錫金，2000）

在國小國語課文內容中，隨著學生的年紀增高，論說課文在國語教科書中所佔的份量也逐漸增加。許多研究結果顯示：學生對論說文體文章的寫作學習較不熟悉，因為缺乏論說性文體的知識和基本架構認知，造成閱讀上的困難。因此，多數學生在閱讀及寫作論說文體文章，總比其他類型的文章來得困難。（張育慈，2008）這也說明了論說文文體本身的難寫之處，因為在閱讀上的理解本有相當程度的困難，倘若在經過學童的思考後，加入自己的批判與思想，進而透過文字的

描寫，如此重重難關，是需要學童更多更複雜的學習。在周慶華《作文指導》一書中更點出：

> 抒情性文章和敘事性文章構成文學的兩大範疇，此外就是非文學。非文學統稱為說理性文章（有的稱為論說文或議論文或論述文或說明文）；它不像文學那樣必須額外加工（如開發意象、諧和韻律和善用敘事技巧之類），只要把「理」說清楚或說透徹就行了。但這也可以自成一種有別於文學的風格。正如有人所說的說理性文章「用詞比較端重、典雅、規範、嚴謹」和「句子結構比較複雜，句型變化及擴展樣式較多」。（周慶華，2001：207）

就寫作領域而言，創意素材就是軟體，寫作文體無疑的就是硬體了！但學童新手往往無法我手寫我口。因為透過文字表達出來，倘若沒能清楚了解文字語詞的真正涵義，所描述出的文字往往讓人啼笑皆非，這在敘事性文章中是最常發生的。因此，論說文的邏輯性成分往往較敘事性文章要來得多，文章結構一般也比較講究，相形之下，也較重視修辭、文章發展層次和謀篇布局。（劉宓慶，1998：105-109）如此，可以推測出學童在進行論說文寫作時，所需要的思想建構是相當耗時的。

另外，關於另一個議題「創意」。早在 1960 年代，「創意」教學就在歐、美的許多國家中興起。東南亞國家在這幾年也積極開發「創意」相關教育，主要是因為發覺「創意」能提高國民競爭力。倘若要保持和其他國家在競爭上的優勢，在教育「創意」方面是勢在必行。

創造能力是寫作的靈魂，豐富的靈魂才能有源源不絕的影響力與不由自主的吸引力，不同的思維擁有不同的創造、思考能力，成就出不同程度的作文能力呈現。所以作文常被視為創造的歷程，許多學者也認為透過作文的訓練可以增加「創造力」，如此可知，創造與寫作彼此是「魚幫水、水幫魚」。根據既有的研究（陳鳳如，1993a；劉瑩，

1995；蔡雅泰，1995；紀淑琴，1997）顯示，透過適當的教學引導和設計，學生能在寫作活動中激發創意，並提高學生在寫作方面的成效；而研究結果也充分顯示創造性的作文教學確實能夠增強學生寫作能力。教育部（2002）在《創造力教育白皮書》提出推動創造力教育依循的十個原則中，其一的「動機原則」就是指「學生樂於創意學習」、「教師樂於創意教學」和「學校樂於創意經營」。

　　創造性教學與傳統式教學有很大不同，前者是指教師透過創造性教學策略，培養學童的創造能力。但創造性教學並不是資優教育的特權，只要透過正確的教學方式與良好的教學環境，培養學童良好的創造力是指日可待的。（江之中，2002）

　　本研究首要探討寫作教學中，論說文文體的原理基礎，作為本研究的理論根基，並於寫作過程中，引發學童的創造力，增加寫作的素材廣度，引導學童將生活中的創意發想透過文字記錄下來，並期望達到以下的目的：

（一）了解國小論說文寫作教學的內涵、意旨，透過前輩的研究成果、教學經驗，設計具體實用的寫作教學策略與方案，進行論說文寫作教學。

（二）教導學童將經驗中的所知、所見、所思轉化成文字的敘述，透過基本語文能力的訓練與修飾，提升論說文寫作能力，進而懂得欣賞論說文的好處，創新觀念！

（三）引導學童進行創意性寫作思考，建立適度的思維空間與引導適宜的經驗素材，增加學童寫作的深度與廣度。

（四）實際進行創意論說文寫作教學，並檢討研究的缺失，使得創意論說文寫作教學能有更進一步的改善，成為具體可行的教學行動。

（五）透過邏輯性的創意論說文寫作教學，激發學生寫作的興趣、增加學生創意的注入，讓寫作能更有內容，更有可看性。

　　希望透過研究本身的達成，自我回饋以提升論說文寫作教學的成效，以及作為其他教學者改善論說文寫作教學的借鏡和提供語文教學政策擬訂所需的參考資源。

　　有了創意論說文的研究目標之後，便需要有更妥善的建構理論，以便有心人據此而透過抽象的創意與具體的論說文體來產出適切的作品。

　　依上論述，本研究當中，既然是要建構更有效率的理論，就必須先將所涉及的概念逐一設定，才能一一整理出與處理的問題以及研究的方法。周慶華《語文研究法》一書中，對於「理論建構撰寫體例」所作的說明是：

> 　　理論建構，講究創新。大致上從概念的設定開始，經由命題的建立到命題的演繹及其相關條件的配置等程序而完成一套具體系且有創意的論說。（周慶華，2004a：329）

　　據此論述，理論的建構必須要能適用於目前的場域且能發揮教學成效。根據這樣的一個方向，需就所涉及的概念作一完整的設定，如此想要建立的命題及其演繹便顯而易見，然後才就問題的屬性採取最適當的研究方法。至於其相關條件的配置，則將它歸屬於場域的應變性以及師生的變動性。

　　首先，要先設定「創意論說文寫作教學」的內容。葉玉珠在《創造力教學》一書中提到：

> 　　創意的產生，應該是 70%的努力與經驗，20%不同凡響的認知與勇氣以及 10%的靈機一現……如果你早上起床刷牙，發現水停了，你便要立即解決這個「事件」，而解決這個事件所產生的對策，即是「創意」。因此，在人類的各種活動中，那些不需要創意的活動稱為「日常生活活動」，而需要特別創意的活動稱為「創造」。「創造力」即是產生創造行為的能力表現。那「創

意」又是什麼？「創意」就是將「創造」具體化的手段。（葉玉珠，2006：11-12）

　　透過人類具體化的手段不外乎外在的行為表現與內在的思維表達，而內在的思維表達以現階段小學教育的層次來區分，則可以透過聆聽、說話、閱讀、寫作等方面來呈現，而寫作文類的三大文體中，敘事性文體著重於事實的陳述、抒情性文體重重於情感的抒發，唯有說理性文體，也就是論說文，才能呈現個人在生活中的經驗、認知與靈機一現，除此之外，須透過教師的寫作教學引導，疏導上述的思緒，透過規範性的行為顯現個人無法具體化的思維。有了上列的認知後，將形成我的概念一：「創意」、「論說文」、「寫作教學」。

　　另外，在寫作過程中，我們不外乎是使用語言、文字來進行描述、評價與詮釋某一事物，但在進行的過程中，往往不會就表面作平面式的表現，而是透過有層次性的發展，引發寫作者進行寫作時的一個模式。而這其中層次性的發展，可能是寫作者本身的經驗進行層次性的發展，也有就某一事物進行層次性的發展，這其中如何延伸，自然就得視各項因素綜合來作決定。

　　然而，如何決定這層次性發展的名稱並能夠表示其階段性的意義？周慶華在《語文研究法》一書中提到：

　　　　語言 1 的對象是物理世界，而語言 2 的對象卻是語言 1。在這種情況下，我們稱語言 1 為對象語言（object language），語言 2 為後設語言 （meta language）……當中的個別的語文研究法所作用於個別的後設語文研究是「後後設性」或「第三層次性」的，所以稱為後後設語文研究法。（周慶華，2004a：32）

　　所以採用這樣的概念分法，在進行論說文寫作教學時，學童進行論述，將採取對象、後設、後後設三種進行論說。有了如此的認知後，將形成我的概念二：「對象論說文」、「後設論說文」、「後後設論說文」。

　　概念一與概念二已經設定清楚，接著要建立命題以確定研究問題。試就本論述中「概念設定」、「命題建立」以及「命題演繹」的發展進程，以圖表示：

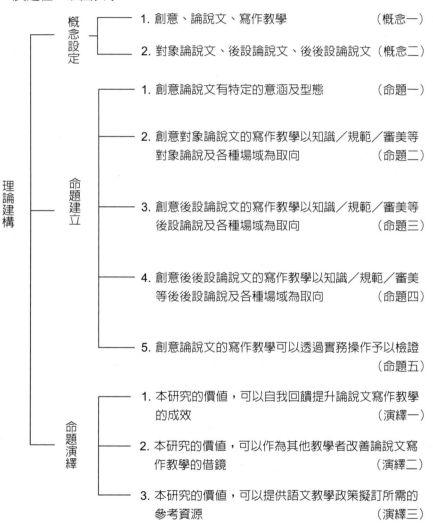

理論建構

概念設定
　1. 創意、論說文、寫作教學　　　　　　　　　　（概念一）
　2. 對象論說文、後設論說文、後後設論說文（概念二）

命題建立
　1. 創意論說文有特定的意涵及型態　　　　　　　（命題一）
　2. 創意對象論說文的寫作教學以知識／規範／審美等對象論說及各種場域為取向　　　　　　（命題二）
　3. 創意後設論說文的寫作教學以知識／規範／審美等後設論說及各種場域為取向　　　　　　（命題三）
　4. 創意後後設論說文的寫作教學以知識／規範／審美等後後設論說及各種場域為取向　　　　（命題四）
　5. 創意論說文的寫作教學可以透過實務操作予以檢證　　　　　　　　　　　　　　　　（命題五）

命題演繹
　1. 本研究的價值，可以自我回饋提升論說文寫作教學的成效　　　　　　　　　　　　　　（演繹一）
　2. 本研究的價值，可以作為其他教學者改善論說文寫作教學的借鏡　　　　　　　　　　　（演繹二）
　3. 本研究的價值，可以提供語文教學政策擬訂所需的參考資源　　　　　　　　　　　　　（演繹三）

圖 1-2-2　本研究理論建構圖

透過上圖，此研究理論建構為：概念形成之後，將進行命題一到五的建立，從其中的建立理論、實務操作、檢證，演繹出研究的價值。

最後，試就本論述的研究方法在各章節的運用敘述如下：

第二章文獻探討先以「現象主義方法」（趙雅博，1990：311；周慶華，2004a：95）就我所能經驗到的相關研究成果來略作檢視，並以此為基礎作為後續章節發展的基礎。

第三章創意論說文的界定則以語義學方法來界定「創意」、「創意論說文」及其形態，建立基本的研究概念，釐清彼此的共同性與差異性。語義學方法，是指探討語言意義的方法。（利奇〔Geoffrey　Leech〕，1999）在本章中就只藉它來作定義用。

第四章創意對象論說文的寫作教學則是以社會學方法，建立基本的對象範疇，並以實際的教學現場為驗證，將其寫作教學取向以不同型態、不同場域作各自的理論建立。所謂的社會學方法，就是研究社會現象的方法。（周慶華，2004a：87-94）在形成論說作品的過程中，因課題相當廣泛，涉及到的議題也相當多元，並需進行對於周遭環境與生活經驗的觀察、紀錄、撰寫與回顧，因此採取社會學方法，以利論說的論點、論理及論據能更有公信力。

第五章創意後設論說文的寫作教學則是沿自第四章的理論建立，加深對象性為後設對象，將其形態與場域作更精準的區分與辨別，輔以教學舉隅，作各自的教學後設理論建立。這也是採用社會學方法。

第六章創意後後設論說文的寫作教學也是沿自第五章的理論建立，加深後設對象性為後後設對象，將其形態與場域作更精準的區分與辨別，再輔以教學舉隅，作各自的教學後後設理論建立。這也是採用社會學方法。

在第四到第六章中，另搭配基進教學理論進行研究。基進（radical）是一種空間和時間中的特殊的相對關係，主要是突破一切既有的規範（傅大為，1994）；而以它作為改善教學的策略所形成的理論，就是基進教學理論。（周慶華，2007a）

　　第七章實務印證及其成效的評估則是透過質性研究法，作為第四到六章建構理論的印證，並從中進行缺失的修改。質性研究法相較於量化研究，著重在參與觀察及深度訪談。（周慶華，2004a：204）質性研究法的發展是因在量化研究中，先行預設結果再進行解析的過程有瑕疵，因此而存在。質性研究法強調「質性」性質，並具有以下幾種特點：

（一）所蒐集的研究資料，是人、地和會談等「軟性」資料。

（二）研究問題是在複雜情境中形成，非由操作定義後的變項來界定。

（三）研究焦點可以在資料蒐集中發展，而非一開始就設定待答的問題或待考驗的假設。

（四）外在因素為次要地位，行為必須從被研究者的內在觀點出發。

（五）研究者與被研究者需於日常生活作持久接觸，以利蒐集資料。

　　　　　（高敬文，1999：5引柏克典等說）

　　至於它的模式，則約略為：「經驗→介入設計→發現/資料蒐集→解釋/分析→形成理論→回到經驗」。（胡幼慧主編，1996：8-10）

　　以上各種研究方法都有其特性與限制，僅能作為策略的運用，並沒有絕對性；而為了方便達到研究目的以成就該策略，所以運用各種研究方法互相搭配論述，以期研究能更看到成效。

第三節　研究範圍及其限制

　　本研究旨在探討如何進行創意論說文寫作教學，啟發學童進行創意思考，並能夠透過語文相關經驗，創作出內容具有深度且富創意的作文。因此，以下就分研究範圍和研究限制兩方面來作研究上的說明。

　　研究所以劃分範圍，是希望透過界線的建立，能夠讓研究的主題更加明顯。因此，本研究分成兩主題的研究範圍來探討：一是「創意論說文」；二是「創意論說文寫作教學」。

首先是「創意論說文」，從字面上來看，是「論說文」大集合與「創意」小集合概念的關係。周慶華在《作文指導》一書中提出：

> 「論說文」有的稱為「議論文」、「說明文」或「論述文」；它不像文學那樣必須額外加工（如開發意象、諧和韻律和善用敘事技巧之類），只要把「理」說清楚或說透徹就行了……說理性文章「用詞比較端重、典雅、規範、嚴謹」和「句子結構比較複雜，句型變化及擴展樣式較多」。（周慶華，2001：207）

因此，邏輯性強的論說文，重視修辭手法、論說發展層次以及整體論說的謀篇布局。比起抒情性文章和敘事性文章，來得複雜；作者在論說時，也須特別力求周密及深入，才能達到「論說」主題的目的。

創意為創造力的另一具體名詞。創造力就是創造新意，是解決問題的心理歷程與能力，將其視為心智能力的一種，是個體整合輸入的訊息，透過敏覺力、流暢力、變通力、獨創力、精進力等特質，形成新觀念或新產品。（余香青，2007）陳龍安、朱湘吉認為創造是一種「無中生有」的創新，也是「有中生新」的「推陳出新」。（引自林璧玉，2009）透過許多研究以及生活體驗，我們發現創造力透過文字將會形成創意，有了包裝，更顯新意。

寫作論說文時，我們會運用許多概念，而創意只是其中的一種，或者可說是其中一種的更高層次，如我們所熟悉許多制式化的論說思想，經過「創意」的轉譯，文句本身意思不變，再藉由「論說文」文體敘寫出來，所呈現的文意卻是比普通性的表述要來得讓人印象深刻，在此先將它視為「差異」。

例如：「成功男人的背後一定有一個偉大的女人，但成功女人的背後往往有一個失敗的男人」，我們通常只聽到前一句，便能夠體悟到那成功的可貴。但透過「創意」表達，也就是「男人」和「女人」、「偉大」和「失敗」二者之間的極端分疏，則可以看出它成功的論述了「女人的悲哀」。

　　從另一層面思考，創意本是無形體，但卻是無所不在。在學習過程中，「創意」是個終極境界，也是一種自我的體現，自我的完成。創意不僅在識字多寡，不僅在語句鍛鍊，不僅在文章鋪排，不僅在語不驚人死不休，而是在「感受」文字，用文字發抒自我。（林保淳，1997：5）於是，藉由文字論說，將原是「無」形體的創想化作能與他人共體現的具體物，在此稱為「無中生有」。

　　曾經聽過一個小故事： 臺灣為了拉攏有需求的顧客可以聞名而來，流行將一條街打造成同商品的商業街，但也因此造成同業間的惡性競爭。一天，街上第一家店為了促銷，打出「下殺五折」的銷售策略；第二家店一見對手出招了，於是不甘示弱，也緊跟著打出「全店買一送一」的銷售策略；第三家店見商機被瓜分，但也不能虧本做生意，左思右想終於想出了對策：「本條街最便宜，歡迎比價！」第三家店老闆的對策形同「無中生有」，也能算是銷售策略中的上上策。

　　從以上論述可歸納出：創意不外乎是「製造差異」與「無中生有」，透過創意讓邏輯性強的論說文脫離舊式思想既有的論說形式，賦予另一番新風貌，創造另一種新的論說文。

　　因此，本研究主題之一「創意論說文」範圍為：以「製造差異」為創意論說與「無中生有」為創意論說的研究核心。如下圖所示：

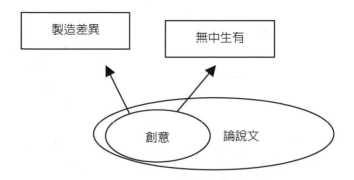

圖 1-3-1　創意論說文範圍

　　接著解釋「創意論說文寫作教學」的研究範圍。

　　「創意論說文寫作教學」此研究方面是四個獨立概念:「創意」、「論說文」、「寫作」、「教學」。其中「創意」、「論說文」已經確定為「以『製造差異』為創意論說與『無中生有』為創意論說的研究」（見前），因此接著的「寫作」、「教學」便是由它所發展出來的活動。

　　「寫作」、「教學」是兩個獨立的活動發展過程,「教學」過程中的「教學策略」與「教學模式」都會讓「寫作」的內容與方向有不同的發展幅度。在此教學過程中的「教學策略」與「教學模式」不在本研究範圍內,而是著重在「寫作」的內容與方向,所以將它們二者歸為一種發展活動。也就是說,「創意論說文寫作教學」強調為創意論說文的「寫作」發展教學活動。

　　寫作能力為高層語文能力表現,從寫作能力就可看出學童語文能力發展。（杜淑貞,1996:18）語文能力表現可從文字的使用以及文字的意涵來探討。文字的使用優劣決定因素太多,大都為目前制式化教學的教學目標。但文字意涵則是須要以寫作者本身的經驗作為素材。以周慶華在《語文教學方法》書中提到便於認知和仿效的語文經驗主要為「知識性」經驗、「規範性」經驗以及「審美性」經驗。在這三經驗中,雖然不能百分之百概括,但也相距不遠。而在此三經驗中,更可兼顧個人價值意識以及社會價值觀感。因此,在本研究的研究範圍中,將以此三種語文經驗作為研究基礎。

　　文字雖然是人人都會用,相當普遍,但依個人的學識,其字義、語氣仍有所不同,更能在寫作所表達出來的內容上互有區別。

　　周慶華在《作文指導》一書中還提出:

　　　　寫作的目的是為了「對話」,以達到某些本意的表達,更有助於語言世界的「推移變遷」或「改造修飾」。於是為了達到目的,便須進行語言組織活動。組織活動可分為三種:一為「描述」（敘述）語言現象或以語言形式存在的事物;二為「詮釋」

（分析或解釋）語言現象或以語言形式存在的事物的內蘊；三則為「評價」語言現象或以語言形式存在的事物的功能。（周慶華，2001：31）

　　由上述可知，有了「知識性」經驗、「規範性」經驗以及「審美性」經驗作為語文經驗的題材，再透過「描述」、「詮釋」及「評價」三種語言組織活動在其中穿針引線，如此創作出來的文章一來內容廣度大，二來語言具層次性，相當活躍，此為寫作最根本的成效。

　　因此，本研究主題之一「創意論說文寫作教學」範圍為：透過教師引導寫作教學，發展出學生進行創意主題論說的寫作組織三活動「描述」、「詮釋」及「評價」。如下圖所示：

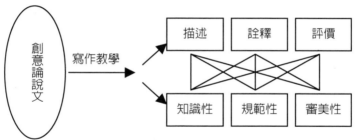

圖 1-3-2　創意論說文寫作教學範圍

　　總結上面二主題範圍的界定敘述，將研究範圍綜合圖示如下：

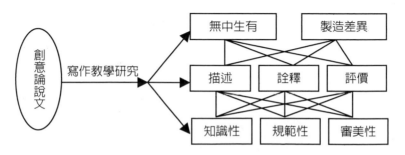

圖 1-3-3　創意論說文寫作教學研究範圍

　　然而，寫作的用途廣大，無法一一探討，在此僅針對個人對單一指定寫作主題進行創意論說，研究寫作作品的重點為個人語文經驗及語言組織的使用能力。

　　據上述來圈定創意論說文寫作教學理論建構的大致範圍以及可用寫作方法的類別；而各項取證只能力求可靠，無法確保為百分之百的有效教學，也無法保證完全適用於各種教學模式，如基本語文經驗不足的學習年級（如中、低年級），以及特殊論說主題只能提出一個大致的寫作教學參考方向。此外，有關實務檢證，因侷限於小學現場，所以無法廣泛通用於各種寫作教學場域，如升學取向的補教場域以及非制式場域。因此，本研究在應用時，教學者得先考慮各項場域條件，作必要的調整。

第二章　文獻探討

第一節　創意論說文

　　本節主要探討的是創意論說文的觀念與內涵，並針對相關的研究成果作進一步的檢討，並略為揭示創意論說文的內容及有效的創意論說方法，統整出如何進行創意論說文寫作的基本原則，以作為本研究理論建構的一個引子。

　　探討上採取的是現象主義方法。所謂的現象主義方法，不同於著重意向性的現象學方法。它的現象觀是指「凡是一切出現者，一切顯示於意識者，無論它的方式如何」。（趙雅博，1990：311）顧名思義，以個人所意識到的為依歸，是其範圍，也是限制。接著介紹創意論說文主要的觀念、內涵以及相關文獻、資料的研究成果。

一、創意論說文的觀念與內涵

　　文體是指一類或一篇文章所表現出造句遣詞的規則和布局謀篇的格式。關於「文體」一詞，中國傳統觀念在元明《文章辨體》、《文體明辨》等書之後，便一直把它和「文類」混淆，直至徐復觀（1985）在《中國文學論集》一書中，才深究《文心雕龍》的文體觀念，將「文體」的詞義作了正確的澄清，定義為藝術的形相性。另 Traugort 及 Pratt（1980）也表示，語言（language）包含了一個人所能使用的全部結

構（construction），而文體則是在某一情境（context）下所特意去選擇的結構。

　　文類的適用於語文教學中，分為小說、詩歌、散文、戲劇等四種；用於文學創作方面，則可分為記敘文（包含敘事及抒情）、說明文、議論文及應用文四類。

　　演變至現代，論說文寫作教學大致分成兩部分：一是以議論為主要內容表達的「議論文」；一是以說明為主要內容表達的「說明文」。而這二者的不同在於：「說明」是說明事物，寫作者不表示自我意見，只有提出主張；而議論則是要正面表示意見，提出自我的看法及主張。（楊子嬰、孫芳銘、潘鈺宏，1988：93）然而，任何道理由透過「人」說出來，多多少少總會夾雜著一些個人主觀的色彩。於是為了使別人信服，非得提出比較客觀的證據和理由不可。因此，「說明」免不了主觀成分，「議論」少不了客觀成分。倘若想把「議論」、「說明」作明顯的區分，有點困難，倒不如將它們視為一類文體，稱為「論說文」。（吳淑玲，1994：2）因此，在林政華《文章寫作與教學》一書中提到：

　　　　議論文要針對論題加以敘說，所以常離不開說明；說明文
　　有時遇到需要討論、辯證的時候，也離不開議論，或者先解說
　　再評斷，所謂「夾敘（說明）夾議（議論）」。二者關係密切，
　　不分軒輊。因此，可以合稱為「論說文」。（林政華，1991：86）

　　在確定現代「論說文」寫作的教學觀念為「說明」與「議論」二者並重之後，接著就可見許多著重「說明」與「議論」的論說文寫作教學眾說紛紜，但它們都離不開「成果導向」的教學意圖。也就是說，從教師教學的角度設計類似問答的大綱，接著便讓學生填入本身的語文相關經驗，最後再讓所有的答案作連貫的編織。但這種教學模式，明確導向結果的意圖，易使寫作者缺乏寫作歷程中的思考與創意而創作出並非寫作者本身的意旨，更是埋下了學童不願意主動寫作的潛在因子。

　　有鑒於此，近幾年來的論說文寫作逐漸發展成在成果導向的趨勢中，能夠兼顧「寫作過程」的獨特性，透過教育心理學的認知取向來檢視論說文的寫作過程，發展更具深度的寫作作品。Guilford 研究發現，學生智能的最大缺陷就是缺乏想像能力和創造能力，這項問題使得學生面對問題時，顯得能力不足。所以在當前教育制度中，需要培養的是能夠面對問題的學生，而面對問題的解決，最重要的智能因素就是創造力。（引自王瑞，2002：24-28）

　　「創意思考寫作」是指教學者在課堂中，為了達到訓練、強化學童創造能力的教學目標，讓學童發揮想像與聯想的思維活動的各類寫作課程，有別於傳統的命題式寫作。「創意思考寫作」的優點是能釋放給學童更寬廣、更彈性的寫作思考空間，並且在寫作過程中，學童能將自身所學到的生活經驗、日常觀察，透過聯想與想像，以活潑自主的寫作方式來呈現，讓學童對於寫作作品有自我的認同感。（蔡佳真，2009：7）

　　因此，本研究認為「創意論說文」除了基本的「論說骨架」必須存在外，寫作者獨創的「創意靈魂」更需緊緊附著於上，才能充分展現出文章的獨特性，不僅作者表達了文思，讀者也才能夠體會到每一篇文章的精神，而非千篇一律。

二、論說文創意內涵的研究

　　為了達到寫作的最大效度，近年來衍生而出的寫作教學以「創意」教學法最為學者所認同，但在許多的研究中，卻未能見到「創意論說文」此類的相關研究，僅能就「創意」、「作文」、「論說文」這三個關鍵字作為本研究的文獻探討。因此，綜合目前的相關資料以及本研究的研究範圍，試以範文「榜樣」一文其中的第二段，探討論說文的創意內涵。

表 2-1-1　創意範文分析

題目	範文「榜樣」（節錄自 2004 年全國語文競賽作品）
榜樣 第一 篇 A	愛的榜樣，是在我們人生旅途中，能讓人留戀盤桓的唯一理由。閃亮的生命源自於關懷別人，願意為他人犧牲割捨的那份無私大愛，以開闊的胸臆去接納迥異的文化，包容各種族群，如同十九世紀出生的德蕾莎修女，願意走入印度加爾各答去服務病人及窮人，也像是史懷哲醫生，能不顧家人的勸阻，毅然決定與非洲土著共患難，遠赴當地行醫救人。愛的真諦，在於學習運用不同的文字與符號與其他人發生共鳴，迴響在世界的每一隅，愛讓人雖死猶存，我們將會一直活在那些曾經被我們愛過，被我們扶持過的人心中，在他們的記憶中，旋即為美麗的永恆。
榜樣 第二 篇 B	牛頓曾說：「我之所以能看得更遠，是因為我站在巨人的肩膀上。」萊特兄弟也曾在發明飛機之後說：「人們可以飛翔，並不是因為引擎和翅膀，而是希望。」束修自好，篤立人生方向的第一步，便是懷著滿心的渴望和決心，再經由生活中，不斷地充實自我。「書是智慧的泉源、精神的糧食。」在古籍的字裡行間之內探求深義，了解人生大道上的楷模，非但追求更感性的心靈涵養提升，更可相互勸勉，共創一個和樂融融的世界。除此之外，要做為一個良好的榜樣，不但要具備淵博的學識，更要能夠在時代需要之刻挺身而出，亦要懷有高尚的品德，不畏苦難的摧折和磨練。「在火辨玉性，經霜識松貞。」關羽也曾在將被吳王孫權斬首之時，慷慨激昂的說：「玉可碎不可破其白；竹可焚不可毀其節，身雖損，而義垂於松柏。」如此過人的膽識；激昂壯闊的情操，正是你我共同努力的指標呀！
榜樣 第三 篇 C	大自然是我們的榜樣——李白說：「大塊假我以文章。」且讓我改寫成「大塊假我以為『師』。」其實，處處留心，處處皆「榜樣」。看到雄偉的大樹爺爺，不禁聯想到「合抱之木，生於毫末。」以它為榜樣，我們更可了解「千里之行，始於足下。」的涵意；聽到樹上的黃鶯，引歌高唱著，聲音響亮而甜美，以牠為榜樣，不勝反省自己總是大吼大叫，有如野獸般地咆哮，著實不該；聞到花兒的芬芳，香遠益清，以它為榜樣，不任想到「不禁一番寒徹骨，焉得梅花撲鼻香。」我們處在逆境，更須自立自強；一不注意，碰到了玫瑰的刺，腦中忍

不住浮現了一句佳言：「與其抱怨玫瑰上有刺，不如感謝刺上有玫瑰。」以玫瑰為榜樣，玫瑰在刺叢中綻放豔麗的花，我們更應該以樂觀的心情，從困難中站起；風兒呼呼地吹，捲起地上的落葉，不帶哀愁，卻也不帶喜悅，平平淡淡地走向另一方的世界，以風兒為榜樣，我們不難了解其「淡泊」的心志，我們為人處世、待人接物，皆應像風兒般的中庸；路旁的積水，更可以為榜樣的，水是隨遇而安的，是清澈澄明的，是謙虛低下的。大自然的榜樣，俯拾即是，何不立個大自然的榜樣？

內容評析	語文經驗			語言現象			創意成分	
	知識性	規範性	審美性	描述	詮釋	評價	無中生有	製造差異
A	✓	✓	✓	✓		✓		
B	✓	✓	✓	✓		✓		
C	✓	✓	✓	✓	✓	✓		✓

（引自教育部人文藝術學習網，2010）

從上列的評析結果發現：

（一）語文經驗：知識性、審美性、規範性

1. 知識經驗：朱艷英（1994）認為論證方法其中較常用的有：例證法、引證法、反證法、比較法、因果論證法、喻證法。在第一篇和第二篇中，舉出了可為榜樣的人物「德蕾莎修女」、「牛頓」、「史懷哲醫生」、「牛頓」、「關羽」等例，但在第三篇文章中，以大自然的動植物作為舉例題材，看似喻證，但有失妥當，因為那並不是以人可以具體學習模仿的對象，只能在精神上符合，形象上卻是有失「榜樣」題意。

　　另一方面來看，這些偉人事蹟的敘寫已經是每次論說事蹟的常客，倘若寫作者能夠在平常多涉獵一些社會新人物的消息，隨著時代的進展而有所更新，如陳樹菊。

　　黃清輝在〈論說文的兩把鑰匙〉一文中提到寫作時，倘若交代社會現象，論說效果顯著，其因有三：（1）取材較容易，有利於擴充作文篇幅；（2）容易引起共鳴；（3）表現作者與時推移的睿智及洞察世事的宏觀，那麼例證更貼近現實，說服力更有力。

2. 審美經驗：周成霞在〈論說文教學中應注重審美研究〉一文中提到：

　　　　作者根據自己對社會生活本質的認識、理解和感悟，用文學的手段，借助於語言這個物質外殼，運用比喻、例證、推理等多種論證方法來說明事理，從而闡明作者的觀點和主張，並以此來揭示生活中的美與醜，真理與謬誤，用藝術生活的美來再現現實生活的美。這一創作過程，表現了作家非凡的藝術創造力，這種藝術的創造力正是美的本質、美的理念的感性顯現……論說文中蘊含著豐富的美育因素，要靠我們教師和學生一起去挖掘。論說文的教學過程，說到底就是一個審美教育的過程。教師在教學活動中，就是要帶領學生從文學作品的分析和鑑賞中去發現美，揭示美，從而帶領學生去創造美。就是要把語文知識與作品中藝術形象所展示的美相結合，並運用教學特有的符號語言，邏輯推理，論辯技巧，論證方法等表現手法，去創造教育情境；從事理的論證中去感受和體驗作者的情感美，表達的語言美，論證的形象美，思維的創造美。（周成霞，2006）

　　從上述可知，個人的感性成分在寫作發展歷程中是最容易抒發的，也因此抒情文是學童最能進行寫作的文體。由此也可見，即使是在進行論說時，仍會以作者本身審視為「美」的事物作為例證，如「美麗的記憶」、「竹之節」、「花香」，從

中可看出每一位寫作者的獨特觀點。周成霞還提到教師在教學過程中，如何引導寫作者將心中的美化作文字的美，讓讀者能夠感染了寫作者心中感同的美感。如此而來，論說文不會是強勢論說而具攻擊性的，會呈現剛中帶柔、柔中帶剛的中庸意象。（周成霞，2006）

3. 規範經驗：在周慶華《語文教學方法》一書中，將規範分為「倫理」、「道德」、「宗教三種屬性。（周慶華，2007a：201-245）在這三篇中，便清楚的交代出所信任的「道德」觀點，進而達到正確教化的作用，例如「患難」、「勸勉」、「自立自強」等關鍵語詞。但對於論說文的本質來說，論理的力量仍嫌不足，因此需有後續段落的再加強。

（二）語言現象：描述語言、詮釋語言、評價語言

1. 描述語言：簡單說來，就是相關的語文現象或以語文形式存在的事物的指陳或描繪（周慶華，2004a：50），如範文中的「關羽也曾在將被吳王孫權斬首之時，慷慨激昂的說：『玉可碎不可破其白：竹可焚不可毀其節，身雖損，而義垂於松柏』」、「十九世紀出生的德蕾莎修女，願意走入印度加爾各答去服務病人及窮人」、「玫瑰在刺叢中綻放豔麗的花」等句子。以上句子所描述的，是最初的現象透過語文形式表達出來，並未附加寫作者自我的詮釋以及主觀的評價成分。

2. 詮釋語言：定義為「兼」作相關的語文現象或以語文形式存在的事物的解析，而所解析的層面也可以遍及語文現象或以語文形式存在的事物所內蘊的心理因素、社會背景、意識作用、世界觀、存在處境等等。（周慶華，2004a：80）換句話說，就描述對象進行寫作者內在的詮釋，以期能夠讓讀者明白寫作者詮釋後的語文現象。如範文中的「愛的榜樣，是在我們人生旅途中，

能讓人留戀盤桓的唯一理由」、「閃亮的生命源自於關懷別人，願意為他人犧牲割捨的那份無私大愛，以開擴的胸臆去接納迥異的文化，包容各種族群」、「我之所以能看得更遠，是因為我站在巨人的肩膀上」、「人們可以飛翔，並不是因為引擎和翅膀，而是希望」、「風兒呼呼地吹，捲起地上的落葉，不帶哀愁，卻也不帶喜悅，平平淡淡地走向另一方的世界」等句子。

3. 評價語言：大致是統作相關的語文現象或以語文形式存在的事物的評價；而所評價的層面也可以遍及語文現象或以語文形式存在的事物所具有的文化特徵、美感成分、影響及對比情況等等。（周慶華，2004a：119）如範文中的「愛讓人雖死猶存，我們將會一直活在那些曾經被我們愛過，被我們扶持過的人心中，在他們的記憶中，旋即為美麗的永恆」、「在古籍的字裡行間之內探求深義，了解人生大道上的楷模，非但追求更感性的心靈涵養提升，更可相互勸勉，共創一個和樂融融的世界」、「看到雄偉的大樹爺爺，不禁聯想到『合抱之木，生於毫末』。以它為榜樣，我們更可了解『千里之行，始於足下』的涵意」。從上述句子中，作者評價為「美麗的永恆」、「和樂融融的世界」和「千里之行，始於足下」等影響，這一層面的到位，才能算得是「論說」及格。

（三）創意部分：無中生有、製造差異

創意的認定，在歷年來的研究中，已有不少獲得共識的研究結論。陳龍安（1995）綜合各學者專家看法認為，創造力指的是個體在支持的環境下結合敏覺、流暢、變通、獨創、精進等五大特性，透過思考的歷程，對於事物產生明顯不同的觀點，並賦予事物另一個獨特新穎的意義，其結果不但使自己也使別人有所收穫。余香青在研究中將五大特性簡述如下：

1、敏覺力（sensitivity）：具備敏銳的洞察力和觀察入微的能力，能找出問題的重點，發現問題的缺漏和關鍵的能力。

2、流暢力（fluency）：在短促的時間內，構想出大量意念的能力，點子多多。

3、變通力（flexibility）：一種改變思考方式，能突破成規，變更思考或處事模式，擴闊思考空間，從不同角度思索同一個問題，是一種舉一反三的能力。

4、獨創力（originality）：在思考和行為上表現與眾不同、不因循舊規的特質，能構想出別出心裁的念頭或解決問題的方法，是一種能產生新奇、獨到反應的能力。

5、精進力（elaboration）：在原有構想上加入新的元素，以豐富內容或增添趣味性，是一種講求心思細密及考慮周詳的能力，以求達至精益求精、盡善盡美。（余香青，2007）

　　綜合以創意特性與本研究的創意範圍「無中生有、製造差異」來評析，僅就第三篇範文中的「與其抱怨玫瑰上有刺，不如感謝刺上有玫瑰」呈現出創意特性，因為此句能有洞察的敏覺、句法的獨創以及「抱怨」、「感謝」兩極端差異。再者，第三篇文章透過大自然植物「舉一反三」的榜樣，接連說明榜樣的型態，也可歸為「變通力」的一種。

　　可見上述三篇範文，語文經驗充足，只是在運用上需要調整時機，並配合在寫作前釐清題意「榜樣」的對象，這也是目前寫作上的通病。而在語言現象中，描述、詮釋與評價三面向的運用相當簡潔，看似不分軒輊，但這卻是能夠分出前三名的作品，原因何在？能夠分出文章的優劣，其中之一的玄機就在於「層次」的建構，文章有層次，就容易讓讀者有具體感，論理脈絡清晰，自然深得人心；無層次，就如同作文批改中常用的「平鋪直述」，並非是個上等評語。

在周慶華《語文研究法》一書中，將語文研究的層次作「對象」、「後設」、「後後設」三階段的論述；而陸怡琮、曾慧禎（2004）也針對國小六年級學童的寫作表現，發現：1.小六學童欠缺對文章整體架構的概念計畫；2.從他們長期的記憶中所搜尋到的記憶，大多是個人過去相關經驗，非自身相關知識的存有則是相當貧乏；3.既有的知識沒有進行組織及整合，致使思考凌亂。在這樣條件下，只有少數高表現的學生能夠明顯表現出思索撰寫方向的思考行為和自動設定寫作目標及構思相關段落等較高層次的後設行為。只可惜，雖然有如此的結論，但諸如「後設」與「後後設」語文寫作方法的實施目前並不普遍，其因很多，茲分析如下：

1. 論說題目過於傳統，易流於固守既有格式。
2. 論說文教學著重架構，輕內容。
3. 內容教學著重論據、論證的收集與描述、詮釋、評價，對於論理不夠深入討論。
4. 重視成果導向，非過程導向。
5. 相關語文經驗不夠豐富。

因此，指導學童寫出創意論說文，便需從教師的寫作教學策略這一方面著手改變，才能讓論說文寫作更有創意，不再流於八股。而這些在所能看到的極少數研究成果中還未善盡「提領之功」的，在本研究中就得想辦法來彌補。

第二節　創意論說文的寫作教學

從上一節創意論說文所探討結果得知：創意論說文目前的困境許多，但倘若能夠從教師的寫作教學改變，針對缺失一一進行引導，假以時日，創意論說文也能有另一番面貌出現。因此，本節將探討的是

創意論說文寫作教學的觀念與內涵，並針對相關的寫作教學研究成果作進一步檢討其中的創意內容及是否有效的教學方法，以作為本研究理論建構的另一個引子。

　　本節將分三部分進行探討：一是寫作歷程模式；二是論說文的寫作教學；三是創意思考的寫作教學。

一、寫作歷程模式

　　傳統寫作教學屬於直線且機械化的，強調學生作品為評分依據，屬於「成果導向」，加上認知心理學的輔助，促使新寫作教學理論——循環式、過程導向的模式成為趨勢；影響所及，寫作歷程的分析、相關知識的深究等有效教學策略探討，成為當紅的研究主題。（陳鳳如，1993）。

　　有關寫作歷程的研究，李博文於研究中指出：

　　　　大致上可分為階段模式、認知歷程模式與整合模式；階段模式的看法是將寫作分為不同的階段，每一階段有不同的工作內容與項目；而認知歷程模式則將寫作視為一個循環模式，在每個階段之間會反覆進行直到工作完成為止；整合模式則試圖兼顧教學過程與寫作過程。（李博文，2002）

並分述如下，

（一）階段模式：直線模式（the linear model）

表 2-2-1　直線模式

主張者 （年代）	階段模式			
Rohman （1965）	1. 寫作前 （prewriting）	2. 寫作 （writing）	3. 改寫 （rewriting）	備註：曾廣泛應用於寫作教學
Legum & Krashen （1972）	1. 形成概念 （conceptualizing）	2. 作計畫 （planning）	3. 寫作 （writing）	4. 修改 （editing）
Elbow （1974）	1. 勾繪心中意念 （figure out your meaning）		2. 將意念轉換成文字 （put it into language）	
Britton （1978）	1. 預備 （preparation）	2. 醞釀 （incubation）	3.下筆為文（articulation）	
Applebee （1979）	1. 寫作前 （prewriting）	2. 寫作 （writing）	3. 修改 （editing）	
Draper （1979）	1. 寫作前 （prewriting）	2. 構思 （formulating）	3. 起草為文 （transcribing）	4. 再構思 （reformulating）	5. 修改 （editing）

（整理自李博文，2002）

　　綜合國外學者對寫作歷程的論點，發現每一階段的模式都忽略了該階段必須發展而出的細節。換句話說，認知發展會在第一階段結束並停止發展。但人的思維可能在寫作時發展出的也許是初創的想法，在過程中也會有不同的演變。即使是最後，仍然可能有顛覆初創文章的機會。而上列表著重於寫作階段的前、後順序，當前一階段任務完成後，才會開始下一階段的寫作，這樣的寫作歷程過於僵硬，將無形的寫作思想設定得過於具體，不利於寫作者自我創造意識的發展。也因為如此，才影響了後來論說文寫作教學有制式化的發展。這樣的發展，對於剛開始發

展寫作的學童來說，是一個很好的「仿寫」結構，但也容易形成絕對格式，不容易讓創意融入發展。

至於國內學者則有另一種分法，以寫作階段過程為依據，敘述如下：

表 2-2-2　寫作階段歷程

主張者 （年代）	階段模式								寫作後的 師生互動
	寫作前的教師活動				寫作中的學生活動				
陳鑫 （1986）	命題	審題	立意	取材	剪裁	布局	擬綱	下筆	
張新仁 （1992）		審題	立意	運思	剪裁	布局	擬大綱	下筆	審閱
黃尤君 （1995）	儲材	審題	立意	選材		布局	擬大綱	下筆	審閱
教育部 （2000）	收集 材料	審題	立意	選材	安排段落			組織 成篇	

（整理自李博文，2002）

王萬清（1990）將學童寫作歷程分成三階段：第一階段是形成期，此階段必須形成創作動機，透過觀察和體驗，達到自身題材融入寫作的步驟；第二階段是創作期，此階段學童必須從記憶中搜尋相關素材，再加以拼裝與組合；第三階段是回饋期，此階段學童可藉由發表以獲得肯定，更能強化創作動機，形成下次寫作的起點。

國內學者的研究明顯的是從國外研究中再細分發展；然而從上列表格觀察出「審題」、「立意」是重點，其中「剪裁」一階段似乎提到了對於文章的修正，但卻沒有明白指出是修正客觀題材的幅度還是修正作者主觀的想法，略顯模糊不清。直到下筆，卻都不見有任何語彙、語句層次的發展階段，只以「下筆」和「組織成篇」一階段帶過。也因為如此，訓練出來的文章結構符合、脈絡清晰，但卻缺少了「獨特

性」。回顧許多論說作文，有如拼圖似的，同樣的題目，舉例雷同的不勝枚舉，顯出及格分數邊緣的論說文。

（二）認知歷程模式（the recursive model）：

Flower& Hayes 根據研究結果，歸納出寫作的三段過程：計畫（planning）、轉譯（translating）、回顧（reviewing）：

1. 計畫：計畫是寫作的一個主要歷程。主要在於產生觀（generating）、組織內容（organizing）、和目標設定（goal setting）。
   （1） 產生觀念：指自長期記憶中把與寫作作業有關的訊息檢索出來。
   （2） 組織內容：選取寫作者所檢索的最有用訊息，並把訊息加以組織使成為一個寫作計畫。
   （3） 目標設定：指寫作者建立一般標準來引導寫作計畫的執行，然後依這些標準刪除不需要的材料。
      計畫可能發生於寫作之前，也可能持續發生於寫作過程中，甚至還可能在草稿完成後。作者作計畫的行為，有時可見諸於在紙上列出要點，或寫下一些字句，有時則見狀於停頓、思考等行為。

2. 轉譯：是指正式下筆，將寫作計畫構思轉換成可接受的符號。在此過程，個人工作記憶能量將會擴展到極限，因為許多的工作需要同時考量，如擬定的目標、計畫、內容的選材、安排段落、以及用字、遣詞、造句、作文規範和文體結構等等。

3. 回顧：此階段包括檢查與修改兩個次歷程，目的在於提升寫作品質，寫作者隨時「檢查」（evaluation）寫出內容是否符合原先的目標，並且「修改」（revision）不滿意的地方。回顧歷程可以發生在任何階段，「檢查與修改」錯誤，屬於後天較晚發展而成的能力，也就是年齡愈長表現愈好。

4. 監控：寫作者以認知監控的機轉來協調計畫、轉譯、回顧三個過程的進行。如回顧時發現寫作內容與主題不合時，寫作者就要重新再計畫、組織產生新的觀念。（轉引自李博文，2002）

但實際的寫作過程並不一定會依既定順序直線進行，而是可能隨時循環並交替進行。換句話說，計畫、下筆及修改均可能不間斷發生於整個寫作過程，沒有絕對的先後順序。而在實際教學現場中，選擇重新計畫、修改等策略，並非一定實行的，而是和寫作者的「後設認知」能力相關。而認知歷程模式恰好補足了直線模式的缺失，利用不斷的修正將寫作過程中的間歇性素材置入，但在「轉譯」與「回顧」過程中，寫作者僅能做到思想轉譯成文字，但文字的程度卻仍然停留在第一反應。舉例來說，當寫作者想到了「玫瑰花」，當下的反應會將它敘述成「美麗的玫瑰花」，而非「清新氣味中帶著豔麗姿態的玫瑰花」，其因何在？即使寫作者自覺「美麗的玫瑰花」過於庸俗，卻也無從下手回顧修正，因為創意不足、想像不足，對於語句僅止於「對象」性，而非「後設對象性」，如此的平面描述，易形成枯燥的文章。

（三）整合模式

顧名思義，整合了教師教學過程與學童寫作過程的模式，整理如下：

表 2-2-3　整合模式

步驟	教學技巧	寫作過程
選擇教學目標	了解教學過程中可能的問題與解決方法	使學生了解寫文章的目的及文體結構，本文是寫給誰看的。
選擇達成目標的教學策略	採用發問、示範及激勵等技巧。	指導學生選取寫作相關題材，組織寫作內容並完成寫作的草稿。

監督和調整課業	給予學童適度回饋，對優良的詞句給予肯定，針對寫作內容不當之處提供具體的修正意見。	分享個人的作品，並與教學者、同儕互相檢查、加以修改，而後發表作品。
學習原則	鼓勵學生的優良表現，創造支持性的環境，主動參與學生的寫作過程，注重學習動機的保持。	重視寫作的個別化經驗，引導學生開拓「視界」，增強其體驗、觀察能力，鍛鍊聯想能力。

（轉引自李博文，2002）

這樣的一個寫作整合模式，雖然能夠兼顧教與學，但範圍過大，對於一篇文章的創作，僅止於外在的引導，無法讓寫作者學習到「怎麼想」、「想什麼」、「如何寫」、「寫什麼」、「怎麼修」、「修什麼」，明顯偏重於教學，也就自然的走向「成果意圖」了。

王嘉燕在《臺北市國小教師國語文寫作教學實施之調查研究——運用 SWOT 分析》研究中針對第三模式，提出了「社會互動模式」，引述如下：

　　根據 Nystrand 與 Himley 1984 年所提出的「社會互動模式」，寫作活動是以下三個反覆循環的歷程：
（一）寫作者必須先釐清與讀者之間的共同基礎，以發動論述（discourse）。即寫作者間必須建立共同的參考架構或共享的社會實體，來作為彼此溝通的共同立足點。
（二）寫作者介紹新的訊息並檢測交互關係（reciprocity）。過程中透過精緻化或分段化方式，避免新訊息干擾交互關係而不利與讀者進行溝通。精緻化的方式包括：詳盡的說明、定義、註釋、圖示等；分段化的方式則包括：分出段落、採用段落內縮、提供前導組織以及各種標點符號的應用等。

（三）寫作者嘗試支持文章論述，並回復到共享社會實體的狀
　　　態。（王嘉燕，2006）

除此之外，兩人的研究結論對於第一和第二模式也因為立足點的
不同而有不同的看法。

王嘉燕（2006）認為「階段模式」因行為論的影響而將寫作作品
視為一種物件來產出；「認知歷程模式」則因認知論的影響，視寫作作
品為一種寫作者心智內抉擇與決定的運用過程；「社會互動模式」則是
因社會建構論與情境認知理論的影響，將寫作作品當成與讀者溝通的
橋樑。整理如下表（王嘉燕，2006）：

表 2-2-4　寫作的三種模式

	階段模式	認知歷程模式	社會互動模式
關注焦點	作品是文字的產出	作品是個體心智內選擇與決定的運作	作品是一種與讀者溝通的方式
寫作過程	作者—作品的線性歷程	任務環境、寫作者長期記憶、寫作歷程交織的動態過程	作者—作品—讀者間的循環歷程
理論基礎	行為論認知論	社會建構論	情境認知

（轉引自王嘉燕，2006）

不管是哪一種模式以及該模式著重教育現場的哪一個環節，或者
以何種理論作為研究基礎，我們不免會發現寫作歷程中，作者透過無
數且無形的刺激輸入、創意輸出，再由外來引導加以排解、整理、消
化以及分類，所存留下來而組織成文的，都與寫作歷程所著重的面向
緊緊相連，也說明了寫作歷程的重要性。

綜合許多研究，寫作歷程不再是文字的編織，而是透過人與文字
的熟悉、文字與社會的互動度以及人與社會的緊密度來共構，透過表
象的文字，是可以洞悉寫作者本身的社交深度及廣度。

二、論說文的寫作教學

　　寫作教學的過程歷經許多學者的研究成果、補教業者的集思廣益，出現了許多不同的教學模式，直到目前所發展出的寫作教學方法仍然無法盡善。

　　論說文寫作一直為寫作者避之唯恐不及，其因很多，但最大因素為論說的本質是需要具體「精鍊的架構」兼具形象「精闢的理論」。因此，以下將分「論說的架構」、「論說的技巧」以及「論說的重點」在教學上的研究文獻分述如下：

（一）論説的架構：

表 2-2-5　吳淑玲論說架構

年代	主題	論說文的鳳頭與豹尾	
1994 論述者	研究 說明	論說文的開頭： 1. 問答法 2. 解釋題義法 3. 條列重點法 4. 引言法 5. 舉例及譬喻法	論說文的結尾： 1. 綜合結論法 2. 勸誡鼓勵法 3. 辯駁質疑法 4. 引證法 5. 感慨法 6. 提出建議法
吳淑玲	總結	寫作前，評量題目是屬於「並列式題目」、「因果式題目」、 「廣泛論說式題目」，再來選擇運用的開頭、結尾方式。	

（整理自吳淑玲，1994）

表 2-2-6　林政華論說架構

年代	主題		作文方法
1996	研究說明	審題	1. 認清題目及其含義　　3.注意題目的範圍 2. 分析內容重點所在　　　4.辨明題目的性質
論述者		立意	1. 新—推陳出新 2. 真—言必由衷 3. 簡—明確扼要，便於把握和記憶 4. 切—貼切不隔，將題目發揮深入 5. 神—具有絃外之音，令人回味無窮
林政華		構思	1. 思路要清楚　3. 線索要明白 2. 剪裁要得當　4. 前後要呼應
		開頭	1. 開門見山法　7. 觸景生情法 2. 布疑設問法　8. 冒題引人法 3. 譬喻比擬法　9. 引用前人語句法 4. 印象特寫法　10.列舉事例法 5. 發凡起例法　11.先廢後立法 6. 剝筍見肉法　12.反面起頭法
		段落	1. 分段 （1）一般三段法：開頭、正文、結尾 （2）「情、理、法」三段法 （3）三段說明法：是什麼、為什麼、怎麼樣 （4）三段論法：大前提、小前提、結語 （5）正反合三段法：正面、反面、綜合 （6）起承轉合四段法 （7）分點自成五段法：引論、提出三段理由、結語 2. 連段 （1）全部或局部的頂真 （2）用同一或近似的語句，做每段的開頭 （3）用同一或近似的語句結尾

			3. 結尾 （1）總結法　　（2）引語法（3）與文首呼應法 （4）期勉讀者法　（5）設問法（6）強調主題法 （7）感嘆法　　　（8）寫景法（9）啓示法 （10）警語法
		餘音	1. 點檢 2. 修改（1）綜觀全局，大處著眼 　　　　（2）反覆調查，尊重事實 　　　　（3）虛心請教，邊讀邊改 　　　　（4）反覆修改，精益求精 3. 潤飾：修改是求真，潤飾是求美 4. 標點
	總結		作文講求章法，也就是如何開頭、結束，如何分層次、分段落；更要考慮將作者的思想、感情等，清晰而有條理的表出。

（整理自林政華，1996）

表 2-2-7　夏明華、盧羨文論說架構

年代及論述者	主題	議論文結構基本程式
夏明華 1997 、 盧羨文 1998	研究說明	1. 提出問題：議論文一開始總要提出一個問題，有的是直截了當的提出，有的是藉反駁別人的觀點提出，有的是藉提問、設問提出。問題的提出，就意味著作者要對該問題發表自己的見解。所以議論文的最大特點就是觀點鮮明。 2. 分析問題：提出問題後，就要對問題展開分析。分析問題的特質、問題的對象、所影響的層面、各種利害得失。 3. 解決問題：分析問題後，必然結果是提出解決問題的看法。

（轉引自李博文，2002）

表 2-2-8　林俊賢論說架構

年代	主題	議論文結構
2004 論述者	研究 說明	論點：底下又分為「引言」、「論點」、「解釋」、「例子」。
		引言：就是在提出論點前的交代說明，概述論題或加以解釋，使讀者預先知道議論的問題，以引出論點，它的功用好比媒婆介紹新娘子（論點）。
		論點：就是為文的觀點、立場、想法與論題相呼應，它是文章的核心。
		解釋：就是針對論點加以解釋，口語化論點，使讀者更加明白作者觀點。
		例子：就是針對「論點」、「解釋」部分觀點加以舉例，這與「論據」中的「正例」、「反例」通常都是針對整體的「論點」而有所不同。
		論據：底下又分為「正例」、「反例」。
		結論：包含結論與推論。
		推論：就是從結論引伸及演繹說明。
林俊賢	總結	議論總分為三個部分：「論點」（包含：引言、論點）、「論據」（包含：正例、反例、論證）、「結論」（包含：結論、推論）。

（整理自林俊賢，2004）

　　上列研究結果有論理方法、論理層次、論理重點、論理工具，因而結論出論說的架構首要著重的就是「理」的論說脈絡與方法，脈絡清楚，才能引導讀者信服。但論理的重點如何透過語文形式呈現出，又是另一個邏輯性的問題了。黃秀金（2008）在《國小看圖作文教學研究》研究中認為採用概念構圖的方式來組織文章架構，讓學生預先將心中的想法透過概念構圖予以具體化……透過此種學習方式，學生都有不錯的學習成效。更有相關研究提出：圖示教學中，魚骨圖尤其

適用於論說文體。因此，擷取二者的優點，彼此互補，形成的新架構將能夠更快建立寫作者論說的架構。

（二）「論說的技巧」

眾說紛紜，但多為同類，僅簡述如下

表 2-2-9　王鼎鈞論說技巧

年代	主題	議論的技巧—歸納、演繹
1984 論述者	研究 說明	歸納： 1. 化繁為簡，多中求一。 2. 寫作前要先找資料、蒐集事實，並從其中「歸納」出大道理。 3. 其缺點為限於「已知」。 4. 有時也可用名言為事實助陣，但須留意勿把話說死、說絕了。 範題：「多難興邦」。
王鼎鈞		演繹： 1. 化簡為繁，一中求多。 2. 要先有「普遍原理」，用在論說文上，就是先有論據。 3. 演繹另一個用處就是幫助我們探求「未知」。 範題：「學，然後知不足」。
	總結	用歸納法「溫故」，用演繹法「知新」，倘若是二者並用，將可發展出「沙漏」式的布局，此布局特別適用於如「回顧與前瞻」、「過去與未來」之類的題目。

（整理自王鼎鈞，1984）

表 2-2-10　布裕民、陳漢森論說技巧

年代	主題	生活情景的寫作方法	
1993	研究說明	說明文：正確的說明	用淺易的文字，解說事理，給予正確知識。
論述者		說明文：描述說明	1. 說明事理的過程中，敘述事件的經過，或者描寫事務的性質。 2. 說明是目的，描述是手法。
		說明文：分類說明	1. 按照一定的標準把要說明的事物分類，並一類一類加以說明。 2. 表達上要層次分明，做到逐項說明。
		說明文：舉例說明	1. 用具體的例子去說明事物的道理。 2. 舉例要扼要，不作過多的描述。
		說明文：比喻說明	1. 通過比喻來介紹說明事物。 2. 本體與喻體之間必須有某些相似的性質。
布裕民、陳漢森		議論文：從說明到議論	從解說事物到發揮自己的主張，批評別人的意見。
		議論文：歸納法	從一些個別事例中，概括他們的共同性質的方法。
		議論文：演繹法	根據已知的一般原理推斷個別事物，得出新結論的論證方法。
		議論文：類比法	把兩個某些性質相同或相似的事物，放在一起作比較，從而得出結論的方法。
		議論文：引證法	引用有說服力的人物的言論，科學上的公理和原理、盡人皆知的意見等。
	總結	透過生活情景，討論一種寫作方法，並將兩者連結，讓大家能夠更加具體地認識寫作的方法。	

（整理自布裕民、陳漢森，1993）

　　諸如上述的論說技巧研究不勝枚舉，整理出主要的論說技巧不外乎是借力使力、觸類旁通，呼朋引伴，讓論說者的論點貼近更多人的生活經驗。

（三）「論説的重點」

張建葆（1994）認為寫議論文的重點如下：

1. **明確的界說**：在文體中所使用的語詞必須同一「界說」，也就是文字的含義和討論的範圍必須是非常確定的，才能彰顯焦點。
2. **確立中心思想**：寫作者把握文章宗旨，確定純正的寫作思想與立場，才能使讀者從中得到啟示與信念。
3. **條理式論說**：論理需具有形式邏輯上的堅固與內容脈絡上的完整，並能評判不同的理論。
4. **充分的證據**：證據可分「直接證據」（事證、物證、語證）和「間接證據」（反證），要針對自己的論理提出可以支持的證據以及評判他人論理的輔助證據，才能說服讀者。

閻志強在〈評論寫作的要素及其分類〉一文中提到：

> 論證，是邏輯學中的一個概念，指論點與論據之間的邏輯聯繫。論證就是運用論據來證明論點。一個論證過程一般要有三個步驟：提出問題、分析問題和解決問題。而三者之間簡單來區別就是：論點是「需要證明什麼」，論據是「用什麼來證明」，論證就是「怎樣進行證明」。（閻志強，2009）

　　掌握重點，才能夠讓「理」深得人心、感同身受，不致流於空談而顯得無厘頭。

三、創意思考的寫作教學

　　自教學現場的教師角度看來，寫作除了對於學生來說是無法編織成文，但對老師來說是創意不足，因此許多教育現場教師努力將創造力帶入寫作現場，期盼學生能夠有一番「新」作品出現。以下針對國內作文教學與創造力的相關行動與實驗研究，藉由余香青（2007）在研究論文中所整理至 2006 的研究結果，本研究再增補至 2007 年相關研究論文，作為未來研究者的進一步參考：

表 2-2-11　作文教學與創造力的相關研究

研究者	年代	研究對象	研究方法	結果
林建平	1884	小四	實驗研究	作文和繪畫創造性教學方案在語文創造力量表上無顯著差異，但實驗組優於對照組。
李麗霞	1988	小一	實驗研究	創造性主動作文教學能增加學生早期作文結構及內容的統整能力。
陳龍安	1993	小二	實驗研究	問想做評的創造思考教學模式，實驗組在語文創造思考能力優於對照組。
劉瀅	1995	小五	實驗研究	創造思考教學活動實驗組學生在造句、修辭、想像、剪裁、字數及標點六項能力高於對照組，且熱衷於上課討論。
蔡雅泰	1995	小三	行動研究	創造性作文教學可以提高學生的作文表現及寫作態度。
紀淑琴	1998	國二	實驗研究	批判思考、創造思考及後設思考訓練，實驗組學生在寫作表現、批判思考能力、創造思考能力的表現高於控制組學生。

鐘玄惠	2002	小三	行動研究	創造性寫作學生的寫作意願大幅提高，寫作能力也逐漸增長。
盧金漳	2002	小六	行動研究	創造性童詩寫作兒童寫作童詩的興趣和意願有明顯提升。
林宜龍	2003	小二、小四	行動研究	創造思考寫作教學學生寫作意願提高，寫作能力逐漸增加；教師適當引導與共同討論賞析，可以降低學生寫作焦慮並克服寫作知識不足問題。
廖昭永	2003	小四	實驗研究	合作學習合作學習對創造力的「流暢力」無顯著差異，但能增進國小寫作「變通力」、「獨創力」及「精進力」的表現。
江之中	2002	小四	實驗研究	創造性童詩寫作兩組學童在「流暢力」、「變通力」、「獨創力」的表現雖然沒有顯著差異，但實驗組之後測調整平均數均高於控制組。
陳宜貞	2003	小六	質性研究	創思作文教學問卷發現：八成以上的學生認為創思作文教學可以提升寫作能力和創造力。在寫作態度方面，學生的作文態度有正面的轉變。
郭祖珮	2003	國二	實驗研究	高層思考寫作教學方案實驗組在非傳統作文寫作能力及批判思考能力並未達到顯著差異。不過，對於上作文課及寫作的興趣較控制組有顯著提升。
阮佳瑩	2004	小三	行動研究	創造性繪本教學有助於在創作過程和繪本作品中表現出創造力的流暢性、敏感性、靈活性、獨創性、精進性和再定義性。
陳淑娟	2004	小二	行動研究	心智繪圖寫作教學可協助寫作的創意思考可輔助寫作大綱的設計

				及段落的排序、使想法聚焦不致離題、團體共做討論發表，有助於程度較差的學生提高學習效果。
郭雅惠	2004	國二	實驗研究	創造思考教學融入綜合活動領域能提升學生在寫作時的流暢力及內容表現。
許家芬	2004	小四	相關研究	探討寫作能力與創造力間的相關學童的「寫作總分」與「創造力總分」、「開放性」、「標題」均達正相關；創造力總分高的學童，其寫作總分也較高；反過來也是。
涂亞鳳	2006	國一	實驗研究	實驗組學生在寫作表現之敏覺力、流暢力獨創力、精密力及總分都顯著優於對照組。心智繪圖寫作教學有助於提升創造力寫作表現。
劉佳玟	2006	小五	實驗研究	創造思考作文教學法對學生的寫作動機並無明顯的效果，但對學生的寫作表現有立即且持續性並能理解且喜愛創造思考作文教學。
余香青	2007	國二	行動研究	使用創思技法對提升學生的作文興趣與能力具有良好的成效。認為幫助最大的創思技法為心智圖法和魚骨圖法。

（部分轉引自余香青，2007）

　　許多的研究結果呈現出讓寫作者展現創意，非但能夠給學童有發揮的空間，教師對於其表現也比較滿意，對照寫作內容，也比一般寫作引導來得有趣、豐富許多。重要的是，能夠引起寫作者持續寫作的動力，這也是創意寫作教學的另一個可貴的收穫。

　　但仔細探討上述研究成果，發現缺失有二：

1. 創意寫作只能夠發生在教師在場的環境下，透過有系統的引導，才能有創意產出；倘若是能夠將創意引導的策略交給寫作者，讓寫作者自我引導，那才能夠持續有創意的寫作作品。

2. 創意教學著重模式與形式，對於寫作者語文經驗及運用並無起色，即使能夠創造出不錯的語文素材，但在語文表達上，不夠精鍊，仍然無法完全表達出寫作者的創思，因此開發創意的文體內容是接下來研究所該著重的重點。

　　目前的研究文獻中，除了進行上述的教師寫作教學模式外，需進行創意教學的策略。國內學者林建平（1989）曾針對作文教學提出多種創造思考策略，列舉如下（轉引自林冠宏，2009）：

表 2-2-12　創造思考策略

創造思考寫作方法名稱	定義
角色想像法	讓兒童設身處地去想像另一個人物或動物，設想他們可能的想法、意見。
幽默趣談法	體驗家庭學校所發生的有趣事件，使至思想豁達，提升聯想力。
強力組合法	提示幾個不相干的事物名稱，指導兒童將其組織，串連起來，寫成一篇文章。
團體接力法	結合團體的力量運用想像力，想像情節將文章完成。
照樣造句法	學生依老師所提示的文章替換內容，以舊瓶新裝的方式創作文章。
類推比喻法	運用想像力找出事物的相似點加以想像比擬。
五官並用法	引導學生運用五官體驗生活事物，再將感受描述出來。
概念具體法	將抽象的概念以敘事的方式具體描述出來。
虛構情節法	選定足以引發好奇心的寫作題目以虛構情節的方式，敘說故事。
旁敲側擊法	以猜謎的方式來寫作。
圖片聯想法	以圖片引發聯想，發展成一個完整的故事情節。

語文遊戲法	設計語文遊戲題材讓學生去進行，既可訓練想像力又可增強語文能力。
創意標題法	蒐集報上有趣的文章提供學生閱讀，再由學生來決定文章的題目。
文章改寫法	指導學生將一篇文章以另一種形式加以改寫。
假設想像法	指導學生以「假如……」的方式來不可能的結果，以激發其想像力。
巧思奇想法	讓學生以幻想的方式敘述自己最新奇的一件發明物。
問題解決法	設計問題情境讓學生寫出一些解決問題的方法。
激發探索法	設計一些充滿矛盾足以引起學生好奇心及探索性的命題。
超越時空法	指導學生不受時間、空間限制展開想像的翅膀，將事物以新局面呈現。

上列的教學策略通用於一般文體，但仍須視特殊文體進行篩選。如論說文體，便無法採用虛構情節法，因為這樣的論理將會誤導讀者，在使用上需多加斟酌。

歐崇敬在《創意學──激發潛能的腦內大革命》一書中提到：

> 創意從哪裡來？從「哲學」來的。「哲學」是一門製造概念的學問。概念需要表達，透過語言、行為、各種行動來表達，而此概念則可發展成創意。（歐崇敬，2010：3）

概念跟著時代與科技不斷改變，創意也將層出不窮，寫作也該當跟著時代一起往前邁進，而非原地踏步！

第三章　創意論說文的界定

第一節　創意

　　「創意」從何而來？又從何認定？答案往往是見仁見智。有人定義「創意」為「改變」；也有人定義為「不一樣」；更有人定義為「靈感」，諸如此類的答案，相信不陌生。即使如此，當一個人說出了「一句話」時，為什麼對「創意」定義不同的人們會同時給予同意的反應？其實往往引起大家對於「不一樣」的地方給予一個「創意」的評論，是有一個相當主觀卻又顯得客觀的標準。而這一個標準是什麼？

　　當一個事件出現時，以人的既定反應為第一反應，人人都有的，就形同「無新意」；而非既定的反應則是需要評鑑者去評斷「合不合」主觀的標準，才能再進一步來判斷「創意」的存有。因此，本研究將「創意」分類如下圖：

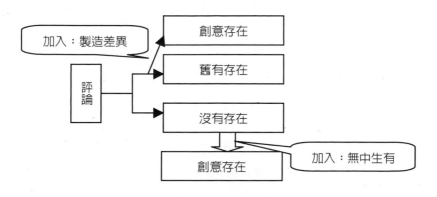

圖 3-1-1　創意類型圖

而 Stephen 則以「離題」一詞來闡述：

> 創意的離題有許多種，這些方法使我們超越慣性思考，進入可以獲得技能或鞏固已熟悉工具的嶄新領域。任何有創意的離題都可以「推開阻礙」，呈現將我們帶到安全地帶邊緣的挑戰，以及加速我們邁向熟練之路的前進速度。（Stephen Bowkett，2007：105）

要發揮創意，就要先「離題」，接著擺脫「慣性思考」，進入了「新思考領域」，不再有舊思考的侷限與慣性思考的牽絆。那麼從新的思考避開已經由慣性思考所成形的結論，那就能夠得到第二個反應，「創意」就因此而生了。

綜合上述，在本研究中的研究範圍將「創意」定義為：「無中生有」與「製造差異」，也以「無中生有」與「製造差異」作為「創意」的判定標準。判定的目的，則是希望藉由創意的概念達到文章內容深度「深具啟發性」以及表述、運用手法「方便操作」這二個目的。（見第一章第三節）

一、「無中生有」的判定及運用

「無中生有」，顧名思義，就是從內容表面沒有的找出內容「可以」有的。「無中生有」指的是一種原創性、獨創性，也包含靈光一閃、突發奇想的新奇想法或創造力。（林璧玉，2009：81）換句話說，陳龍安（1988）所定義的創造思考能力五大特性：「敏覺力」與「獨創力」所交集發揮而出的，就是「無中生有」。

試舉《水平思考法》中的一個故事為例：

　　　　一位走投無路的商人與他的女兒正在協商如何還債，債主
看這位商人還有一位年輕貌美的女兒，便提議採用交易來解決
債務，於是債主作了一個籤。債主在一個空袋子裡裝著兩粒黑
白不同的石子，任這位女兒挑選其一。如果挑到黑石，則姑娘
變成債主的妻子而欠款抵銷；若抽到白石，兩父女則可照樣平
安度日，債務也不需還清了。這位商人不得已只好答應了這項
交易。這時債主就在講話的庭院裡撿了兩粒小石子放進袋裡，
不過這位女兒看得清楚，債主所選的兩粒小石子都是黑色的，
她不禁緊張了一下，而債主也不客氣的命令姑娘選擇一顆石子
來決定他們的命運。這位女兒伸手往袋裡取出一個小石子，可
是在還沒辨別這顆小石子是黑、是白之前，小石子從指尖滑落
了，剛好落到庭院的小石路上。「哎！糟糕！不過不要緊，只要
看看袋裡這顆，就知道剛才掉下去的是什麼顏色的了。」少女
機智地這麼說。當然，袋中所剩下的就是黑色了，那麼她可以
說剛剛選取的那顆便是白色的了，結果債主弄巧成拙，不得不
承認債務抵銷了。（Edward de Bono，1989：11-13）

　　在這個例子中，「無中生有」的「無」就是沒有人提議可以從袋中
所剩下的球來推論所拿出的球，而故事中的女子所引發的創意就是「袋
中剩黑色，所以拿出的是白色」，這樣脫離常人慣性思考表面，不但能
夠幫助自己脫離原本的窘境，也點出了人類思考的盲點。而這樣的創
意思考也帶來了更高層次的價值就是「深具啟發性」與「方便操作」。
當我們遇到了能力無法改變的事，就可依循這樣的一個創意思考模
式，為自己的困境解套。

　　再從另一個例子來檢視：

　　　　一位猶太出版商有一批滯銷書，當他苦於不能出手時，一
個主意冒了出來：送總統一本，並三番兩次去徵求意見。忙於
政務的總統哪有時間和他糾纏，就隨口說：「這本書不錯。」於

是出版商就大作廣告：「現在有本總統喜愛的書要出售。」因此
這些書很快就銷售一空。過沒多久，這個出版商又有賣不出去
的書，他就又送了一本給總統。總統鑑於上次經驗，想奚落他，
就說：「這本書糟透了。」出版商聽聞，靈機一動，又作廣告：
「現在有本總統討厭的書要出售。」結果沒想到又有不少人出
於好奇爭相搶購，書又銷售一空。第三次，出版商把書送給總
統，總統有了前兩次教訓，就不予回答將書棄置一旁，出版商
卻還能大作廣告：「有本總統難以下結論的書，欲購從速。」居
然又被搶購一空，總統哭笑不得，商人大發其財。（彌賽亞編譯，
2006：65）

　　從這例子可看出，商人不但要能夠洞察商機，還得在商機上發揮
創意，創意無所不在，商機也才會滾滾而來。在總統「無關緊要」的
行為上，作「有益」買賣的評論，這就是「無中生有」的創意。而從
中獲得的啟發性在於不論是對總統反應有怎麼樣解讀，讓民眾購買的
動力其實是「總統」看過，無關乎書的優劣。在現在的商業行銷手法
中，假借著他人之名而大發利市的，媒體版面報導不勝枚舉，商人也
屢試不爽，當然也考驗消費者的智慧。Edward de Bono 指出：水平思
考是離開固定方向的規範，而向別的若干不同的規範去移動探索的，
頭腦的機能通常都習慣於垂直思考，因此要能看得更透徹，特別需要
水平思考。（Edward de Bono，1989：9）多數人習慣於既定思考路線，
想當然耳，結論總不出原始的那幾個。

　　「無中生有」的創意俯拾即是，許多的發明家運用「反常識的創
意」，讓許多的創想化作行動，製造出許多著名的傳奇事蹟。但在文學
上，卻鮮少出現。我推論是文學過於傳統，傳統無法打破，固守才是
正統之道，許多的旁門左道因此被打落冷宮，後人更是有鑑於此而不
敢有所突破。但創意其實並非推翻本體，而是在本體的第一解讀、第
一反應後，作第二種解讀、第二種反應，有了比較，也站在另一個角

度看事件，所謂的「不識廬山真面目，只緣身在此山中」，釐清事件，需要有多面向的思考角度，才會讓盲點浮出表面，進而解決，再造人類的更高一層智慧。

二、「製造差異」的判定及運用

「製造差異」從字面上看來，製造是一個「思考過程」，倘若結果呈現出與原意有所「差異」，那麼就是「創意」。需要特別留意的，差異必須是「更上一層樓」的，而非比原始的更差勁。而這樣的定義也呼應了陳龍安（1988）創造思考能力五大特性：「變通力」與「精進力」，透過「流暢力」的修飾，就是「製造差異」。

「製造差異」，也就是指並非完全的創新，寫作只要能顯現「局部差異」的創新即可。（林璧玉，2009：81）局部差異才能夠凸顯差異的主體性，也能更明顯襯托該差異背後的「創意」用意。倘若整體改變，則容易造成「發展改變」的錯覺而非「創意」的運用。

試舉《水平思考法》中的一個故事為例：

> 兩個女人都爭執說自己才是母親，所羅門王命令他們把嬰孩切成兩段，各自分一半。所羅門王的目的，是要鑑定究竟哪一個婦女會站在人道上救那個嬰兒。可是，他所下的命令卻是恰恰相反的。最後知道那個不忍嬰兒被殺，寧願把嬰兒讓給對方婦女的才是真正的母親。（Edward de Bono，1989：81）

初聽到這個故事，第一反應是所羅門王的殘忍，但這個方法也有效的解決了這個難題。所羅門王也算是靈機一動的「創意」決定，因為「親生母親」與「一般婦人」的差異就在於對待親生骨肉的心情，親情感應不同，於是將嬰孩的命運製造出兩種命運的「差異」，用這樣的差異來斷定誰能「不忍心」嬰孩生命的消失，才是這嬰孩的真正母親。

　　值得注意的是，這樣的創意手法必須要符合界定標準的目的：文章內容深度「深具啟發性」以及表述、運用手法「方便操作」。其中的啟發性就是「為人父母者都不忍嬰孩被切」及「非親生父母的無關緊要」，凸顯出旨意「親情」的可貴，而其運用手法更是簡潔、切中要點，如此的睿智才是「創意」開發的價值。

　　「差異」的存在往往需要主事者去斷定，這樣的差異是可以有效的決定事件的發展會有很大的不同，才足以存在；如果作用不大，那麼「差異」就沒有存在的必要性。曾經有一個笑話〈一叫再叫〉是這樣的：

> 　　早上，念小二的兒子，睡眼惺忪的邊喝牛奶邊對太太說：
> 　　「媽！你明天買個鬧鐘放在我床邊，這樣以後你就不用來叫我起床了。」
> 　　「媽媽叫你也一樣啊！」太太語帶溫馨地回答。
> 　　「不一樣！」兒子俏皮的說。
> 　　「鬧鐘一叫，我可以把它按掉，可是你會一叫再叫啊！」（陳照雄，2003）

　　這雖然是個笑話，但卻讓人體會到其中的「差異」是影響很大的。同樣是能夠叫醒自己起床，但「叫一次，有主控權」跟「一叫再叫，被控制」卻是有感受上的差異。

　　「製造差異」的創意也被運用在電影製作上。在《魔戒》影片中，代表邪惡的小兵「半獸人」，命名上就設定在與一般的「怪獸」有差異，塑造出來的「邪惡」外型也與固定的醜陋形象有明顯的差異，因此帶動觀眾在整個影片中對於這一個角色「半獸人」有更深刻的創意印象。

　　因此，在進行「製造差異」時，務必要先了解「差異」能夠發揮的極限，以及所影響的結果夠不夠明顯，才不會讓他人無法體會你的創意而導致原意消失，甚至讓自己落入窘境。

三、「無中生有」與「製造差異」的交互運用

　　在單一事件上，創意可能發生的結果是「無中生有」或「製造差異」，這二者似乎不能同時存在。倘若此時事件的發生會有多個反應，那麼「無中生有」與「製造差異」就有可能同時產生。但以人類的觀點來看，總是會比較誰「最」有創意？是「無中生有」還是「製造差異」？我認為倘若能達到二者的交集，總會勝於單一的「無中生有」或單一的「製造差異」，不過這不是一般邏輯訓練以及一朝一夕的學習所能達到的目標。首先要先學會「無中生有」或「製造差異」的創意思考，再來磨練另一種創意學習。不過，也並非適用於所有的事物。就如同前面所言，創意的目的不管是發展到什麼樣的層次，都不能離開「獨創這個意」的目的：內容要具啟發性、技法要方便操作，這樣才不會鬧出貽笑大方的場面。

　　關於本研究對於「無中生有」與「製造差異」的認定，就以《思路決定財路》的一篇文章來作說明：

> 　　有一家木梳廠快倒閉了，於是雇了四個推銷員……要他們把梳子賣到寺廟裡去。第一個推銷員空手而歸，他說：「開玩笑，和尚都是光頭，怎麼會要梳子？他們以為我嘲諷他們，打了我一頓趕出來了。」
>
> 　　第二個推銷員厲害，他賣掉了幾十把梳子……原來他動了腦筋，和尚雖然沒頭髮，但經常梳頭有利頭部的血液循環，有利延年益壽。把道理講清楚，每個和尚都同意買一把。
>
> 　　第三個推銷員更厲害，賣掉幾百把梳子……覺得和尚就那麼些人，必須不光打和尚的主意。他說服方丈，說香客來燒香，頭髮常沾滿香灰，倘若廟裡多備些梳子供香客梳頭，他們感受到廟裡的關心，香火就會更旺盛。

第四個推銷員最厲害……

他的能耐是，說服方丈把木梳做成紀念品賣給遊客，把最
受歡迎的寺廟對聯刻在梳子上，再刻「吉善梳」三個字。寺廟
可以賺錢……（郭一帆編著，2007：70-71）

先以圖示：

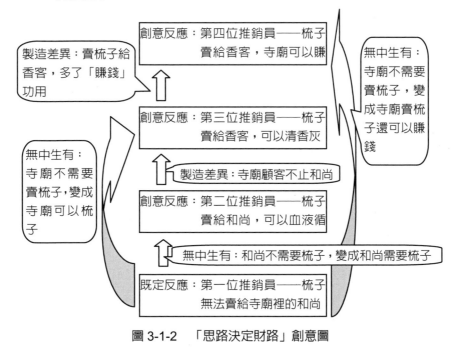

製造差異：賣梳子給
香客，多了「賺錢」
功用

創意反應：第四位推銷員——梳子
賣給香客，寺廟可以賺

無中生有：
寺廟不需要
賣梳子，變
成寺廟賣梳
子還可以賺
錢

創意反應：第三位推銷員——梳子
賣給香客，可以清香灰

無中生有：
寺廟不需要
賣梳子，變成
寺廟可以梳
子

製造差異：寺廟顧客不止和尚

創意反應：第二位推銷員——梳子
賣給和尚，可以血液循

無中生有：和尚不需要梳子，變成和尚需要梳子

既定反應：第一位推銷員——梳子
無法賣給寺廟裡的和尚

圖 3-1-2 「思路決定財路」創意圖

第一位推銷員的想法是既定反應：「和尚沒有長頭髮，怎麼會有買
梳子的需求？」這也是第一反應。而第二位推銷員想的也是「和尚沒
有長頭髮，怎麼會有買梳子的需求？」但卻想到了「和尚□□□，需
要買梳子。」那就是頭皮的血液循環了。這就是「無中生有」。第三位
推銷員想到的則是兩點：「寺廟□□□，會買梳子。」以及「寺廟除了
和尚還有□□」，於是找到了客源（香客）。第四位推銷員更是高明，

腦中想到了「寺廟□□□會去買梳子。」以及「附有□□的梳子賣得更好，讓自己跟寺廟都受惠」。第二位到第四位的推銷員都發揮了創意，創意越多，獲得的迴響越廣，回饋也越多。

創意的產生不光是單一個存在的再造（製造差異或無中生有），也可以是「製造差異後的無中生有」或「無中生有後的製造差異」，從第四位推銷員所獲得的啟發更甚於第二位以及第三位，也正應驗了平常人最為熱愛的「一舉數得」和「一魚二吃」的觀念。

不過，這樣的跳躍性思考倘若沒有一定程度的思維和一些靈感，是不可能會突然產生的。對於周遭事物較不熟悉或者本身能力較薄弱的人來說，會有第一位推銷員的作為是常態，能夠做到第二位推銷員的，就已經符合「創意」的行為了，就值得可以給予鼓勵，也能加強他人對於創意有再學習的動力，自然而然「創意」就會繼續發酵了。

Stephen 在研究中結論出具有思考技能特性的人通常是：

（一）愛冒險、好玩耍、有好奇心；

（二）喜歡質疑、探索、詢問；

（三）積極建構解釋（在現在的理解層次上）；

（四）訂計畫、提出策略、以及做好改變的準備；

（五）精確的、有組織的、徹底的，即使發現思考的創意面可能會「很雜亂」──非線性的、不合理的、隱喻的；

（六）重視概念，並且尋求理由、評估理由；

（七）反省的、後設認知的。（Stephen Bowkett，2007：137）

有上述可知，「創意」的首要條件就是思考，懂得思考才能尋找問題，進而運用邏輯及各種方式解決問題，找出答案，也造就後人開創的基礎。

創意的作用無遠弗屆，也深深的影響社會的每個層面，透過有而求差異、無則求存在的原則，發掘人類歷史軌跡的奧秘，也許會有另一條更好、更有效的路來開啟人們的新生活。

第二節　創意論說文

　　論說的目的是求得真理，進而進行教化或說服。具體一點來說，是希望看到我們的世界能因此「推遷變移」或「改造修飾」。(周慶華，2001)所謂的真理，分別存在於事物的本體上和人類的論說上。存在於事物本體上的稱為「本體真理」或「內容真理」；存在於人類論說上的稱為「論說真理」或「外延真理」。(牟宗三，1986：20)但為什麼真理卻始終讓人無法了解透徹，也有著讓人誤解、甚至有南轅北轍的理解說法？面對這樣的狀況，我認為其因有二：一是來源「真理」。真理的艱深使得人類的智慧暫時無法參透；真理的偽裝、隱晦讓人誤解；而有時則是真理的層次性分散了人類理解的結果。二是過程「表達」。也就是我們論說的邏輯，透過演繹、歸納或其他方法，效度多少，傳遞的真實就有多少。

　　但不論是哪一種表現真理的方式，都說明了透過脈絡清晰的論說架構以及顯現清楚的論說手法，都能夠讓真理更有效的傳遞。

　　基於上述理由，我將創意論說文依廣度及深度來加以界定。在本節中將說明創意論說文的論說邏輯以及創意論說文的廣度——知識經驗、規範經驗、審美經驗，在第三章第三節則敘述創意論說文的深度，也就是創意論說文的形態——對象論說文、後設對象論說文、後後設對象論說文。

一、創意論說文的論說邏輯

論說邏輯除了表現真理外，在過程中加入不同的甚至於是完全相反的論點，可以創造更不一樣的結果，有些結果甚至可以激發我們從另一個角度看事件。除此之外，清楚的邏輯程序則是可以幫助讀者更加清楚理解事理。

周慶華認為論說的邏輯大抵上可分概念設定、命題建立、命題演繹這一套的程序。（周慶華，2001：207-214），並界定如下：

> 形成概念，是賦予已經存在的語言現象或以語言形式存在的事物一些特定的名稱，以便可以概括指稱或陳述該語言現象或以語言形式存在的事物（如張三、李四，我們賦予他們「人」的名稱，就方便指稱或陳述他們的行為特徵）。建立命題，是陳述和測定兩種已經存在的語言現象或以語言形式存在的事物間的普遍關係，以便可以用來解釋已經存在的特定的語言現象或以語言形式存在的事物（如我們陳述和測定「人都是胎生的」這種「人」和「胎生」間的普遍關係，就方便解釋張三、李四這些人都是胎生的）。（周慶華，2001：212）

至於接下來的命題演繹，在周慶華《作文指導》分解為「進行推論、解決問題」，而後統整為「命題演繹」。因此，我將它整理為：「運用命題來實際解釋已經存在的特定語言現象或者以語言形式存在的事物，並將推論結果用來支持某些行為或化解某些疑問。」倘若以上面例子張三、李四都是胎生的，則可將這樣的推論結果用來支持「張三、李四都是胎生的，所以他們的後代子孫則有行使胎生的能力。」（周慶華，2001：212）

二、創意論說文的語文經驗

　　論說文的語文經驗不外乎三種：知識性、規範性以及審美性。在每一個語言經驗中都能夠藉著發揮創意達到有效論理的成果；但這三種並非絕對單一存在，一段文字中可能摻雜著兩個或者三者兼具，此時我們則以成分居多者作為歸類。因此，再將創意論說文分類如下：

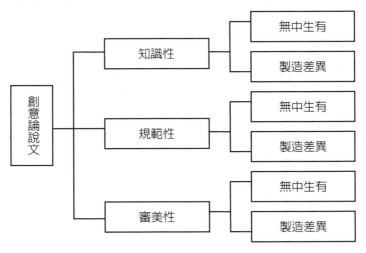

圖 3-2-1　創意論說文分類圖

　　在上圖中，除了顯而易見的六種創意論說文類型，還有較為複雜的三種：知識性的無中生有及製造差異、規範性的無中生有及製造差異、審美性的無中生有及製造差異。在一篇論說文章中，語文經驗不只存在一種，創意成分也有或多或少的參錯，在此不多加贅述，僅分別舉例說明創意論說文的三種語言經驗。

（一）知識性的無中生有及製造差異

　　《哲學辭典》中，對於「知識」一詞的解釋為：泛指意識作用的認識方面。「知識」可分成直接認取的，以及從知性比較得出的結果，而以主體斷定的形式表現。（臺灣商務印書館編審部，1971：352）透過直接認取，個人主觀成分容易左右知識的發展，因此創意的「無中生有」便是彌補了主觀的忽略處；而從主體斷定出的知識，也會因主體不同衍生出不同的差異，也就造成對此「知識」的差異度。

　　論說文中，「知識性的無中生有及製造差異」是最常見的，因為社會教育的重點著重於「知識」的養成甚過於「規範」和「審美」，人的舊有意識範圍越廣，所能形成的存有與差異就越多元。另一個原因是因為「知識」的解構與建構速度比「規範」和「審美」都要來得迅速，時代的進步往往意指的就是知識的推陳出新，也因此知識性的創意是無可限量的。

　　先從第一個例子來作說明：

　　　　獲得權力與影響力的人，並不是由於產生新構想的能力而得到這個地位的。在普通的組織體制之下，如果想要出人頭地，新的構想不僅無利，反而有害。地位升得快的人，他們的特徵是有勇無謀、有魄力與精力充沛。專門出新主意的人往往都是急惰而不關心地位的人。對於開發自己的構想非常熱心。對於別人的構想卻漠不關心。如果對於這種人給予上述的批評真是一針見血了。（Edward de Bono，1989：134）

　　在這段文字中，意識作用到的是「在普通的組織體制之下，如果想要出人頭地，新的構想」應該會造就自己的另一種智慧財產，為何會「有害」？而「獲得權力與影響力的人，並不是由於產生新構想的能力而得到這個地位的。」則在文中交代了是因為「有勇無謀、有魄

力與精力充沛」，其中「無謀」就是因為「專門出新主意的人往往都是急惰而不關心地位的人」並不關心別人「有勇」於去得到地位，卻可以不費任何思考。

這是屬於知識性的「製造差異」，因為與「人獲得權力與影響力，應該是要付出思考與行動才能獲得」這一個知識概念產生了認識的差異。

但在進行創意論說文中，製造知識性的差異必須留意的是不能與事實有所違背，不能因為為了製造「差異」而唱反調，將非真理的部分置入，這樣容易誤導了論說真理的最終目的。

接著探討第二個例子：

> 地圖之所以有用，正是因為地圖沒有把全部東西都畫進去。（David Weinberger，2008：211）

這也是一個「製造差異」的創意論說。我們所接觸到的知識性內容是「有用的地圖能表達出所有的東西」，但往往我們拿到的是「表示簡單的地圖」，既然簡單，又怎麼能表達出眾多的東西？其中所要顯現的差異就在於論述者掌握了「地圖的功能是指引全體而不是畫出全部」這個觀念，有更高一層的論述。

「製造差異」的創意論說比起「無中生有」的論說要來的容易，原因就在於「差異」有跡可尋，但憑「無」推論有如未開發的新大陸，需要更嚴密的邏輯歸納以及更為順暢的演繹布局才能達到創意者的用意。

再從下面一個例子來探討：

> 一般人往往認為，當思緒有條理且集中、目標與意向都相當明確、四周混沌的情況都理出清晰的頭緒時，我們的腦子就能發揮最大的作用。然而人類的心智其實建立在好幾個層次的無秩序上，由原始感官資料的處理，到繁雜理念的推敲琢磨。

人的腦子因應外在紛亂的世界而演化，如果你堅持以有條理的
方式思考，有時反而會讓自己的心智無法充分發揮所長。事實
上，我們自以為周遭世界已在腦子裡理出完美秩序時，卻最可
能誤入歧途。紊亂的家庭比起整理得井井有條的家庭，反而能
提供更溫暖、更有養分的環境。原因之一是它可以展現居住者
的人格特質，不致在細心收拾下遭到淹沒。散落周遭的身外之
物，都烙印上我們獨特的內在自我。（Eric Abrahamson & David
H.Freedman，2007：179）

　　這一個例子中，其實摻雜著少許的製造差異及多數的無中生有。
「以有條理的方式思考」所導致的結果怎麼會「讓自己的心智無法充
分發揮所長」以及「紊亂的家庭比起整理得井井有條的家庭，反而能
提供更溫暖、更有養分的環境」？這是寫作者的「知識」性的差異看
法，也在後續的論述中澄清了這個論點。而這個論據卻是根源於「無
中生有」。一個紊亂的家庭呈現出比整齊家庭更高功能的作用，原因在
於那萬惡之首的雜亂「展現居住者的人格特質」和「烙印上我們獨特
的內在自我」，這是在外表現象所無法直視到的，寫作者作深層存有
的探討，得出這樣的論點，成為創意論點的「無中生有」。

（二）規範性的無中生有及製造差異

　　人在無時無刻所做的任何事都是為了求合於「人」的標準，於是
為了符合標準，人便需要有「行為」、「思想」以及「情緒」的交集才
能達到「標準」。就算是「睡覺」一事，也有「睡覺」該有的穩定行為、
平靜思想以及平和情緒，才能完成「睡覺」一事。但社會上每個人的
標準是五花八門的，此時便需要有一個「規範」來制約。經過了歷史
的演進，社會逐漸發展出有形的規範，如典章、法律、制度；以及無
形的規範，如倫理、道德以及宗教。（周慶華，2007a：201）

　　論說文的規範性標準比記敘文及抒情文都要來得高出許多，因為「論說真理」就是規範的具體行銷手法，一旦「論說非真理」，規範走樣了，論說也不成立。因此，論說文中，規範性的無中生有及製造差異是最難陳述的，除非論述者能夠掌握舊有規範性的疏失及盲點，才有論點進行闡述。

　　先從第一個例子思考：

　　　　一個優秀教師的想法，經常會長期地影響學生對事物的判斷，這樣也往往會阻礙學生獨自的思考能力。更危險的是，由於對某件構想產生意識過剩現象，或由於舊觀念的束縛，以致對許多事物的剖析能力也都消失了。（Edward de Bono，1989：34）

　　教師教導學生思考能力，教育規範性相當明顯，但文中卻指出是個「阻礙」與「危險」，與舊有規範性「幫助」產生了「差異」。論述者提出了「教師給予得太多，學生獨自思考的空間就變小，呈現無自主意識」以及「教師給予的是前人的舊觀念」，擠壓了「學生自動剖析事物能力的新觀念」這兩個論點。凡事有利必有弊，過與不及都會讓萬物失衡，論述者見到了太過的缺失，提出了造成缺失的原因，成功的表達論理。

　　再舉一例說明如下：

　　「第一例」
　　凡是害己害人的事，都是不道德的。
　　蹺課是害己害人的事。
　　所以蹺課是不道德的。

　　「第二例」
　　凡是違反自由權的事，都是不道德的。
　　禁止蹺課是違反自由權的事。

　　　　所以禁止蹺課是不道德的（反證蹺課是道德的）。（周慶華，
　　　　2007b：75）

　　蹺課是違反規範的行為，但在此例中，卻成了可能是合乎「規範」
的。其因在於二例的第一句「害人害己」與「違反自由權」，前一個是
確定的字句，後一個是禁止的字句，製造了差異，規範也就不一樣，
乍看之下，覺得還有那麼幾分道理。但第二例卻是凸顯「道德」跟「自
由權」相抵觸時，評斷的標準就要更加嚴密了。

　　緊接著看第三例：

　　　　　十八世紀的百科全書編纂者按照字母順序編排主題，卻因
　　　　此被扣上「違反上帝所定秩序」的罪名。（David Weinberger，
　　　　2008：10）

　　看到了這個例子，我們可以明顯判斷出這是規範性的無中生有。
因為上帝從來未明確表示過「違反上帝所定秩序，所以有罪」的罪名
成立，這樣的判決來自於論述者無中生有的規範認知，認為不該以「字
母順序編排主題」，否則就是犯了「違反上帝」的既定規範。

（三）審美性的無中生有及製造差異

　　對於審美的界定，比起知識和規範，要來得抽象許多。姚一葦
（1992）在《審美三論》的序中便提出審美有六項經驗（感覺、直覺、
知覺、想像、感受和統覺），並從三大論點來探討：1.感覺──有感覺
器官才能產生美感經驗；2.直覺──主觀的意識及潛意識；3.知覺──
知識經驗所帶來的感覺。周慶華（2007a）則將審美依對象產生的美感
分成九類：

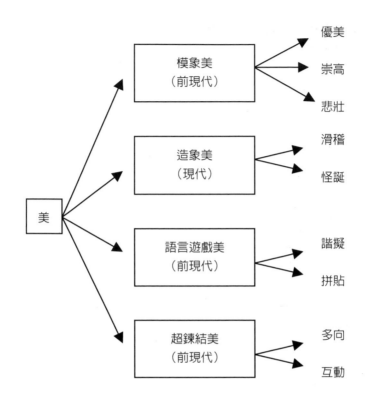

圖 3-2-2　美感類型圖（周慶華，2007a：252）

並在研究中將美感類型的作用解釋如下：

優美：和諧、圓滿的結構形式，使人產生純淨的快感。

崇高：龐大、變化劇烈的結構形式，使人的情緒振奮高揚。

悲壯：包含有正面或英雄性格的人物遭到不應有卻又無法擺脫
　　　的失敗、死亡或痛苦的結構形式，激起人的憐憫和恐懼等
　　　情緒。

滑稽：含有違背常理或矛盾衝突的事物的結構形式，引起人的喜
　　　悅和發笑。

怪誕：盡是異質性事物的並置的結構形式，可以使人產生荒誕不
　　　經、光怪陸離的感覺。

諧擬：形式的結構顯現在諧趣模擬的特色，讓人感覺到顛倒錯亂。

拼貼：形式的結構在於表露高度拼湊異質材料的本事，讓人有如
　　　置身在「歧路花園」裡。

多向：形式的結構鏈結著文字、圖形、聲音、影像、動畫等多種
　　　媒體，可以引發人無盡的延異情思。

互動：形式的結構留有接受者呼應、省思和批判的空間，可以引
　　　發人參與創作的樂趣。（周慶華，2007a：252-253）

　　美感的類型無法完全歸類如上，只能由中西方的文化發展來作根
據，再依照時間的演進發展成前現代的模象美、現在的造象美、後現
代的語言遊戲美以及新興網路時代的超鏈結美。

　　接著舉一例來說明：

　　　　詩根植於現實，但必須從現實中超越。從現實中超越，而
　　又落入現實。（岩上，2009：14）

　　我判斷這是屬於「滑稽」美感論說的製造差異。既然「根植」，卻
又該「超越」，既已「超越」，又怎能「落入」？詩的美應該會越傳越
開、越傳越廣，但文中卻以圓圈的形式將讀詩時的那種「脫離後回歸
現實」的無助坦白的呈現，也算是製造了「詩作應該是很美」的差異。

　　再從另一例來討論：

　　　　驢子的聲音和蟬的聲音，我們人類聽起來同樣都是噪音。
　　但如果因為沒有天分就必須停止追求，在我看來是一層又一層
　　的掠奪，沒有天分遭受上天掠奪在先，失去夢想的權力則是第
　　二次掠奪。（林惠文，2002：100）

　　無庸置疑的，「驢子的聲音」呈現出悲壯的美感，以「掠奪」二字
同情驢子的處境，不由得覺得驢子是處於弱勢的團體。我們只能想到

上天「掠奪」了驢子的聲音,而那只會形成「噪音」,但作者卻從「驢子努力追求發出好的聲音」這個我們觀察不到的心思,來為驢子發出「沒有天分」等於「就必須停止追求」不平之鳴,為驢子做出「無中生有」的悲情形象。

不管是「無中生有」還是「製造差異」,它們的目的都是希望引起閱讀論述者另一個思考的點、線、面。建設之前,最後做的一件事就是破壞。覺得做法不好的時候,就要提出好做法,才能讓人信服。

創意無所不在,卻也日新月異。今天的創意有朝一日會成為明日創意製造差異的基石,也成為「無中生有」的盲點。知識經驗、規範經驗以及審美經驗也將依循這樣的流程,創造出更多人類目前未開發、未進化的經驗領域。

第三節　創意論說文的形態

在上一節中,我將創意論說文依廣度及深度來界定,分別釐清創意論說文的論說邏輯以及創意論說文的廣度——知識經驗、規範經驗、審美經驗,在本節則敘述創意論說文的深度,也就是創意論說文的形態——對象論說文、後設論說文、後後設論說文。

「形態」在教育部國語推行委員會(2010)《重編國語辭典修訂本》的解釋意思為:事物在某一條件範圍下所呈現的模式。換句話說,在本研究中,創意論說文的形態就是在創意以及論說真理這二個條件範圍下,呈現出來的文章模式。因此,研究的論說內容,將參考周慶華於《作文指導》一書中所提的論點:

> 第一形態:對象論說文,針對已經存在的語言現象或以語言形
> 　　　　　式存在的事物而說理形成的作品,而作品中有一些

基本的規範，包括避免「矛盾、不相干、循環論證」和合於「邏輯規律」等；主要是處理本體及論理真理的「追求」問題。

第二形態：後設論說文，針對對象論說文而說理所形成的作品；主要是在處理所追求本體及論理真理的「確實性」或「可靠性」問題。換句話說，後設論說文是在反思對象論說文所說理是否確實或可靠。

第三形態：後後設論說文，針對後設論說文而說理所形成的作品；主要是在處理所追求本體及論理真理的「確實性」或「可靠性」本身的「確實性」或「可靠性」。換句話說，它是第二層次的反省、分辨以及規範性作品。（周慶華，2001： 215-231）

簡單來說，創意論說文除了是內容能夠兼具創意，達到論說真理的目的外，還要在真理的探求中，有層次性的思考階段及對象，這樣論說才能徹底，所探求的真理才能更禁得起人類思考轉變的時空考驗。因此，採取了學科上普遍使用的「後設」以及「後後設」語詞，分類並研究這三種論說文形態。而照理說，後設性的論說可以無限後設下去，但基於取證的方便性，到第二度後設也就夠了，所以這裡也不再有「後後後設論說文」、「後後後後設論說文」一類的區分。

綜合研究形態（對象論說文、後設論說文、後後設論說文），再加上第三章第二節的三大語文經驗（知識經驗、規範經驗、審美經驗）及創意類型（製造差異及無中生有），發展出本研究最終的研究架構，圖示如下：

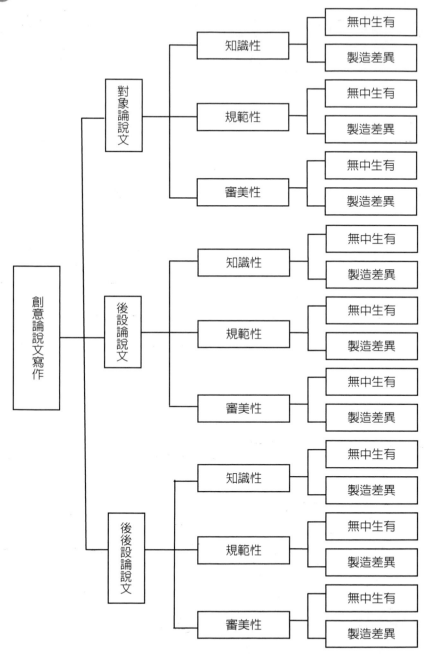

圖 3-3-1　創意論說文寫作研究架構

一、對象論說文的界定及例示

在本研究中，採取對象一詞在《哲學辭典》中的解釋：對意識所呈現的、意識開始意會到的東西，以及意識裡精神內容被注意到。（Peter A.Angeles ，2001：301）從第二章的文獻探討中，透過語文現象（描述、詮釋、評價）來檢視論說文的內容，內容多數呈現低層次的論說，未作進一步的高層次闡述。換句話說，一般論說文倘若未能做到具有層次性的論說，則多屬於「對象論說文」。而對象論說文普遍傳達的是大眾的論理，容易流於老生常談，但倘若要進行後設論說，卻要在對象論說文上立穩根基，因此對象論說文的認識是相當重要的。

周慶華（2004a）在研究中提出對象語文研究的寫作有幾種方法，如下表：

表 3-3-1　對象語文研究方法

對象語文研究方法													
描述性					詮釋性					評價性			
發生學方法	結構主義方法	符號學方法	系譜學方法	其他	心理學方法	社會學方法	現象學方法	詮釋學方法	其他	文化學方法	美學方法	比較文學方法	其他

（周慶華，2004a：50-164）

本研究將參考並進行論述，從第一個最常見的例子（已經類似廣告詞）來探討：

一個人最大的敵人其實是自己。

這是一個採用心理學手法的詮釋性句子。句義的對象論說層次停留在「自己」，論說的真理則為敵人並非外來的，而是自己的惰性及本性所招致。倘若有後續針對「敵人」進行可靠性或確實性的處理，則可進入到後設論說的層次。

再來看第二個例子：

> 愛爾蘭劇作家蕭伯納（George Bernard Shaw）：對我們的社
> 會來說，危險的不是懷疑，而是信念。（Thomas Kida，2010：35）

蕭伯納是理想主義和神秘主義的擁護者，劇作總是充滿道德的熱情批判與嘲諷的風格。提出了這句話，無疑是評價「社會」那「信念」的「危險」。同上句的原因，可再進行「懷疑」或「信念」的描述、詮釋以及評價，則能夠再加強這句話的震撼力，也會形成後設論說。

從上面例子來看，發現其中有幾項的共通點：第一點是句子的字數都不多，原因是因為沒有再對深層進行後設的描述、詮釋與評價，僅僅都是「點到為止」或是直接作出結論；第二點是針對對象的闡述，直接作主體式的釐清，並不藉由其他的事物來輔助釐清。

二、後設論說文的界定及例示

早在希臘時期，層次性的語言文化組織就已產生，而後進行到文化的多元發展，層次性的發展就較為緩慢了。後設，為 meta 的翻譯，意指超越或在一個較高的層次上，如在……之上（Peter A.Angeles，2001：263）；另有一種解釋是「關於什麼的什麼」，如後設認知，就是認知的認知。但不論是何種解釋，在本研究中，將採納二種解釋，並統合為一種意涵：「後設論說文」就是針對對象論說作更進一層次的探求真理，而探求的方式並不限於肯定對象或否定對象論說，也可能尋求對象論說的另一種附加真理存在。

　　針對對象論說與後設論說的區別，先來看幾個有趣的句子：

> 這個方塊裡
> 所記載的話
> 全都是假的

（徐道鄰，1980：7-8）

　　對象是「這個方塊裡所記載的話全都是假的」，而針對對象論說進行後設論說，也就是「這個方塊裡所記載的話全都是假的」這個論說有更高一層的闡述：「『假話』是真的」，簡單來說，看到這一段話的人要真實相信這一段評斷為不真不實的說明。這是一個偏向於自我矛盾的論說，如沒有認清對象論說是誰以及後設論說在哪，則容易陷在對象論說迷霧中而無法理解後設論說。

　　另有一例與它意義雷同：

> 警告！不要閱讀這些文字。（John Briggs and F.David Peat，
> 2000：224）

　　這句話的句意與上句類似，因為也是一個自我矛盾的後設論說，對象論說是「警告！不要閱讀這些文字」，後設論說是在閱讀「警告！不要閱讀這些文字」這些文字後，得到了「警告」的價值。這兩句的矛盾主要是出在對象論說與後設論說的是同一個事物，才會誤導讀者的認知。

　　還有蔣敬祖（2007）在書中提到一個商業經營的心路歷程：

> 失敗不意味著你是一個失敗者，失敗只是告訴你不要再失敗；
> 失敗不意味著你沒有努力，失敗只是訓示你的努力還不夠；
> 失敗不意味著你必須懺悔，失敗只是提醒你要吸取教訓；
> 失敗不意味著你一事無成，失敗只是表明你得到了經驗。（蔣敬
> 祖，2007：85）

第一句的「不要再失敗」是文中的後設論說，第二句到第四句則是針對後設論說進行後設評價。「失敗」是對象，針對「失敗」，提出了「失敗」帶來了「不要再失敗」的詮釋。而後的評價則是針對「不要再失敗」，所以要「足夠的努力」、「吸取教訓」以及「從經驗獲得不失敗」三種後設評價。

後設論說根源於對象論說的論點，並進行後設描述、後設詮釋以及後設評價。在進行後設論說時，必須確立對象論說，才能進行後設論說，不至於使得論說焦點分散而產生自我矛盾，這樣的論說才能更有論點支撐。

三、後後設論說文的界定及例示

後後設論說是針對後設論說再進行第二層的描述、詮釋與評價。如同後設論說對於對象論說的關係，後後設論說所進行闡述的可能是肯定、也可能是否定，更有可能是另一種截然不同的認知發展，因此對於一個對象論說，要能夠發展到後設論說，再到後後設論說，除了需對對象論說的認知幅度夠大，內容及意涵以及所引發出的效應都應該有一定的知覺，否則很難有確實的後後設論說建立。

從第一個例子來看：

> 不要在乎自己是否跟著別人走他們已經走過的舊路，成功往往不是因為你發現了一條新路，而是因為你走在別人的前面。運用模仿的方法來獲得成功，可以說是一種借鑑他人經驗來獲得自身成功的方法。（郭一帆，2007：154）

對象論說是「自己跟著別人走他們已經走過的舊路」，針對對象論說進行後設論說的是別人的舊路是「你發現了」的「一條新路」，而後後設論說，也就是這一條新路所帶來的價值是「你走在別人的前面。

運用模仿的方法來獲得成功」。「舊路」是對象論說，但對於自己來說，它的真實性卻是「新路」，於是這條「新路」所帶來的可靠價值是「你懂得透過模仿來獲得成功，所以你走在前面」。以圖表示：

| 別人的舊路 | 自己的新路 | 模仿成功，所以新路是走在他人前面 |

圖 3-3-2　後後設論說「路」圖示

再來探討第二例〈受難者信條〉：

> 我向上帝祈求財富，但我卻一貧如洗，因此學會了珍惜；
> 我向上帝祈求名利，但我卻默默無聞，因此學會了謙卑；
> 我向上帝祈求一切的一切，但祂卻只賜給我生命，只讓我享受人生；
> 我的祈求都落空了，卻得到我所希望的，我真是個受上帝眷顧的人。（林瑞景，2000：197）

這次先以圖例說明：

| 祈求落空，招致困頓 | 學會正向態度 | 意外的收穫，其實是受上帝眷顧 |

圖 3-3-3　後後設論說「受難者信條」圖示

　　對象論說是「向上帝祈求財富、名利、一切的一切，但卻一貧如洗、默默無聞和一條生命」，後設論說則是針對「一貧如洗、默默無聞和一條生命」進行後設詮釋，「一貧如洗」帶來了「珍惜」的態度；「默默無聞」帶來了「謙卑」的本性；「生命」帶來了「享受」的本錢。而

「珍惜」「謙卑」「享受」是上帝眷顧才能擁有的希望，遠比祈求來得珍貴，因為「眷顧」一詞包含了上帝的喜愛，「祈求」則有偏向於強取的意思。因此，這一段話最終文義在於把握上帝給予的眷顧，過分的祈求是不能硬奪的。

　　有時正如「柳暗花明又一村」，對於事情的認知，倘若只看到表面，解讀到後設道理，可能會難過、失望，但又針對難過、失望再進行解讀，又可能會完全推翻後設道理。

　　接著是人類進步的後設論說例子：

　　　　我們必須立即著手規畫這條航道，因為我們的身後已有太多船骸，也因為我們此刻搭乘的不只是有史以來最大、也是僅存的一艘船。自人類智能演進以來發展的一切成就，這些成就是否能擁有未來，端賴我們未來數載行動的智慧。如同所有生物一樣，人類也是在嘗試錯誤中存活至今；不同於其他生物，我們的存在已變得如此巨大，大到我們沒有犯錯的空間。而這世界已變得太小，小到不容我們犯下任何大錯。（Ronald Wright，2007：19）

　　圖示如下：

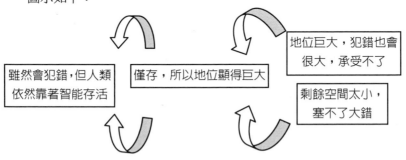

圖3-3-4　後後設論說「人類」圖示

這是一段描述人類演進所帶來的正面與反面影響。從「我們必須立即著手規畫這條航道……人類也是在嘗試錯誤中存活至今」，這一段話是評價人類目前的處境狀況。文中將生物的生存化作一艘船，但只有人類這艘船僅存，所以人類足跡才能延續至今；但能否延續到未來，就得看我們對於未來會做出什麼樣的「智慧」行動。

後設評價「不同於其他生物，我們的存在已變得如此巨大」，因為僅存，所以顯得「存在的巨大」。特別的是，這段文章同時間進行兩種後後設論說，第一種是：後後設評價，因為「存在」的「巨大」，這「巨大」一詞不但是個體外在的龐大，更是對於人類在世界上的地位的一種崇高名詞，因為崇高是不會犯錯的，一旦犯錯，絕對不小，所以「沒有犯錯的空間」；而第二種是進行後後設詮釋「而這世界已變得太小，小到不容我們犯下任何大錯」，因為「存在」的「巨大」，擠壓了人類對於世界的包容，所以只能有偶爾犯小錯的機會，「不容我們犯下任何大錯」。

綜合本節的例子，對於對象論說的描述、詮釋及評價，進行再描述、再詮釋及再評價，就是「後設」論說；針對後設論說的再描述、再詮釋及再評價，也就成了「後後設」論說。而後則可以再進行後後後設論說、後後後後設論說（雖然這在本研究中已暫不處理）……層次越高，所需要的推論理據就要越強韌，否則容易犯了途中矛盾或者結果似是而非的後果。

從上面對象論說、後設論說以及後後設論說的例子看來，論說的層次越多，帶給讀者的省思越深刻，也越能打動讀者深層的思考神經。有了思考，才能夠推翻也或者更新讀者既有的想法與觀念，也確確實實的透過論說達到真理傳遞的目的。

第四章　創意對象論說文的寫作教學

第一節　對象論說文的對象性

在前三章已經將創意論說文的論說範圍作一個界定。在本章中將針對對象論說文作更進一步的討論。

所謂的「對象性」，意思為論說的目標物，是建立學科的基礎；所謂的「學科」，就是將世界學問條理化，將依它性質、屬性等許多條件分門別類，藉以確保知識的秩序化。

目標物可分為表面、進一步，以及更深層的探討。其中「表面」也就是對象性的字面義；而「進一步」的對象探討，在本研究中將其歸納為「後設」。也就是說，當針對對象再作深究的論說時，就是在進行後設論說。而「更深層」的對象探討，在本研究中將其歸納為「後後設」。同理可知，倘若針對後設再作深究的論說時，就是在進行後後設論說。後二者將在第五章以及第六章作詳細的探討。

根據前章的圖 3-3-1 創意論說文寫作研究架構中，了解在論說文中，論說的語文經驗分別為知識經驗、規範經驗、審美經驗，這三者之間的界定相當明顯，配合對象性、後設對象與後後設對象，共形成九種的論說型態，如下表：

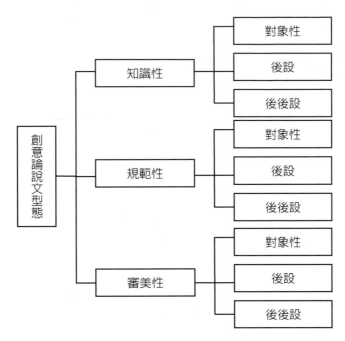

圖 4-1-1　創意論說文型態

　　從上圖可知論說文的範圍相當的廣泛，根據內容屬性以及論說的層級來分，可以無限的延伸論說以及發揮，但在小學教學現場，則需視寫作者本身的先備經驗以及教學者所引導的後備經驗來作寫作素材的主題。首先，先針對「對象」以及三大語文經驗作基本的理論界定。

一、「對象」的界定

　　首先，當遇到一個「對象」論說目標時，寫作者會根據對象的具體條件作主觀意識的搜尋以及客觀意識的蒐集。當寫作者一開始接觸到對於一個主體進行論述時，所根據的條件就是「對象」本身。

二、對象語文經驗的說明

在本章第一節中，將針對知識性的對象論說、規範性的對象論說以及審美性的對象論說交代其定義、論說的由來、論說目的的需求性，並作相關的例證說明。在第五章的後設論說，也將依本章的對象論說定調為基本面向，作第二層次的教學論述。

（一）知識性的對象論說

1.定義

在前章第二節中提到，社會教育的重點著重於「知識」的養成甚過於「規範」和「審美」，人的舊有意識範圍越廣，所能形成的存有與差異就越多元；再者，「知識」的解構與建構速度比「規範」和「審美」都要來得迅速，因此知識性的對象論說可以說是每天不斷的更新，今日的知識也許成就了明日所需推翻與否決的文本。因此，知識性的資訊更迭快速，在寫作的當下，必須掌握「新」知識與「舊」知識的差異，並從中釐清寫作者所想要表達的論點。

2.論說由來

知識性的對象論說主要是求「真」，從一個純理性的科學觀點為基準點，找出語文作品中，所依據的是什麼以及在當中經由這一個事物的邏輯架構找出一個結論，成了論說的源頭。

3. 論說目的的需求性

　　周慶華在《語文教學方法》一書中提到在進行論說程序的概念設定→命題建立→命題演繹的過程中，無論是可保證的真實性或者是常變化的真實性，它的主要目的有二：一是為了提高它的可信度以取人信服；二是為了強化它的啟發性以刺激人更新或發創觀念。（周慶華，2007a：126）

　　因此，知識性的對象論說目的顯而易見，也合乎寫作者在寫作知識性論說文時所期望達到的教化或商業目的。

4. 相關的例證說明

　　知識性的對象論說主要有兩個區塊：一是知識性；另一則是對象。在此以「論環保」與「談綠色能源的應用」兩個寫作題目說明：

（1）**論環保**
　　a. 定義：確立「環保」一詞的涵義與行為。（須具備相關知識才能夠進行論說）
　　b. 由來：敘說環保行為前的相關人、事、物以及動機。（有對象才能夠產生動機）
　　c. 需求性：闡述環保行為後的作用以及未進行的副作用。（將知識置入對象，以利作用的運作）

（2）**談綠色能源的應用**
　　a. 定義：確立「綠色能源」一詞的涵義與行為。（須具備相關知識才能夠進行論說）
　　b. 由來：敘說應用綠色能源的相關人、事、物以及動機。（有對象才能夠產生動機）
　　c. 需求性：闡述應用綠色能源行為後的優點以及未進行的缺失。（將知識置入對象，以利應用的運作）

（二）規範性的對象論說

1. 定義

在前章第二節中提到，「規範」所指的是經過了歷史的演進，社會逐漸發展出有形的規範，如典章、法律、制度；以及無形的規範，如倫理、道德以及宗教。（周慶華，2007a：201）論說文的規範性標準比記敘文及抒情文都要來得高出許多，因為「論說真理」是不能夠強詞奪理或是自我界定就能夠成立的，因此論述者要能夠掌握舊有規範性的表層疏失及盲點，才進行論點闡述。

2. 論說由來

規範性的對象論說主要是求「善」，從一個人性的情感觀點為基準點，找出語文作品中，所依據的是什麼以及在當中經由這一個事物的邏輯架構找出一個結論，成了論說的源頭。

3. 論說目的的需求性

同樣如前所述，周慶華在《語文教學方法》一書中提到在進行論說程序的概念設定→命題建立→命題演繹的過程中，無論是可保證的真實性或者是常變化的真實性，它的主要目的有二：一是為了提高它的可信度以取人信服；二是為了強化它的啟發性以刺激人更新或發創觀念。既然是規範性，那麼在設定概念到建立命題直到演繹命題的過程中，都必須讓規範性質如影隨形，而非到最後才來揭示，以收到所期望達到的教化或商業目的。

4.相關的例證說明

　　規範性的對象論說主要有兩個區塊：一是規範性；另一則是對象。在此以「論孝道」與「死刑廢不廢」兩個寫作題目說明：

　　（1）論孝道

　　　　a.定義：確立「孝道」一詞的涵義與行為。（須掌握孝道的規範條件才能夠進行論說）

　　　　b.由來：敘說孝道文化長存的源頭。（有對象才能夠產生動機）

　　　　c.需求性：闡述孝道推行的優點以及淪喪後招致的後果。（將規範置入對象，以利「善」意的推廣）

　　（2）死刑廢不廢

　　　　a.定義：澄清「死刑」存在的場合與執行的時機。（須具備生命相關的規範才能夠進行論說）

　　　　b.由來：敘說死刑刑責的建立目的與作用。（有對象才能夠產生動機）

　　　　c.需求性：闡述廢除死刑的好壞以及廢止後的優劣。（將規範置入對象，以利佐證對象的存立）

（三）審美性的對象論說

1.定義

　　在前章第二節中提到姚一葦的審美六項經驗：感覺、直覺、知覺、想像、感受和統覺，以及三大覺識論點（感覺、直覺、知覺）。除了上述依據以外，對象內容還能歸類到周慶華（2007a）所區分出的九種屬性：優美、崇高、悲壯、滑稽、怪誕、諧擬、拼貼、多向、互動，因此論述出的審美性的對象論說將不出以上的範圍。

2. 論說由來

審美性的對象論說主要是求「美」，從一個感性的藝術觀點為基準點，找出語文作品中所依據的是什麼以及在當中經由這一個事物的邏輯架構找出一個結論，成了論說的源頭。

3. 論說目的的需求性

同樣如前所述，周慶華在《語文教學方法》一書中提到在進行論說程序的概念設定→命題建立→命題演繹的過程中，無論是可保證的真實性或者是常變化的真實性，它的主要目的有二：一是為了提高它的可信度以取人信服；二是為了強化它的啟發性以刺激人更新或發創觀念。審美性無具體的外象，因此在設定概念到建立命題直到演繹命題的過程中，審美性將透過字裡行間的表達，一步步的鋪陳，營造審美的意象，這樣的展現比單純文字的歌頌要來得困難許多，但所能展示出來的審美意境將更加的完善，如此方能收到所期望達到的教化或商業目的。

4. 相關的例證說明

審美性的對象論說主要有兩個區塊：一是審美性；另一則是對象。在此以「捨與得」與「藍色大地」兩個寫作題目說明：

(1) 捨與得

　　a. 定義：確立「捨」與「得」二詞的涵義與情境。(須提出應用才能夠進行論說)

　　b. 由來：論說捨與得的珍貴及內在意境。(有對象才能夠產生意境)

　　c. 需求性：闡述捨與得存在的普及性。(將審美置入對象，以利讀者能夠有共鳴)

（2）藍色大地

　　a. 定義：確立「藍色大地」所包括的範圍。（須具備相關知
　　　　識才能夠進行論說）

　　b. 由來：敘說藍色領域的類型及其顏色的原理。（有原理才
　　　　能夠產生動機）

　　c. 需求性：從三大覺識論點論述六種美感經驗，以九種審美
　　　　語調敘寫。（將審美置入對象，以利情境的營造）

第二節　創意對象論說文的寫作舉隅

　　本章中的對象性依三種創意對象論說文寫作形態（知識性、規範性、審美性），再配合前章所歸納出的製造差異及無中生有這兩種創意寫作類型，進行第一種到第六種創意論說文寫作的舉隅，並從中歸納出寫作者論說的目的以及教化意義。

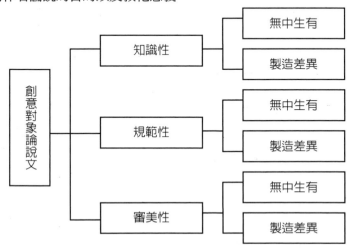

圖 4-2-1　創意論說文分類圖

　　論說文的主要要目的不外是符合寫作者兩種目的：一是權力意志，其中的權力包括了謀取利益、樹立權威和行使教化三種；二是文化理想，所設定的目的主要為推移變遷世界的觀點以及改造修飾所不足的地方。

　　周慶華《作文指導》一書中提到：

> 　　說理性文章固然在說理以希冀使人服從而展現它「推移變遷」或「改造修飾」世界的強烈的企圖，但它仍有所說理的「脈絡性」（非普遍性或絕對性）和所說理的認知「不確定性」以及所說理可以不斷「建構性」（依便或權宜改易）等問題存在。以致說理性文章有著比抒情性文章和敘事性文章更「堅硬」或更「深奧」的質性。（周慶華，2001：210）

　　由於論說文體有如此的特性，因此在進行論說以及說服他人相信論點的目的上，都比抒情性文章和敘事性文章來得明確許多。

　　基於最初的寫作目的以及寫作者本身的目的，在此將依上述的六種寫作交代其定義、論說的由來、論說目的的需求性，並作相關的例證說明。但也有許多創意論說在進行時，非但未能達到既定的目標，反而造成反效果，在此也將一併討論，思考創意對象論說文的建設性是否達到寫作者既定的權力意志以及文化理想的目標。

　　根據周慶華在《語文教學方法》一書中所分節整理，如下所列：

知識取向的語文教學方法　1. 抒情、敘事、說理等文體類型
　　　　　　　　　　　　2. 高度抽象、中度抽象、低度抽象
　　　　　　　　　　　　　 等抽象類型
　　　　　　　　　　　　3. 人文學科、社會學科、自然學科
　　　　　　　　　　　　　 等學科類型
　　　　　　　　　　　　4. 前現代、現代、後現代等學派類型

	5. 創造觀型文化、緣起觀型文化、氣化觀型文化等文化類型
規範取向的語文教學方法	1. 倫理式；2.道德式；3.宗教式
審美取向的語文教學方法	1. 優美、崇高、悲壯等模象觀式 2. 滑稽、怪誕等造象觀式 3. 諧擬、拼貼等語言遊戲觀式 4. 多向、互動等超鏈結式

從上述得知，在本章節中的創意對象論說文在進行寫作時，須先進行「審題」，將寫作主題的取向釐清，才能找到貼切的寫作方式。因此，為了配合後續章節所要進行的實務驗證場域為國小高年級，因此在此限定創意對象論說文的知識取向主要為第一點抒情、敘事、說理等文體類型、規範取向主要為第二點倫理式和第三點道德、審美取向則會偏重於第一點優美、崇高、悲壯等模象觀式和第四點多向、互動等超鏈結式，第二點滑稽、怪誕等造象觀式和第三點諧擬、拼貼等語言遊戲觀式，因需結合更多語文經驗與生活經驗的靈活運用，因此在此有關國小場域將較少談論到。

一、知識取向的語文寫作方法

針對知識取向的論說文寫作方法，主要可分三個層次：第一個層次為「主題到底是什麼」；第二個層次為「為什麼要論說這個主題」；第三個層次為「要如何論說這個主題」，也就對應到前面章節中所提到的「概念」、「命題」與「演繹」三個主題階段性。以下將分創意的二元素「無中生有」和「製造差異」來說明簡潔而清楚的「概念」、「命

題」與「演繹」合而為一段文字的應用，也能夠清楚的體會到這樣的
文字所引發的思考會比平實的文字要來得深刻許多。

（一）知識性無中生有的對象論說文

在知識性的論說文中，存在著許多的論說觀點，但多流於固定的
思考邏輯，也因此倘若需要有知識性的創意論說文，那麼就必須要從
前人所沒有建立的論點中找到特異點——人所未曾發覺的，也可以從
其他領域新的論點中尋找支持寫作主題的論點，進行無中生有的個人
論述。如林鬱在《尼采語錄》一書中提到：

> 對於一般人而言，思想家是沒有需要的，他們只需要自己
> 就夠了。（林鬱，1990：116）

概念是「一般人」與「思想家」，有所不同；命題是「不同的地方
在於有無需要」；演繹是「思想家不需要一般的需要，只需要思想家自
己」，推論到概念建立時的論點。

第一個論點是沒有需要，第二個論點是卻只需要自己，說得真是
太貼切了，前後兩個論點各自獨立成立，但事實上第二個論點卻不違
反第一個論點的成立，因為思想家就是自己。

（二）知識性製造差異的對象論說文

在知識性的論說文中，除了上一個「新」的論點以外，還有就是
從「舊」的進行改造，將流於固定的思考結論，找出可行的不同細節，
那麼就可推論出有「差異性」的論點，進而建立符合寫作主題的論點。
如 Rich Gold 在《夠了！創意》一書中提到：

> 每件事物都在滿足我們的慾望，但也誘發對更多事務的需
> 求。穀片需要湯匙，電視機需要遙控器。（Rich Gold，2008：29）

概念是「慾望」，一種需求；命題是「一個需求誘發了更多需求」；演繹是「穀片滿足食慾，湯匙輔助了穀片的食用便利性；電視滿足了求知慾，遙控器滿足了電視的便利性」。

電視理所當然要配上遙控器、穀片也需要湯匙的輔助，但造文者將不會引起消費者懷疑的地方點出了關鍵字，製造了一個慾望中其實有著兩個慾望的知識性論說。

二、規範取向的語文寫作方法

（一）規範性無中生有的對象論說文

在規範性的論說文，會讓人有一種「規範是不可侵犯的」的迷思，因此在進行的過程中，必須要能夠在規範性中，而不能產生了「存有」卻脫離了規範性。因此，進行規範性論說時，最迅速的方法就是找到新舊規範的「無到有」以及「有到無」的改變。如 Rich Gold 在《夠了！創意》一書中提到：

> 面對現實吧！當你所處的文化以提倡消費的企業為核心，
> 而多數人崇拜一位貧窮謙卑的神祇，小孩在學校學習拯救大自
> 然，一定有事情出了差錯。（Rich Gold，2008：128）

概念是「文化處境」；命題是「以提倡消費的企業為核心；多數人崇拜一位貧窮謙卑的神祇；小孩在學校學習拯救大自然」；演繹是「這三者互相矛盾」。

　　這是一個多麼符合社會規範的形態呀！但作者看出了這三個正常的規範其實互相矛盾，因為企業核心不追求貧窮，也不斷的摧毀學生所要拯救的大自然。三者各自成立，卻也互相阻礙。

（二）規範性製造差異的對象論說文

　　在規範性的論說文，也會有亙古以來「不可侵犯」的規範，但卻在時代或角色的更動中，忘了「更新」或「升級」，因此在進行論述的過程中，必須要能夠在規範中看到了原本存在但卻未被提出的角度。如 Alex Tresniowski 在《當生命請你吃檸檬》一書中提到：

> 生命中的很多失敗，都是因為人們不知道他們放棄的時候離成功有多近。（Alex Tresniowski，2003：27）

　　概念是「失敗」；命題是「失敗是因為放棄了」；演繹是「放棄了近在眼前的成功」。

　　成功與失敗本來是兩個極端的結果，但在上例中，我們看見了作者將二者的距離拉近了，變成了失敗只是成功缺了臨門一腳，讓讀者感受到成功與失敗的另一種遺憾。

三、審美取向的語文寫作方法

（一）審美性無中生有的對象論說文

　　在審美性的論說文中，著重於論證的三、六、九：三大覺識論點（感覺、直覺、知覺）、六項經驗：感覺、直覺、知覺、想像、感受和統覺、九種屬性：優美、崇高、悲壯、滑稽、怪誕、諧擬、拼貼、多

向、互動，從不存在或不顯著的精闢論說中，創造出隱性的審美感。如 Matthieu Ricard 在《快樂學：修練幸福的 24 堂課》一書中提到：

> 暴風橫掃海面，但海洋深處依然是平靜的；智者永遠與深處相連。相反地，那些只知道表面而不知深處的人，就會被痛苦的浪濤席捲而迷失。（Matthieu Ricard，2007：82）

概念是「暴風下，平靜的海底」；命題是「睿智如海底廣闊的智者」；演繹是「表面的挫折不撼動智者的清明」。

沒人思考過海底深處的動靜，因為我們只在乎海平面的穩定是否傷害了我們。也正因為如此，有智者才能如同海底深處，面對外界干擾不動如山！

（二）審美性製造差異的對象論說文

在審美性的論說文中，著重於論證的三、六、九：三大覺識論點（感覺、直覺、知覺）、六項經驗：感覺、直覺、知覺、想像、感受和統覺、九種屬性：優美、崇高、悲壯、滑稽、怪誕、諧擬、拼貼、多向、互動，從既定存在或顯著的審美性論說中，翻轉出另一個平行、相反或層級較高或較低的審美特質。如曉馨在《很重要》一書中提到：

> 天空沒有留下我的痕跡，但我已飛過。（曉馨，2008：50）

概念是「經過才會留下痕跡」；命題是「沒有痕跡，所以沒飛過」；演繹是「不留痕跡的飛過」。

所以我曾經飛過，留得下痕跡是合理的，未留下痕跡卻是對行動的另一種解讀，痕跡不再，意味了什麼？

第三節　創意對象論說文的寫作教學取向

　　從第四章第一節的創意對象論說文的對象性以及第二節的創意對象論說文的寫作舉隅兩節中可結論出創意對象論說文寫作的基本流程：

（一）寫作者針對目標進行概念性的釐清（對象、後設、後後設）。

（二）概念釐清後進行分類，依寫作者參照命題者或教學者的提示與教學，進行該論說題目的語文經驗分類（知識性、規範性、審美性）。

（三）針對判斷的語文經驗進行「存有」與「差異」概念的蒐集，此時需先從既有經驗去尋求「差異」與「未有」的論點，須留意不要為了創意而偏離了論說目標的旨意。

（四）蒐集概念後便可進行命題的建立，可針對創意的論點搭配相對的論據，且論據須具備合理且高度可信的效度。

（五）進行論據的論述，此時可進行創意的兩大主題（無中生有與製造差異）進行發揮，在舊有的論述中找其中避談或疏忽的論語，也可推翻前人的見解。

（六）從寫作者創新的論說觀點中，分析出論說目標的問題解答。

　　因此，本節將這樣的研究結果帶入教學現場，設計教師在進行創意對象論說文的教學時能夠有一個「形成概念、建立命題、進行推論、解決問題」的流程模式。整合來說，也就是「概念、命題以及演繹」的理論建構模式。在建立完成之後，便開始進行引導教師「怎麼教」，在此前提下，以三大主軸為核心，進行實際的寫作教學。核心圖如下：

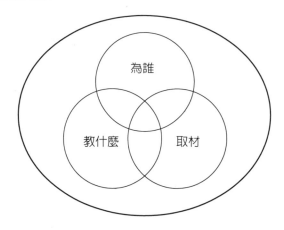

圖 4-3-1　寫作教學核心圖

　　依據這一核心圖，可知在進行寫作教學取向時所該兼顧的三大主軸，並分述說明如下：

一、為誰

　　這是在進行論說文體寫作時，最簡單也是最明確的指標。進行寫作時，常會見到亂箭齊發的狀況發生，原因在於讀者不知道自己是否該接受這一論說觀點。倘若作者所涵蓋的層面太廣，則容易導致部分是讀者所不需要的，也因此讓讀者產生了「相信」的疑慮。簡單來說，被說理的對象要先確立。除此之外，更廣一點的對象則是設定在「謀取利益」。論說文比起抒情性文章與敘事性文章來得艱深許多，也較不具情感，出現的目的多半為投稿的被動性行動以及影響他人的自發性行動。

　　接著針對「概念、命題以及演繹」的理論建構模式，分述「為誰」主軸所該引導的基本原則：

（一）為誰形成概念：在此就必須先釐清「概念」與「誰」的關係，
　　　可能是「概念」形成了「誰」，也可能是「誰」形成了「概念」。

（二）為誰建立命題：與「為誰形成概念」的區別在於上者是來源
　　　關係的追溯，而在此則是目的地必須確立，才能拉出第三者
　　　的強度。

（三）為誰推論演繹：與上列二者的分別在於概念和命題都與主題有
　　　簡單而原始的聯繫，而既然是透過推論，則是需要經過寫作者
　　　的文字引導才能顯示而出。

二、取材

　　論說文的取材可說是包羅萬象，無論是人文學科或是自然學科，
古今中外的素材俯拾即是，但是如何進行篩選就是取材的首要工作。
進行取材時，首重的原則就是情、理、法必須要能夠至少合乎一種以
上。何以見得？為何不是三者兼顧？三者兼顧無法適用於人類目前文
化發展的層次，太過要求會讓讀者有高不可攀的感覺，便無法達到「說
服」的目的；反過來，倘若是素材談不上這三者，那麼即使成功論述，
也會讓人有「胡謅」的印象，這樣的論說便難以成立。

　　接著針對「概念、命題以及演繹」的理論建構模式，分述「取材」
主軸所該引導的基本原則：

（一）形成概念的取材：在這一階段的取材較為普遍性，可從既定論
　　　說中開始形成，也較能夠讓讀者進入論說的意象中。倘若是選
　　　擇較為冷僻的觀點，則可能一開始就讓讀者產生排斥感，也會
　　　讓後續論點的開展無法切入。

（二）命題建立的取材：在這一階段的取材，根據概念的目的性，蒐
　　　集素材並置入「無中生有」與「製造差異」，並留下演繹的空間。

（三）推論演繹的取材：演繹首重主要目標的達成，又必須切合概念、
　　　順從命題，因此在素材的篩選，最需著重的是素材推論的過程
　　　符合演繹的手法。

　　除此之外，不利於論說觀點的素材，以論說者的觀點來看，往往
是避之唯恐不及，深怕會是讓論點有瑕疵。但倘若是能夠逆勢而為，
也就是發揮創意──無中生有與製造差異，就更能夠讓人對寫作者所
持有的論點心服口服。

三、教什麼

　　簡單說來，教什麼的意思就是「什麼」該教。張智光在《邏輯的
第一本書》中提到：

> 　　概念是一種認識，是反應客觀對象本質屬性的思維形式。
> 只有正確理解概念的內涵和外延，才能有明確的概念。（張智
> 光，2003：47）

　　依此可以說明概念所應該具備的條件，也是教學者可以拓展的教
學範圍。該書又提到：

> 　　綜合運用概念、判斷、推理和邏輯規律、規則的知識去肯
> 定或否定某個思想或觀點的正確性。這在邏輯上就叫做論證。
> 它包括證明和反駁兩個方面。（張智光，2003：265）

　　論證的作用就是支撐命題的成立，方法很多種，端看概念的屬性
而定。

　　因此，針對「概念、命題以及演繹」的理論建構模式，分述「教
什麼」主軸所該引導的基本原則：

（一）教形成概念：學生的經驗不足，閱覽資歷也不廣泛，因此概念的成立，要能夠引導「廣」與「深」、「要」與「不要」這兩種分辨技巧。

（二）教建立命題：將概念具體化、生活化，配合周邊的資訊，透過個人、小組、團體以及社會共識來建立命題。

（三）教推論演繹：從建立命題的途徑延伸發展，進行推論，而後演繹，透過內在與外在的條件來進行引導發揮。

　　綜合上述，本節將「概念、命題以及演繹」理論觀點交叉重複進入「為誰、取材以及教什麼」三大教學行動中，以建構出一套創意對象論說文的寫作教學。因此，在寫作教學取向一節中，將建構出的創意對象論說文寫作教學以教師教學引導以及學生發展活動兩個角度來作細部的條件說明，並具體點出在教師教學時該達到的教學目標以及教學延伸；而學生寫作時該論述出的創意論點、論說重點也依理論觀點以及教學主題逐一條列，以金字塔式的論說輻射形式涵蓋主題的論說的各個面向。接著將在下表 4-3-1 中提示創意對象論說文理論教學流程，並以「論環保」一題為教學範例主題，以知識性創意論說文的方式進行教學取向的舉例。而在表 4-3-2 中則進行創意對象論說文實務教學流程的展示；而為了確實達到創意對象論說文的寫作目標，也將同時逐一檢核是否符合創意的兩大方式「無中生有」與「製造差異」、對象目標的論點建立，並配合教師進行寫作教學後的評量細目表：

表 4-3-1　創意對象論說文理論教學流程

理論觀點	教學主題	教師教學引導與學生發展活動
概念	為誰	【教師教學引導】 釐清主題的存在是因何者而起，又將影響何者？ 【學生發展活動】 從諸多「何者」尋找自身所具備的概念。
	取材	【教師教學引導】 有何素材可具體支持學生自身具備的概念，在這一些素材中，可針對「無中生有」與「製造差異」的兩大創意方式，進行創意的概念起點。 【學生發展活動】 將自身具備的概念具體化，並可以憑藉著「無中生有」與「製造差異」兩個標準來進行概念的分類或另行建立新的一類。
	教什麼	【教師教學引導】 概念的論述意義須扣緊主題以及創意的兩大方式「無中生有」與「製造差異」，不能論說與主題無邊際的概念。因此，進行概念的成立時，需教導學生釐清概念的存在意義。 【學生發展活動】從既有的概念確定論述。
命題	為誰	【教師教學引導】 概念一旦衍生出來，接著的發展就是命題活動，針對概念延伸幾個跟概念緊連的問題，在問題與概念之間必須存在著「方向性」，才能建立命題的正確性。因此，在命題時，須先清楚「為誰」來作為目的地。 【學生發展活動】 學童在進行概念形成時所想要完成的論說對象。
	取材	【教師教學引導】 在點出了「為誰」的目的地之後，開始進行題材的篩選，除了從正面呼應，也可從反面來對比出主題，或利用類比、交集等多樣化的脈絡來擴充題材的廣度。 【學生發展活動】 在「取材」這一活動中，學生練習發揮創想來建立一個具有個

		人想法的素材，可透過模仿來製造差異以及兩兩題材之間未兼顧到的點來構成一個全新的素材。
	教什麼	【教師教學引導】 在這一個活動中，寫作者可以創造或搜尋出「無中生有」與「製造差異」的創意題材，來開啟創意演繹的起點。 【學生發展活動】 概念形成後，透過討論等諸多教學活動引出學生的生活經驗題材，在這一活動中學生須針對自己的經驗進行題材的回想與連結。
演繹	為誰	【教師教學引導】在這一活動中的「為誰」的目的是強調在演繹過程中必須存在所增加的作用，作用要有大幅度發展的廣度或具有影響的深度，才具備演繹的意義。 【學生發展活動】在對象論說文的文章中，演繹的步驟只要進行一次的論說就可停止了！
	取材	【教師教學引導】 命題的建立之後，進行命題的樹狀圖發展。而在發展活動中，寫作者可以創造或搜尋出「無中生有」與「製造差異」的創意演繹。 【學生發展活動】 演繹的題材可以依照主題的屬性進行領域的擴散寫作。
	教什麼	【教師教學引導】 演繹的目的主要是希望能夠讓論說的意義擴大，以強化自己論說的效度，鼓勵學生多涉獵多元化資訊，才能舉一反三。 【學生發展活動】 學習連結生活中的零散經驗，透過演繹過程，拉近生活距離。

表 4-3-2　創意對象論說文實務教學流程
——第一步：形成概念（以「論環保」為主題）

理論觀點	教學主題	教師教學引導、學生發展活動、既定教學目標與教學評量	
概念	為誰	【既定教學目標】 1. 教學者引導釐清主題的存在起因與後續影響是因何者而起，又將影響何者？ 2. 學生能從諸多「何者」尋找自身所具備的概念。	
		【教師教學引導】 1.「論」的目的及方法？ 2.「環保」主題的定義？ 3. 釐清「環保」主題的存在由來，可從人、事、物作探討 4. 環保行動將影響哪些方面？	【學生發展活動】 從諸多「答案」尋找自身所具備的概念，並形成對「環保」一詞的樹狀概念圖。
		【教學評量】形成對「環保」一詞的來源以及後續發展有一個多面向的概念，並透過圖形的形成來組織形象化的概念。	
	取材	【既定教學目標】 1. 教學者引導有何素材可具體支持學生自身具備的概念，在這一些素材中，可針對「無中生有」與「製造差異」的兩大創意方式，進行創意的概念起點。 2. 學生能將自身具備的概念具體化，並可以憑藉著「無中生有」與「製造差異」兩個標準來進行概念的分類或另行建立新的一類。	
		【教師教學引導】 1. 社會上，環保行動及意識可分成哪幾類？分別列點陳述。 2. 在這些環保行動及意識中，有哪些是傳統的行動及意識？哪些又是較有新意的行動及意識？是否符合「無中生有」與「製造差異」的兩大創意方式？	【學生發展活動】 1. 找出環保的意識以及行動。 2. 進行行動和意識的概念分類。 3. 分析概念的創意性。 4. 補充寫作者自己的環保意識以及行動。

		3. 倘若沒有新意的行動及意識，學生可以針對「無中生有」與「製造差異」的兩大創意方式，進行創意的環保行動。	
		【教學評量】 將繁多的環保素材進行歸納，並形成寫作者獨特的組織。	
	教什麼	【既定教學目標】 1. 教師引導概念的論述意義須扣緊主題以及創意的兩大方式「無中生有」與「製造差異」，避免論說與主題無邊際的概念。因此，進行概念的成立時，須教導學生釐清概念的存在意義。 2. 學生從形成的素材組織論述。	
		【教師教學引導】 形成概念論述意義須扣緊環保主題，避免雜亂無章和分類過多，把握區分創意的元素「無中生有」與「製造差異」，界線說清楚越好，省略重複性及交集性過高的環保概念。	【學生發展活動】 了解概念的分類以及配合「無中生有」與「製造差異」，創思環保新素材。
		【教學評量】篩選概念的必要與不必要存在意義。	
論「環保」形成概念學生示例	為誰	「論」：找跟讀者生活相關的環保行動，才能引起共鳴。 「環保」：為環境盡一份心力，須選擇與環境保護有益的策略。	
	取材	「環保」：分人為與天然資源、節省與開發行動、製造差異與無中生有。 天然：節省□資源→（製造差異） 　　　　節省□資源→（無中生有） 　　　　開發□資源→（製造差異） 　　　　開發□資源→（無中生有） 人為：節省□資源→（製造差異） 　　　　節省□資源→（無中生有） 　　　　開發□資源→（製造差異） 　　　　開發□資源→（無中生有）	

| 教什麼 | 「論」：以何種身分論說給何種類型的讀者了解，這將影響論
　　　說的語言層級、素材的選擇以及演繹的層級。
「環保」：包含面向、符合讀者生活圈、切合創意、值得行動。 |

表 4-3-3　創意對象論說文實務教學流程
——第二步：建立命題（以「論環保」為主題）

理論觀點	教學 主題	教師教學引導、學生發展活動、既定教學目標與教學評量	
命題	為誰	【既定教學目標】 以「為誰」來作為目的地，並針對概念延伸幾個跟概念緊 連的問題，連結出「方向性」，以利建立命題的正確性。	
		【教師教學引導】 1. 針對概念可以發展幾個 　 跟概念緊連的問題，而 　 問題的目的性必須要符 　 合「環保」主題。 2. 在問題與概念之間，存 　 在的「方向性」有哪些？	【學生發展活動】 學童根據概念與主題之間，依 照不同的方向找到關聯性。
		【教學評量】 建立條理式的關聯，以簡單而全面的概括主題的可能性。	
	取材	【既定教學目標】 1. 從正面呼應，也可從反面來對比出主題，或利用類比、 　 交集等多樣化的脈絡來擴充題材的廣度。 2. 學生練習發揮創想來建立一個具有個人想法的素材，可 　 透過模仿來製造差異以及兩兩題材之間未兼顧到的點 　 來構成一個全新的素材。	
		【教師教學引導】 1. 尋找主題的反面、類比等有明 　 顯差異的素材，擴充題材的廣 　 度。	【學生發展活動】 學生練習發揮創想來建 立一個具有個人想法的 素材，可透過模仿來製造 差異以及兩兩題材之間 未兼顧到的點來構成一 個全新的素材。

		【教學評量】 命題的建立需不離概念，又要能夠達到創意度。	
	教什麼	【既定教學目標】 1. 寫作者可以列出「無中生有」與「製造差異」的創意題材，作為演繹的根源。 2. 透過多項教學活動引出學生的生活經驗題材，並進行回想與連結。	
		【教師教學引導】 在這一個活動中，寫作者可以創造或搜尋出「無中生有」與「製造差異」的創意題材，來開啓創意演繹的起點。	【學生發展活動】 概念形成後，透過討論等諸多教學活動引出學生的生活經驗題材，在這一活動中學生須針對自己的經驗進行題材的回想與連結。
		【教學評量】 建立出作者與讀者之間、概念與演繹之間、理論與行動之間的橋梁。	
「論環保」建立命題學生示例	為誰	「論」：引起共鳴的敘述手法。 「環保」：命題的影響層面。	
	取材	「環保」：分人為與天然資源、節省與開發行動、製造差異與無中生有。 天然：節省資源→□（製造差異） 　　　　節省資源→□（無中生有） 　　　　開發資源→□（製造差異） 　　　　開發資源→□（無中生有） 人為：節省資源→□（製造差異） 　　　　節省資源→□（無中生有） 　　　　開發資源→□（製造差異） 　　　　開發資源→□（無中生有）	
	教什麼	「論」：符合讀者的論說手法、寫作者能掌握論述的論證。 「環保」：命題合乎情、理、法至少一項，創意不能脫離概念本意。	

表 4-3-4　創意對象論說文實務教學流程
——第三步：演繹推論（以「論環保」為主題）

理論觀點	教學主題	教師教學引導、學生發展活動、既定教學目標與教學評量	
演繹	為誰	【既定教學目標】 1.「為誰」的目的是強調在演繹過程中必須存在所增加的作用，作用要有大幅度發展的廣度或具有影響的深度，才具備演繹的意義。 2. 學生能發展出一次演繹的步驟。	
		【教師教學引導】 廣度的作用或深度的作用要具有影響力，才有演繹的意義。	【學生發展活動】 在對象論說文的文章中，演繹的步驟只要進行一次的論說就可停止了！
		【教學評量】演繹的目的要有建設性。	
	取材	【既定教學目標】 1. 寫作者進行命題的樹狀圖發展，並挖掘「無中生有」與「製造差異」的創意演繹。 2. 演繹的題材要能擴散寫作。	
		【教師教學引導】 命題建立後，進行命題的樹狀圖發展。在發展活動中，寫作者可以創造或搜尋出「無中生有」與「製造差異」的創意演繹。	【學生發展活動】 演繹的題材可以依照主題的屬性進行領域的擴散寫作。
		【教學評量】 演繹的取材需合乎情、理、法至少一種以上，並且不離概念與命題的脈絡。	
	教什麼	【既定教學目標】 1. 強化論說的效度，主動涉獵多元化資訊，才能舉一反三。 2. 學習連結生活中的零散經驗，透過演繹過程，拉近生活距離。	

		【教師教學引導】透過取材的特性進行諸多特點的舉一反三，引導學生分割取材的特點。	【學生發展活動】學會合理性演繹。
		【教學評量】寫作者能夠至少演繹出一點不同的見解。	
「論環保」演繹推論學生示例	為誰	「論」：論述手法能夠廣泛。 「環保」：演繹的範圍可推論到另一場域。	
	取材	「環保」：分人為與天然資源、節省與開發行動、製造差異與無中生有。 天然：節省資源➔命題一（製造差異），與□雷同、適用或可引發□ 　　　　節省資源➔命題二（無中生有），與□雷同、適用或可引發□ 　　　　開發資源➔命題三（製造差異），與□雷同、適用或可引發□ 　　　　開發資源➔命題四（無中生有），與□雷同、適用或可引發□ 人為：節省資源➔命題五（製造差異），與□雷同、適用或可引發□ 　　　　節省資源➔命題六（無中生有），與□雷同、適用或可引發□ 　　　　開發資源➔命題七（製造差異），與□雷同、適用或可引發□ 　　　　開發資源➔命題八（無中生有），與□雷同、適用或可引發□	
	教什麼	「論」：分析論述手法的可用性。 「環保」：推理。	

　　亞里斯多德曾經說過「人類思維的展開，是以圖像為基礎」，因此根據 Tony Buzan 的心智圖模式（Tony Buzan，2007：24-25）將上述的論說概念、命題與演繹透過心智圖模式繪製，以利寫作者在進行寫作時脈絡的釐清。

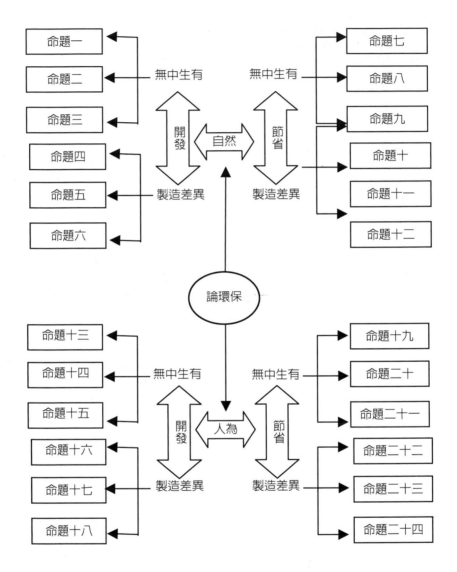

圖 4-3-2 　創意對象論說文實務教學心智圖（以「論環保」為主題）

　　在上表 4-3-1 中進行創意對象論說文理論教學流程的詮釋，並以「論環保」一題為教學範例主題，透過表 4-3-2、表 4-3-3、表 4-3-4 中進行創意對象論說文實務教學流程的展示，除了能夠達到確切的論說寫作主題的寫作目標，也將配合檢核創意的兩大方式「無中生有」與「製造差異」，並配合教師進行寫作教學後的評量細目表。

　　Eva Christiane Wetterer 在《決技──40 種有效決策利器》一書中引用尼采語錄──「許多人執著於各種方法，但很少人執著於目標」（Eva Christiane Wetterer，2006：146），這一點我在本章中所提到的寫作的引導脈絡，就是為了印證不能夠忽視寫作的最終目的。

　　論說文的寫作，主要是為了符合兩種目的：一為權力意志，也就是謀取利益、樹立權威和行使教化三種；二為文化理想，所設定的目的主要為推移變遷世界的觀點以及改造修飾所不足的地方（見前）。在整個創意對象論說文寫作中，寫作者會發現透過創意的「無中生有」與「製造差異」，因為有前所未有的論點，便能激勵讀者去推翻舊有的觀點。也就是說，因為舊有觀點的不足與欠缺周詳，才會有下一個改進後的觀點產出，因此達到了更新文化的目的。而一旦寫作者獨創的論點被廣大的讀者接受及推崇之後，寫作者本身的價值便能帶來名利，也就是利益的謀取、權威的建立和教化的行使。因此，透過論說文寫作的完成，也造就了寫作者本身的價值跟著水漲船高。

第五章　創意後設論說文的寫作教學

第一節　後設論說文的後設性

在前章的圖 4-1-1 創意論說文型態中，介紹了創意論說文的九種類型，而其中對象論說文的知識性、規範性與審美性已界定後，在本章節要接著介紹後設論說文的知識性、規範性與審美性的寫作教學。

首先必須先界定出「對象論說文」與「後設論說文」的界線。在傅皓政的《大師不敢翹的課：聰明思考的十個邏輯》一書中提到：

> 目前可以解決自我指涉的方式是將語言分成層次來處理，被處理的語言稱為對象語言，處理對象語言的語言稱為後設語言。（傅皓政，2003：117）

以這樣的定義去規範，當寫作者與讀者對於單一對象語詞有不同認知時，後設論說所該採用的界線在哪，便可一清二楚。因此，葉保強、余錦波在《思考與理性思考》一書中提到：

> 在許多場合中，我們會用定義來介紹某一個字詞的意義。一個字詞通常有兩重意義：外延意義與內涵意義。以字詞的外延來界定字詞所得到的定義，是該字詞的外延定義（extensional definition）。又稱指涉定義（denotative definition）；而以字詞的內涵來定義字詞就得到內涵定義（intensional definition）。另一名詞是意涵定義（connotative definition）。（葉保強、余錦波，1994：19）

　　於是在一個對象中，寫作者針對這兩方向的意義就可以作兩種後設論說的思考，但並非是絕對合理的。因此，傅晧政主張：

　　　　定義需要具備的要件：第一是滿足目的；第二是能使對方了解；第三是能完全表達；第四是不可導出相互矛盾的結論。（傅晧政，2003：131）

　　這也說明了後設論說必須要避免矛盾，否則容易導出嚴重的謬誤。除此之外，還有並不是所有的對象都是意思明顯的，於是傅晧政也提到：

　　　　模糊語詞的意思是找不到一個決定性的標準作歸類的工作。對於模糊性字眼的處理態度就是設法達成共識，就算無法達到共識，也要知道問題是出在彼此對於詞標準的認定不同所致。（傅晧政，2003：174）

　　因此，創意的後設論說也可以說是從對象論說的無共識處來作創意發揮，透過創意後設論說能夠創造一條新路，也可以為原本模糊的爭執地帶釐清了第一條路，開啟其他人的不同思路。這樣後設論說就不只是寫作者本身論點的闡述，也可能帶出了讀者不同的思考。

　　後設主要是針對對象作進層解釋，有時會建立在語句的廣度，有時則會以語句的深度作發揮。在傅晧政的《大師不敢翹的課：聰明思考的十個邏輯》一書中則是以兩個名詞「語句歧義」、「語意歧義」作為解釋：

　　　　語句歧義是指對某一語句的斷句方式有所不同而造成意義上的分歧。語意歧義是指對某個字詞有不同的解釋，因而造成意義上的分歧。（傅晧政，2003：146）

　　從上述文字，便可得知同一個對象，解讀的出路不會只有一種，也許是字面的差異，也可能是從上下文句的牽引所勾勒出不同的文字意象。因此，這也可以作為後設論說時採用的寫作策略方針。

　　但後設論說並不是針對對象進行深度論說或是廣度論說就一定能夠成立，如同大樹的生長姿態，枝葉的茂密，源自於本體的營養支撐，才能永續發展。換句話說，後設論說必須是確定對象論說可以存在，不能反被矛盾了。以陳明賀在《思考，沒有框框：成功的思考法》的例子來說明：

　　　　有三隻獵狗正在追趕一隻土撥鼠，土撥鼠情急之下鑽進了一個樹洞。這個樹洞只有一個出口，可是不一會兒，從樹洞裡鑽出了一隻兔子。兔子飛快地向前跑，並爬上一棵大樹，倉皇中沒站穩，掉了下來，砸暈了正仰頭看的三隻獵狗。最後，兔子終於逃脫了。故事講完後，老師問：這個故事有什麼問題嗎？同學回答說：「兔子不會爬樹」、「兔子不可能同時砸暈三隻獵狗」。老師繼續問：「還有？」直到同學也找不出問題了，老師才說：「可是還有一個問題你們都沒有提到那隻——土撥鼠哪裡去了？」（陳明賀，2008：158）

　　起初的對象是土撥鼠，引發出了兔子後續的行動，因此忽略了土撥鼠的存在，這也是後設論說在進行論述時，必須要留意勿讓第二主角搶了第一主角的存在。

　　可見在後設創意論說文中，必須要先存在著「對象論說文」來作為後設的母體。而「對象論說文」存在的形式，一則是既定的論說內容，也就是寫作者以此為讀者的先備經驗，已先存在讀者的思考觀點中，那麼也就不需寫作者再去贅述，只讓寫作者再作後設的發揮就可以了，在此將它命名為「既定對象性」，也就是屬於隱性的共同認知；另一則是寫作者必須先進行「對象論說文」的鋪敘，再針對「對象論說文」作「後設」論說，在此將它命名為「顯示對象性」，也就是屬於

顯性的共同認知。再從另一角度來探討「創意後設論說文」的另一層手法「創意」，延續前面第一章到第四章對於「創意」方式所定為「無中生有」與「製造差異」，如此後設的方向便有了依據。再合併論說文的三種語文經驗「知識性」、「規範性」、「審美性」，如此就可以規模出創意後設論說文的大致面貌。

在此將創意後設論說文的後設形式區分為二類、創意後設論說文的創意手法分為兩個方向、創意後設論說文可以的三種語文經驗等，合而如下圖所示：

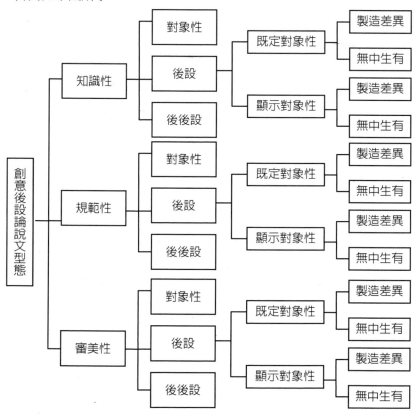

圖 5-1-1　創意後設論說文型態

由上圖可知，創意後設論說文可再細分為十二類，將在本章第二節中逐一描述。接著，研究三種標準所呈現的內容及規準如下：

一、創意後設論說文的後設形式

（一）既定對象性

所以命名為「既定」一詞，主要是因為那是無可置疑的概念，因此在論說時不再透過文字，而是以為讀者的先備知識。也因為如此，後設論說文會比對象論說文要來得廣泛，但也需要讀者更多思考力。如曉馨在《很重要》一書中引用了印度的大詩人兼哲學家泰格爾的名言：

> 如果你因為失去太陽而哭泣，那麼你也會失去月亮。（曉馨，2008：199）

哭泣失去了太陽，卻連帶忘了「月亮」存在的喜悅；傷感的蔓延，如同月亮的不存在時，也會有此心情。

（二）顯示對象性

顯示對象性是相對於既定對象性而論定。換句話說，寫作者必須將對象論說帶到讀者眼前，才能就此進行後設論說。

舉例來說：「有時候，你會發生一些很荒謬的事，更荒謬的是，你不確定它是否真的發生過」，在這一個例子中，對象論說是「發生了荒謬的事」，針對「荒謬的事」再進行後設論說，這一個「荒謬的事」就是「你不確定它是否發生過」。

再舉一例，Eva Christiane Wetterer 在《決技 40 種有效決策利器》書中提到：

> 人的自由不在於做他想做的，而在於不需要做他不想做的（盧梭語）。（Eva Christiane Wetterer，2006：71）

在這段文字中，既定的對象性就是「人的自由不在於做他想做的」，這是眾所皆知的對象論說；而在「不做他想做的」文字中，再進行後設論說「不需要」做他不想做，因此更加深了自由的定義。

二、創意後設論說文的創意手法

（一）無中生有

「無中生有」在前章創意對象論說文中已經有了第一層面的認識，因此在創意「後設」論說文中，所能夠發揮的「無中生有」便是針對「對象」進行「無中生有」的後設論說。而「無中生有」的「無」可以利用概念作為發展，或是透過尚未建立命題的概念，衍生出新的命題點，或者在演繹後進行後續新的論述，這些都可以展現寫作者獨特創意的論說觀點。

（二）製造差異

「製造差異」在前章創意對象論說文中也已經有了第一層面的認識，也因此在創意「後設」論說文中，所能夠建立的「製造差異」便是針對「對象」進行「製造差異」的後設論說。簡單說來，就是在後設的說明中，依然能夠納入「差異」的創意論點。值得一提的是，製造差異並非絕對的黑差異於白這類的極端，須了解在論說時，別為了

凸顯差異而論述出錯誤觀念的「創意」論點；仍然需有論說的合理性，並能夠達到論說目的，也就是改造社會、權力意志等正向終點。

三、創意後設論說文的三種語文經驗

（一）知識性創意後設論說文

從「知識性」、「創意」、「後設」、「論說文」這四個語詞來作聯集，最大的範圍就是「論說文」，依序為「知識性」、「後設」、「創意」；以另一個標準來看，「知識性」、「論說文」是寫作的範圍，「創意」、「後設」是寫作的手法。為何要作如此的說明？因為在寫作的範疇中，要先讓寫作者能對寫作主題有一個輪廓性的認識，並且要能參酌「創意」、「後設」，才不會寫作時過於跳躍，讓主題失焦，也容易讓論說文寫作流於刻板。

知識性論說文的寫作文體著重在論說知識性內容。以史榮新在《掌握生命的高度，活出生命的寬度：23個改變生命的心靈感悟》一書中所提到的來作印證：

> 在現實生活中，是沒有所謂絕對正確的選擇。當我們把正確的帽子無意中扣到自己頭上的時候，我們就用那些所謂正確、合理、理性等等的框架來框住自己，使自己動彈不得。只有打破這些框框，我們才能擺脫優柔寡斷的困境，使自己在面對問題的時候，更從容、更切合實際地作選擇。（史榮新，2010：77）

知識性的論說就是我們做了「正確、合理、理性」的選擇，但寫作者卻以另一種差異觀點「動彈不得的框架」來具體化「正確、合理、理性」，也後設論說了「正確、合理、理性框架使我們優柔寡斷」，這

讓讀者省思到有時太過合理的事情就是一個不合理，因為世界上唯一不變的就是改變，而我們不該一味的用一個標準去套在所有事情上。

（二）規範性創意後設論説文

規範性創意後設論說文，最大的範圍也是「論說文」，依序為「規範性」、「後設」、「創意」；以另一個標準來看，「規範性」、「論說文」是寫作的範圍，「創意」、「後設」是寫作的手法。規範性論說文的寫作文體著重在論說規範性內容。以林鬱在《尼采語錄》一書中所提到的來作印證：

> 在這個世界上有許多骯髒的東西，但是世界並不因此變成一個不乾淨的怪物！若不想枯萎於人群之中，就不需學習利用所有的杯子喝水；誰若想在人群中保持清潔，就必須懂得用髒水來擦洗自己。（林鬱，1990：51）

首先，我們必須先釐清對象論說是「若想在人群中保持清潔，就該用水洗淨自己」，但「水是髒的」，於是與世界存在乾淨的道理一樣，即便「髒水是髒的」，但它仍然可以擦洗自己，使自己乾淨。這段文字的意象透露著為人處世的道理：雖然社會存在著許多黑暗面，但我們要能夠讓黑暗面帶走我們的污穢，反倒可以成就出我們心中的那份澄淨。

（三）審美性創意後設論説文

如同上面兩類型論說文的劃分，審美性創意後設論說文最大的範圍也是「論說文」，依序為「審美性」、「後設」、「創意」；以另一個標準來看，「審美性」、「論說文」是寫作的範圍，「創意」、「後設」是寫作的手法。審美性論說文的寫作文體著重在論說審美性內容。以林鬱在《尼采語錄》一書中所提到的來作印證：

　　　　有道理的無道理——每當生命成熟到有悟性時，他會開始
　　認為父親不該生下他來。（林鬱，1990：60）

　　生命成熟，因此有了悟性，此悟性悟了「生命」的存在。仔細思
考，倘若沒有生命的誕生，何來的悟性？此悟性卻是反思不該存在的
悟性本體，形成了「生命產出了悟性，而悟性悟出了不該有生命」的
後設論點。這樣的反本體，可說是「悲壯」的造象美感。

　　因此，在許多的論說文章中，都使用了相關的手法，也成功的打
入了論說真理的市場，再次呼應了論說文的目的也就是改造世界的最
終目標。透過創意後設論說文的二類後設形式、創意後設論說文的兩
種方向創意手法、三種創意後設論說文的語文經驗，便能延伸「創意
對象論說文」所涉及的點，勾勒出創意後設論說文能夠施展的線，進
而為「創意後後設論說文」鋪出一個更廣泛、更完整的面。

第二節　創意後設論說文的寫作舉隅

　　創意後設論說文的寫作比創意對象論說文要來得困難一點，除了
要作對象的廣度延伸，還要作深度的探討。也就是說，必須對「對象」
的認知清楚，才能針對特點作「特寫」；否則平白對非「焦點」的局部
作討論，會讓人不知道主題的重要性且無法建立論說的重要性。對於
讀者來說，論點的建立與未讀前是沒有改變的，這樣論說文的「論理
說服」目的便無法達成。

　　憑藉著這一個最初的目的，在此依前節的創意後設論說文型態的
十二類型作依序的舉例，而讓讀者明白創意後設論說文的微妙處。

一、知識性論說文

（一）既定對象性

1. 「無中生有」：以裴玲在《跳下懸崖找條路》一書中的一段話作為例示：

> 失敗也是我所需要的，他和成功對我一樣有價值，只有在我知道一切不好的方法之後，我才知道做好一件工作的正確方法是什麼（愛迪生語）。（裴玲，2004：114）

失敗也代表著「努力無價值」，而文中提到了「失敗的價值」就是「知道了正確方法」，如此寶貴的價值顛覆了「無價值」的印象，所使用的論證就是「排除了一切不好的方法」，這樣的刪去法也是一種創意的論說技巧。

2. 「製造差異」：以金城佐夫在《不要對昨天說「抱歉！」》一書中的一段話作為例示：

> 生命是可貴的，當失去生命時，足可以用另一種方式讓生命得到延續。這就是生命的真諦。生命的實際用途：不在於歲月的長短，而在於我們怎樣合理利用它——不少人活的時間並不多，卻活了很長很長的日子。（金城佐夫，2010：45）

活的時間不等於是活的日子嗎？在此，作者特地將「時間」與「日子」的差異點出。每個人都擁有「時間」，一樣的二十四小時，一樣的速度流轉。但「日子」卻不是每個人都過得一樣，正如有人生命沒了時間，便不再存在於世；但也有人死後

遺芳餘烈，存留後人心中勝過於他活的時間，彷彿活躍於後人的生命脈動中。文中特別區分二者，不外乎是想引起讀者的省思，凸顯作者心中的那份論點——影響力大於生命力，才是真生命。

（二）顯示對象性

1. 「無中生有」：以何權峰在《別扣錯第一顆扣子》一書中的一段話作為例示：

> 每個人都希望事事如意，但一遇到難事都不願去面對；每個人都想死後上天堂，卻沒有人願意死。這即是問題所在。（何權峰，2002：44）

人的世界總是充滿矛盾與跳脫的。於是不願意死亡，卻願意上天堂？在一般觀點中，這是兩個不同的直線，面對兩個領域不同的期望，我們產生了期望與期望之間的矛盾，卻渾然不知；更不自覺我們的期望只能完成一個，只是在期望中自我存留，顯示出人性的無知與小格局。作者點出二者並非和諧的論點，也算得上是創意的「無中生有」。

2. 「製造差異」：以史榮新在《掌握生命的高度，活出生命的寬度：23 個改變生命的心靈感悟》一書中的一段話作為例示：

> 在現實生活中，是沒有所謂絕對正確的選擇。當我們把正確的帽子無意中扣到自己頭上的時候，我們就用那些所謂正確、合理、理性等等的框架來框住自己，使自己動彈不得。只有打破這些框框，我們才能擺脫優柔寡斷的困境，使自己在面對問題的時候，更從容、更切合實際地作選擇。（史榮新，2010：77）

　　作者先顯示我們自認為的選擇一定是「正確的」，再以獨特的差異觀點「動彈不得的框架」來具體化「正確、合理、理性」，也後設論說了「正確、合理、理性框架使我們優柔寡斷」。這讓讀者省思到有時太過合理的事情就是一個不合理，因為世界上唯一不變的就是改變，而我們不該一味的用一個標準去套在所有事情上。

二、規範性論說文

（一）既定對象性

1. 「無中生有」：以前節所引林鬱在《尼采語錄》一書中的一段話作為例示：

> 　　在這個世界上有許多骯髒的東西，但是世界並不因此變成一個不乾淨的怪物！若不想枯萎於人群之中，就不需學習利用所有的杯子喝水；誰若想在人群中保持清潔，就必須懂得用髒水來擦洗自己。（林鬱，1990：51）

　　洗淨，刻板印象就是用「水」，但世界上卻只有髒水，於是該不該用變成了一個抉擇。

　　因此，用髒水洗淨自己的結果，就跟有許多骯髒東西卻不會不乾淨的世界一樣的道理。這樣的論點，讓人需要留點思考空間衡量本體與外在「水」、「骯髒」這兩端的關聯性。

2. 「製造差異」：以金娥在《驕傲的本錢：驕傲也要充分的理由》一書中的一段話作為例示：

　　　　不懂得害怕的人不能算勇敢，因為勇敢指的是面對一
　　切風雲變幻仍堅強不屈的能力。（里歐.羅斯頓語）（金娀，
　　2010：91）

　　　既定的論點就是不懂得害怕就是勇敢，但作者認為勇敢其
　實是在令人害怕的場景中卻絲毫不生畏懼，無知與知而無畏有
　著不成熟與大器的差別。

（二）顯示對象性

1. 「無中生有」：以肖衛在《給你一些不一樣的人生智慧》一書
　中的一段話作為例示：

　　　　《臥虎藏龍》的經典對白：當你緊握雙手，裡面什麼也
　　沒有；當你打開雙手，世界就在你手中。（肖衛，2008：43）

　　　第一句顯示緊握雙手，應該是能夠「掌握」某些意念或物
　品，但事實上什麼也沒有，
　　　但張開雙手，卻是擁有「全世界」，因為如同如來佛的意
　象一般，萬物都在手掌心中運轉，那是一般人所無法自我說服
　的思考層次！

2. 「製造差異」：以孫郡鍇在《退路決定出路》一書中的一段話
　作為例示：

　　　　以一種平和的心態去看待人生的不順和挫折，並非是
　　一種消極的心態。在有時候，你後退一步，尋找到一種海
　　闊天空的人生境界，這也是一種積極的心態。起碼它教你
　　認識了生活，認識到人生不會一帆風順，然後就逼著你去
　　學習，在遇到不順和挫折的時候，去怎樣對待人生，對待
　　挫折，對待你自己。（孫郡鍇，2010：66）

面對挫折，多半持有的態度就是閃避，或者是迎戰，鮮少有人會以「對待」如此友善的方法來看待；但在上文中，挫折是帶來「認識」，帶給自己新的收穫，與舊有觀點顯出反差。

三、審美性論説文

（一）既定對象性

1. 「無中生有」：以前節所引林鬱在《尼采語錄》一書中的一段話作為例示：

> 有道理的無道理──每當生命成熟到有悟性時，他會開始認為父親不該生下他來。（林鬱，1990：60）

悟性應該是悟到人生往後的道理，或者是更成熟的想法，但在此卻是反悟到自己的
存在感，就如同宗教教義一般，鑽研的是人生的出世與入世，而非一般的俗塵事務。因此，在文中才會一開頭「有道理的無道理」，倘若沒有父母的生養，怎會有自我，又怎麼找到源頭？

2. 「製造差異」：以謝婷在《會幸福的女人》一書中的一段話作為例示：

> 時下的瘦身風，令許多根本就不胖的女人，也拼命地節食、運動、減肥。廣告中也一直暗示：只有瘦女人才會擁有幸福。幸福從來就跟胖瘦沒有關係。很多男人喜歡瘦女人沒錯，但那「很多男人」跟妳自己的幸福，並不一定

有直接關係。我們需要的是那個不在意這些的男人。（謝婷，2010：196）

在這段文字中，有種很奇妙的聯繫關係。以另一種角度來分析，「男人」喜歡「瘦女人」，「瘦女人」擁有「幸福」，如同數學領域的「A」等於「B」，「B」等於「C」，所以「A」就等於「C」嗎？那倒未必，因此作者提出了「A」不一定會帶來「C」，「C」也不一定透過「B」才能得到「A」這兩種差異的邏輯論點！

（二）顯示對象性

1. 「無中生有」：以史榮新在《掌握生命的高度，活出生命的寬度：23 個改變生命的心靈感悟》一書中的一段話作為例示：

    漢字真是奇妙，「好」就是好、「壞」就是壞，「太壞」還是壞，但「太好」已經變味。（史榮新，2010：106）

    在這段文字中，既然已經揭示了兩個論點：一是「甲就是甲」；二是「太甲就是太甲」。但對於「好」這個字，卻是不適用的，為什麼？這是作者獨特的表示方法，因為「太好」是個超過的極端，讓人沒有犯錯的空間，給人的是一種壓力，而不是一種期許，不帶有彈性。簡單說來，它忽略了人性中隱藏的惰性因子。

2. 「製造差異」：以鄭存琪在《放慢‧放鬆‧放下》一書中的一段話作為例示：

    於是我明白，原來自己就是自己生命故事的編劇、演員，也同時是觀眾。我能掌握自己的生命劇情，同時也能

　　　　隨時退回觀眾席，欣賞並鼓勵在生命中努力的自己。（鄭
　　　　存琪，2009：89）

　　戲如人生，自以為自己只是個戲子。但嘗試跳脫戲服，自
己也能在同一個時空一人分飾兩角，看著的是自己的演技與生
命；更別忘了在感動的時候留下眼淚、精采的時候給予掌聲，
時時和自己的生命同進退，也時時以客觀的角度檢視自己的人
生。如此精闢的特異闡述人生，是作者能夠掌握人生的脈絡所
寫下的論點。

第三節　創意後設論說文的寫作教學取向

　　在本章節中，除了採用第五章第二節創意後設論說文類型規範的
橫向連結以外，還將與第四章第三節作縱向連結，因為在寫作教學進
行中，無法確定每一位寫作者有對象論說文的先備寫作能力。因此，
在本節中，將會從創意對象論說文發展到創意後設論說文。而發展的
程序，則是採取「概念→命題→演繹」；再以此為對象，作「後設論說」。

　　在本章第二節中，歸納出創意後設論說文的相關例證，將依所整
理出的類型放進寫作教學中，作為寫作教學取向的規模。而在本章節
中，將以規範性創意後設論說文的題目作為範例，以「失敗」為例題，
作寫作教學的理論教學流程及實務教學流程的設計。

　　首先，確定題目為「失敗」之後，依循對象論說文的寫作流程，
開始進行以下的教學步驟：

（一）寫作者針對目標進行概念性的釐清（對象、後設、後後設），倘
　　　若是既定對象性，則可跳過對象的敘述；倘若是顯示對象性，
　　　則需先帶出「對象」的存在。

（二）與對象論說文不同的步驟在於這一步驟，因為進行創意後設論說文寫作時，寫作者必須先自我預設所要後設的階段是對象論說文中的「概念」階段還是「命題」階段或是「演繹」階段，也才能在寫作時置入，避免後面再來補不必要的贅述。

（三）概念釐清後進行分類，依寫作者參照命題者或教學者的提示與教學，進行該論說題目的語文經驗分類（知識性、規範性、審美性）。

（四）針對判斷的語文經驗進行「存有」與「差異」概念的蒐集，此時需先從既有經驗去尋求「差異」與「未有」的論點，須留意不要為了創意而偏離了論說目標的旨意。在這一步驟中，可作為後設論說的伏筆。

（五）蒐集概念後便可進行命題的建立，可針對創意的論點搭配相對的論據，且論據須具備合理且高度可信的效度。

（六）進行論據的論述，此時可進行創意的兩大主題（無中生有與製造差異）進行發揮，在舊有的論述中找其中避談或疏忽的論語，也可推翻前人的見解。多數的後設論說文就是在這步驟中進行後設論說，較容易形成後設的脈絡。

（七）從寫作者創新的論說觀點中，分析出論說目標的問題解答；或是引導出迥異的結論。多數的後設論說文會在此明白顯示出寫作者對於論題對象的後設結論，這也是後設論說比對象論說精闢的關鍵點所在。

　　綜合以上所述，可以整理出在進行創意後設論說文寫作時，本著「概念→命題→演繹」的對象論說基礎而加入「後設」闡述，得出表5-3-1。在此創意後設論說文理論教學流程中，依照寫作主題，列出了在寫作者可以發揮的程度內作概念的後設、命題的後設以及演繹的後設這三種後設寫法，並以此建構教學引導以及學生發展活動，並透過圖 5-3-2 創意後設論說文理論教學心智圖來呈現創意後設論說文的寫作教學大綱。

表 5-3-1　創意後設論說文理論教學流程

教學觀點	教師教學引導與學生發展活動	
	教師教學引導	學生發展活動
概念對象	【教師教學引導】 1. 釐清主題的存在是因何者而起，又將影響何者？ 2. 有何素材可具體支持學生自身具備的概念，在這一些素材中，可針對「無中生有」與「製造差異」的兩大創意方式，進行創意的概念起點。 3. 概念的論述意義須扣緊主題以及創意的兩大方式「無中生有」與「製造差異」，不能論說與主題無邊際的概念，因此進行概念的成立時，需教導學生釐清概念的存在意義。	【學生發展活動】 1. 從諸多「何者」尋找自身所具備的概念。 2. 將自身具備的概念具體化，並可以憑藉著「無中生有」與「製造差異」兩個標準來進行概念的分類或另行建立新的一類。 3. 從既有的概念確定論述。
後設概念	1. 後設概念著重在意義的內涵與外延，也就是針對主題定義要有透徹的了解。 2. 針對概念作第二層次的定義，透過「無中生有」與「製造差異」，讓新定義更鮮明。	1. 先訂出對象概念，再針對概念定義作後設。 2. 後設概念時，需留意能不能構成命題，避免無法延伸論說。
命題對象	1. 概念一旦衍生出來，接著的發展就是命題活動，針對概念延伸幾個跟概念緊連的問題，在問題與概念之間必須存在著「方向性」，才能建立命題的正確性。因此，在命題時，須先清楚「為誰」來作為目的地。 2. 在點出了「為誰」的目的地之後，開始進行題材的篩選，除了從正面呼應，也可從反面來對比出主題，	1. 學童在進行概念形成時所想要完成的論說對象。 2. 在「取材」這一活動中，學生練習發揮創想來建立一個具有個人想法的素材，可透過模仿來製造差異以及兩題材之間未兼顧到的點來構成一個全新的素材。 3. 概念形成後，透過討論等諸多教學活動引出學生的生活經驗

	或利用類比、交集等多樣化的脈絡來擴充題材的廣度。 3. 在這一個活動中，寫作者可以創造或搜尋出「無中生有」與「製造差異」的創意題材，來開啟創意演繹的起點。	題材，在這一活動中學生須針對自己的經驗進行題材的回想與連結。
後設 命題	這一部分分成兩種情況： 1. 根據對象概念作後設命題：概念的命題著重於普及性，在此將它簡稱為甲，倘若要作後設命題，則必須尋找另一個有顯著不同的命題乙，並要能對乙作另一番說明的後設命題丙，如下簡圖： 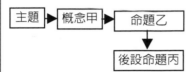 2. 根據後設概念作後設命題：與上者不同的是，在這一情況中，所要論述的是後設概念，不是對象概念，如下簡圖： 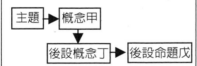	學生在這一活動中，著重的是後設的能力。倘若是針對命題作後設，則學生所要建構的後設命題較為具體，因為已有既定的命題來作對象，也較不容易偏頗；但在另一種以先後設概念再後設命題來進行這一寫作能力，學生必須要先釐清後設演繹的走向，才能讓後設概念與後設命題形成一線，也更方便後設概念與後設命題的建構。一般說來，後者屬於邏輯性較完整的學童所能完成，也較能夠有發揮創意論說的空間，但對於現階段高年級的學童來說，可能需要配合更高層次的先備經驗才能夠思考較為完備。
演繹 對象	1. 在這一活動中的「為誰」的目的是強調在演繹過程中必須存在所增加的作用，作用要有大幅度發展的廣度或具有影響的深度，才具備演繹的意義。 2. 命題的建立之後，進行命題的樹狀圖發展，在發展活動中，寫作者可以創造或搜尋出「無中生有」與「製	1. 在對象論說文的文章中，演繹的步驟只要進行一次的論說說明就可停止了！ 2. 演繹的題材可以依照主題的屬性進行領域的擴散寫作。 3. 學習連結生活中的零散經驗，透過演繹過程，拉近生活距離。

	造差異」的創意演繹。 3. 演繹的目的主要是希望能夠讓論說的意義擴大，以強化自己論說的效度，鼓勵學生多涉獵多元化資訊，才能舉一反三。	
後設演繹	這一部分分成兩種類型： 1. 根據對象命題作後設演繹：如下簡圖，在後設演繹中，所要推論的要比演繹來得更有差異性。通常在這一環節中所能發揮的創意內容以及創意技法會更加容易，也最常見於一般的論述文章中。初次接觸後設論說文的寫作架構中，可從這一類型先練習。 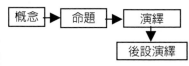 2. 根據後設命題作後設演繹：在這一類型中，著重論述的是後設命題，不是對象命題。在後設寫作中，要建構出後設命題，必須要能夠有後續的後設演繹議題；否則就會矛盾了後設命題的存在。因此，在這一類型中，比較適用於中學階段開始有自我想法、喜歡走不一樣思考途徑的學生。如下簡圖： 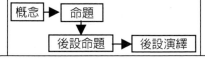	不管是從演繹或是從後設命題來產出後設演繹，後設演繹都必須以對象論說文為主體，透過「後設」才能推論出。但對於現階段國小學童來說，理論過於單薄，多半可見他們有論點，卻無法找到來源。因此，在這一階段，學童除了從概念、命題、演繹這一路線發展論說以外，還可試著「逆向操作」，利用學童發想出的論點，往前尋找支持的命題，進而推論到根據的概念。如此一來，可以拉近學童與理論的距離，也讓學生更清楚的看到後設論說文的存在是存而不顯的。

有了上述的理論建構後，接著呈現後設論說文的四種基本寫作類型：

圖 5-3-1　創意後設論說文理論教學圖

後設論說文理論建構於後設寫作技法上，因此後設寫作的方法就顯得相當重要。在張智光的《邏輯的第一本書》中提到：

> 綜合運用概念、判斷、推理和邏輯規律、規則的知識去肯定或否定某個思想或觀點的正確性。這在邏輯上就叫做論證。他包括證明和反駁兩個方面。（張智光，2003：265）

多半的後設論說會建立於對象論說的差異性，但往往會受到對象的影響而依然存有共同的交集，也就是會存在著「再次證明」的意味，但如此往往就欠缺了創意。因此，在強調創意與後設的論說文中，練習反駁與推翻會更接近寫作主題核心。因此，在葉保強、余錦波在《思考與理性思考》書中提到：

> 形式謬誤是指違反了形式的邏輯規則而產生的推論錯誤。所有不能歸入形式謬誤的推論錯誤就是非形式謬誤。（葉保強、余錦波，1994：89）

又舉出：

> 非形式謬誤是違反了形式邏輯規則之外的理性思想規則而產生的謬誤。共分為幾種：不相干謬誤是以不相干的理由來支

持結論；預設性謬誤是涉及有問題的預設而產生的謬誤；歧義性謬誤是由意義而導致的謬誤；類比性謬誤的產生，是由不適當地使用類比所致。(葉保強、余錦波，1994：122)

上文中，提醒了在作後設時，必須避免的幾個盲點，以免流於為後設而後設的弊端。

有了表 5-3-1 創意後設論說文理論教學流程的建構以及圖 5-3-2 創意後設論說文理論教學心智圖之後，再來進行教學實例的驗證。首先，針對「失敗」一題，採用的是第三種「概念→後設命題→後設演繹」這一理論建構模式，因為「失敗」是一個意義鮮明的名詞，但它的定義卻可以發展出不同的命題，因此寫作者可以在此採用後設命題，接著便能發展出後設演繹。

表 5-3-2　創意後設論說文實務教學流程
——第一步：形成概念（以「失敗」為主題）

理論觀點	教學主題	教師教學引導、學生發展活動、既定教學目標與教學評量	
概念	為誰	【既定教學目標】 1. 教學者引導釐清主題的存在起因與後續影響是因何者而起，又將影響何者？ 2. 學生能從諸多「何者」尋找自身所具備的概念。	
		【教師教學引導】 1. 「失敗」主題的定義？ 2. 釐清「失敗」的存在由來，可從人、事、物作探討。 3. 失敗將影響哪些方面？	【學生發展活動】 從諸多「答案」尋找自身所具備的概念，並形成對「失敗」一詞的樹狀概念圖。
		【教學評量】 形成對「失敗」一詞的來源以及後續發展有一個多面向的概念，並透過圖形的形成來組織形象化的概念。	

取材	【既定教學目標】	
	1. 教學者引導有何素材可具體支持學生自身具備的概念，在這一些素材中，可針對「無中生有」與「製造差異」的兩大創意方式，進行創意的概念起點。	
	2. 學生能將自身具備的概念具體化，並可以憑藉著「無中生有」與「製造差異」兩個標準來進行概念的分類或另行建立新的一類。	
	【教師教學引導】	【學生發展活動】
	1. 釐清「失敗」與「成功」的差別。	1. 以事件類型來論： 注定失敗的類型：不合理、荒謬……
	2. 了解失敗的緣由。	過程中失敗類型：方法錯誤、態度錯誤……
	3. 統整出失敗的幾個重要因素。	結果失敗的類型：意外、失算……
		2. 以結果來論： 實質上的失敗：贏與輸、晉級與止步……
		精神上的失敗：墮落、放棄、逃避……
	【教學評量】	
	歸納出自我及他人、古今中外的成功與失敗範例共通點。	
教什麼	【既定教學目標】	
	1. 教師引導概念的論述意義須扣緊主題以及創意的兩大方式「無中生有」與「製造差異」，避免論說與主題無邊際的概念。因此，進行概念的成立時，需教導學生釐清概念的存在意義。	
	2. 學生從形成的素材組織論述。	

		【教師教學引導】	【學生發展活動】
		形成概念論述意義須扣緊環保主題，避免雜亂無章和分類過多，把握區分創意的方式「無中生有」與「製造差異」，界線說清楚越好，省略重複性及交集性過高的失敗條件。	了解概念的分類以及配合「無中生有」與「製造差異」，列出失敗的許多可能性。
		【教學評量】篩選概念的必要與不必要存在意義。	
「失敗」形成概念學生示例	一、對象：人——寫作者、前人、今人、中國、國外； 　　　　　事——個人、社會、國家、人類。 二、關鍵過程：事件——決策、行動、結束； 　　　　　　　主事者——態度、主觀意識、文化。 三、對象論說文： （一）對象命題：針對關鍵過程論述「失敗」的存在處。 （二）對象演繹：「失敗」的存在處影響所及。 四、後設論說文： （一）後設命題：在針對關鍵過程論述「失敗」存在處後，針對存在處建立新的命題。 （二）後設演繹：後設命題所致使的影響與新命題的影響迥異處。 五、論說價值：雖敗猶榮		

　　在概念形成之後，便可著手進行下一步──建立命題（後設命題）。

表 5-3-3　創意後設論說文實務教學流程
──第二步：建立命題（以「失敗」為主題）

理論觀點	教學主題	教師教學引導、學生發展活動、既定教學目標與教學評量
後設命題	為誰	【既定教學目標】 以「為誰」來作為目的地，並針對概念延伸幾個跟概念緊連的問題，連結出「方向性」，建立命題，並針對命題作後設論說。

		【教師教學引導】	【學生發展活動】
		1. 針對失敗的事例綜合數個跟概念緊連的問題，而問題的目的性必須是形成「失敗」的主因。 2. 在問題與概念之間，存在的「方向性」有哪些？ 3. 歸納方向性牽連出其他附加的影響，作為後設命題。	學童根據概念與主題之間，依照不同的方向找到關聯性。並從不同的立場歸納出後設命題。
		【教學評量】建立條理式的關聯，完整而清楚的歸納主題的可能性。	
	取材	【既定教學目標】 1. 從正面呼應，也可從反面來對比出主題，或利用類比、交集等多樣化的脈絡來擴充題材的廣度。 2. 學生透過邏輯整理來搜尋同一個主題的素材，可透過經驗及學習歷程來歸類，並將歸類後的想法再透過另一個主題來作後設論說。	
		【教師教學引導】	【學生發展活動】
		1. 先透過對象命題，尋找與失敗有類比或交集等有明顯差異的素材，擴充題材的廣度。 2. 將素材再次說明，建立後設命題。	1. 素材根據概念尋找至少兩個事例。 2. 建立事例的命題，再進行後設論說。
		【教學評量】後設命題的建立需不離概念，透過創意手法建構會更有說服力。	
	教什麼	【既定教學目標】 1. 寫作者可以加入「無中生有」與「製造差異」的後設命題素材，作為後設演繹的根源。 2. 透過命題活動連結概念與演繹，建構除了對象論說以外的第二條論說。	

		【教師教學引導】 在這一個教學活動中，教師引導學童連結對象命題並創造「新」命題，必要時可透過共同討論以輔助建立後設命題。	【學生發展活動】 學童能夠清楚對象命題，進而演繹的論說流程。在對象命題上，經由寫作者個人化的說明，論說自己的想法，形成新命題。
		【教學評量】建立出作者與讀者之間、概念與演繹之間、理論與行動之間的橋梁。	
「失敗」建立後設命題學生示例	一、對象：人——寫作者、前人、今人、中國、國外； 　　　　事——個人、社會、國家、人類。 二、關鍵過程：事件——決策、行動、結束； 　　　　　　　主事者——態度、主觀意識、文化。 三、對象論說文： （一）對象命題：針對關鍵過程論述「失敗」的存在處。 （二）對象演繹：「失敗」的存在處影響所及。 四、後設論說文： （一）後設命題：在針對關鍵過程論述「失敗」存在處後，針對存在處建立新的命題。 　　　後設命題一：決策失敗—決策的重要性，學習他人經驗並且掌握決策的原則是成功與失敗的關鍵。 　　　後設命題二：行動失敗—穩重與沉潛是既定較為保守的態度，但倘若擁有「見縫插針」的能力，會比他人有更低的失敗率（製造差異，顛覆穩紮穩打的論點）。 （二）後設演繹：後設命題所致使的影響與新命題的影響迥異處。 五、論說價值：雖敗猶榮。		

　　找到後設命題後，便開始針對這樣的命題進行後設演繹：

表 5-3-4 創意後設論說文實務教學流程
──第三步：演繹推論（以「失敗」為主題）

理論觀點	教學主題	教師教學引導、學生發展活動、既定教學目標與教學評量	
後設演繹	為誰	【既定教學目標】 「為誰」的目的是強調在演繹過程中必須存在所增加的作用，作用要有大幅度發展的廣度或具有影響的深度，才具備演繹的意義。	
		【教師教學引導】 廣度的作用或深度的作用要具有另一種影響力，才具有後設演繹的意義。	【學生發展活動】 後設演繹根據後設命題而來，要能夠比對象演繹更有論點，也要更具有寫作者的個人觀點。
		【教學評量】後設演繹的目的要有積極建設性及目的性。	
	取材	【既定教學目標】 1. 寫作者進行命題的樹狀圖發展，並挖掘「無中生有」與「製造差異」的創意後設演繹。 2. 演繹的題材要能擴散寫作，並隨時凸顯概念。	
		【教師教學引導】 建立後設命題後，可透過樹狀圖發展可能的演繹論點，寫作者可以創造或搜尋出「無中生有」與「製造差異」的創意後設演繹。	【學生發展活動】 因為與對象演繹會有不同，更有利於發揮創意以及自己的想法，倘若是採用逆向操作，則在此便能夠呈現一段較符合寫作者具體的文字內容。
		【教學評量】 後設演繹的取材需合乎與對象演繹同樣規則，也就是論說原則的情、理、法至少一種以上，並且不能離概念與後設命題的脈絡。	

教什麼	【既定教學目標】
	1. 強化論說的效度，主動涉獵多元化資訊，才能舉一反三。 2. 學習連結生活中的零散經驗，透過演繹過程，拉近生活距離。 3. 驗證常理的形成多半是事件的綜合客觀演繹，而非主觀意識。

【教師教學引導】	【學生發展活動】
透過取材的特性進行諸多特點的舉一反三，引導學生分割取材的特點。	透過合理性演繹，並尋找較有創意的演繹結論。

【教學評量】寫作者能進行後設演繹，並發展創意論點。

「失敗」 建立後設 命題學生 示例	一、對象：人──寫作者、前人、今人、中國、國外； 　　　　　　事──個人、社會、國家、人類。 二、關鍵過程：事件──決策、行動、結束； 　　　　　　　　主事者──態度、主觀意識、文化。 三、對象論說文： （一）對象命題：針對關鍵過程論述「失敗」的存在處。 （二）對象演繹：「失敗」的存在處影響所及。 四、後設論說文： （一）後設命題：在針對關鍵過程論述「失敗」存在處後，針對存在處建立新的命題。 　　　　後設命題一：決策失敗──決策的重要性，學習他人經驗並且掌握決策的原則是成功與失敗的關鍵。 　　　　後設命題二：行動失敗──穩重與沉潛是既定較為保守的態度，但倘若擁有「見縫插針」的能力，會比他人有更低的失敗率（製造差異，顛覆穩紮穩打的論點）。 （二）後設演繹：後設命題所致使的影響與新命題的影響迥異處。 　　　　後設演繹一：智慧決定決策，透過學習前人的經驗可以成就智慧，他山之石可以攻錯；智慧不等同於聰明，越高的智慧除了避免失敗，更能為自己及他人帶來更多的助益，減少更多的損失，也能造就更多的成功。

| | 後設演繹二：穩重與沉潛固然能夠減少失敗，但未必能夠提高成功率。除了消極的減少失敗，倘若能夠積極提高成功率，顯然更勝一籌。因此除了檢討為何會失敗，更要思考「如何成功」。 |
| | 五、論說價值：雖敗猶榮。 |

有了上列三步驟的說明之後，將以圖示表示「失敗」一文的後設論說文寫作：

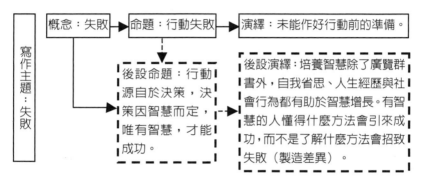

圖 5-3-3　創意後設論說文實務教學流程圖（以「失敗」為主題）

不管是透過概念→命題→演繹論說進程，或是概念→後設命題→後設演繹這一種方式，對於論說主題（如失敗）都能有一定的論說成效，其中較為不同的是帶給讀者的印象深淺以及了解程度多少。不可諱言的，透過較多的後設論說所給讀者的，除了是寫作者獨特的見解之外，還有就是寫作者賦予事件的另一番氣象。透過無數人次的後設論說，會更加顯示出真理的輪廓，也更加澄清了概念的正確觀點，達到論說文真正論說真理的目的。最後以金城佐夫的一則故事來佐證說明人類的世界裡，「目的」的存在有時很簡單，只是人類往往將它附加了太多條件，讓「最重要的事」變得「最複雜的事」；更糟的是，人類的不自知且未能迷途知返：

在船首，站在蘭斯路丁旁邊的男子自大驕傲地詢問他的教育程度。

「你有沒有讀過天文學？」驕傲的教授問道。

「我不能說我讀過。」蘭斯路丁神祕地回答。

「那你浪費了人生，因為根據星座位置，有經驗的船長便可以讓船順利到達世界的任何一個角落。」然後，他又問了：「你有沒有讀過氣象學？」

「沒有。」蘭斯路丁回答。

「那你真的浪費了你的人生，」教授斥責道，「有系統地跟隨風勢而行可以加快船速。」然後他又問：「你有沒有讀過海洋學？」

「完全沒有。」

「天啊！你真是浪費時間！明瞭地形是水手該做的事……因為這樣才能找到食物與幫助。」

幾分鐘後，蘭斯路丁開始走向船尾。當他緩步前行時，他冷冷地問教授：「你有沒有學過游泳？」

「沒有時間。」教授仰起頭驕傲地回答。

「那你的人生全白費了──船要沉了。」

後設論說文就像這樣，可以「越辯越明」，直到人可以領悟當中的某些真理或警義為止。

第六章　創意後後設論說文的寫作教學

第一節　後後設論說文的後後設性

在經過前二章的鋪敘之後，後後設論說文的後後設性也就是針對創意後設論說文作更深一層的論說，針對後設論點所引發出的許多後設線索，再透過創意方式、語文經驗的多元語文形式來作後後設論說的發展。

在目前許多的語文相關研究中，多數僅進行到後設研究，再加上論說文寫作教學的罕見性，研究依據更加稀少。不過，在各領域的書面研究中，卻有許多見解是透過語文表達中的後後設性來點醒讀者對於該論點的重視。也因此，在本節中，後後設性的論說文將提供跨越語文領域的其他學科領域，來進行後後設性存在的驗證。

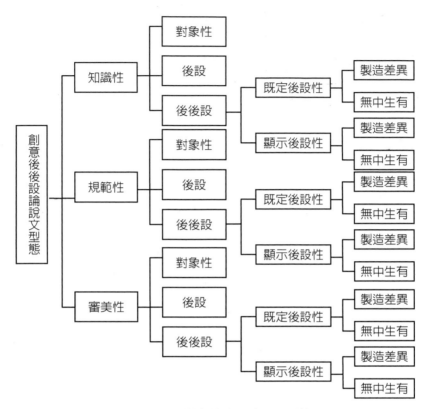

圖 6-1-1   創意後後設論說文型態

　　由上圖可知，創意後後設論說文依循著創意對象論說文以及所發展出的創意後後設論說文的發展脈絡，將再細分為十二類，並在本章第二節中逐一描述。接著，研究三種型態分類下所呈現的內容及規準，細述如下：

一、創意後後設論說文的後後設形式

（一）既定後設性

後後設論說文會比後設論說文要來得廣泛，但也需要讀者更多思考力。既定後設性是建立在既定的後設論說中，也就是眾所得知的論點，再來進行後後設論說。在這一章中，先點出對象論說，接著會以讀者「既定」的後設論點來作伏筆，最後以讀者的「既定後設論點」作後後設的論說。寫作者並不會將後設論點寫出，以順勢的手法引起讀者的共鳴，這樣的作用通常會帶給讀者一種微型的震撼，因為不見文字的穿針引線，卻能夠有默契似的思維匯流。這樣的論說手法普遍用於社論的論說基點，寫作者以此為基礎，作個人的獨特「後後設」解讀與分析，取得大眾的認同。如 Ernie J.Zelinski 在《生命中不該忘記的事》一書中引的一段話：

> 愛因斯坦說過：「在我的觀念裡，只有兩樣東西沒有止境，一是宇宙，一是人類的愚昧，而我還不了解宇宙。」（Ernie J.Zelinski，2003：81）

在這短短的三十九字中，可以見到愛因斯坦的睿智與謙虛真的值得後人好好省思。即便到了二十一世紀，他的言語仍是一針見血。首先是「沒有止盡的宇宙發展以及深不見底的人類愚昧」，後設論說則是隱晦在「宇宙如此深奧，不斷的發展」和「人類總是愚昧，時間越久，愚昧也不斷發展」，而後後設論說則是將兩個極端連結在一起，所以「愚昧的我如今還是不了解深奧的宇宙」。這樣的論說出自愛因斯坦之口，讓人更覺得人類的探索如同宇宙的冰山一角，總會陷入自我的愚昧，等到人類踏出了新的一步，宇宙早已延展到更未知的境地了。不過，這

樣的話其實還有人為的主觀意味在，所以也提醒了寫作者一點，寫作者本身的素養有時也會提升與貶低了同樣一句話的可信度。

（二）顯示後設性

顯示後設性也同樣相對於既定後設性而論定。換句話說，寫作者必須將後設論說帶到讀者眼前，才能就此進行後後設論說。這是最基本類型的後後設論說文，寫作者須先帶出對象論點，再提出後設論點的論說，接著以後設論點作後後設論說，相當明顯的論說三層次。如此的論說次序，就內容而言，多見於一般的論說議題較不為大眾所熟知，所以寫作者才會針對論點作清晰且層次性的論說；就論說手法而言，則是一般寫作者常用，因為如此才能夠讓寫作者自我建立論說架構，不至於後後設論點與對象論點脫節，透過顯示的後設論點來架起論說的橋樑。如 Paul Norman Tuttle 在《人生畢業禮》書中的一段文字：

> 想要穿透黑暗，用不著解釋黑暗的成因，也用不著照明或釐清黑暗。只需提起那終極的光源，就自然顯露了黑暗的不存在。同樣的，只要你處於交流共榮的狀態，你就是在體驗終極光源，他會將你吸向光明，使那想像出來的黑暗的價值歸於虛無。（Paul Norman Tuttle，2010：179）

在這一段文字中，使用了後設概念「了解黑暗，不需要解釋黑暗」，因為在固有的觀念中，了解一項事物應該要透徹知道它的成因，但寫作者作了製造差異的後設解讀，作逆向思考；接著根據後設命題「黑暗並不存在，只要找出光源」來發揮；最後的後後設演繹便是藉著黑暗來烘托出「光明」的榮耀將使「黑暗」蒸發於無形。從一開始的「想要穿透黑暗」到後來的「黑暗的空無」，看似推翻了一開始的命題，但是寫作者如此的寫作技巧其實是對於「黑暗」產生了一種透視作用，不再是黑不見底，而是單純的「黑」與「暗」。

如此的寫作多次推翻，除了需要對於主題有相當的認識之外，還需要寫作者自我的邏輯，也可以說是看事物的角度必須是他人所未有的，才能產出一個引起讀者異樣心動的論說震波。有了震波，才能引人省思，不至於落入老生常談。

二、創意後後設論說文的創意方式

（一）無中生有

在創意後後設論說文中，「無中生有」依然是依照創意後設論說文的論點有新的存在性論點，也因此會比創意後設論說文的創意範圍更需要深度探討，相對的也需要寫作者更加精闢的意見產出。在這一環節中，比較容易引起誤解的是「無中生有」的論點有時會反而回到對象論說，形成對象論說→後設論說→對象論說的矛盾情形。因為倘若是再後設論說就已經有「無中生有」的創意方式在其中，那麼接續著的「無中生有」就必須避免陷入循環論說的框框當中。如 Paul Norman Tuttle 在《人生畢業禮》書中的一段文字：

> 從「有學」到「無學」的過程，不只否定了小我的存在價值，還得放棄「精進」與「奮鬥」給人的滿足感，這是人類都想覺醒卻難以覺醒的原因。因為殼裡與殼外的人生屬於兩種不同的生命形態，它們之間有某種「連續性」，但有更大的「不連續性」，那種「質變」，近似死亡。由雞仔誕生為小雞的過程其實就是由死亡到重生的過程，它意味著前一生命期的結束，新生命形態的開始，其中需要多少意識上的轉變，才有「誕生的奇蹟」。（Paul Norman Tuttle，2010：275）

寫作者在這段文字上主要要表達的是從學校制度畢業後，進入到社會制度中，看似學習結束了，接著的是社會行為的開始。本來是應該一個裝滿的個體進入到社會這一個大領域中，但寫作者卻覺得是種死亡，更該覺醒的時候，與個體自我覺得「完備」的認知完全不同。

（二）製造差異

「製造差異」相對於無中生有，更加難以創立。因為在製造差異中，必須先找到創意後設論說文的後後設論點，再依照後後設論點進行差異性的論述。因此，對於寫作者來說，能夠抒發到後後設論說，需要廣泛且深層的認知經驗，要能夠相對於後後設論說，有「製造差異」的後後設論點產出，勢必需要更靈活的思考與思想架構，並對於論說主體有透徹的了解，才能夠更加準確的寫作出後後設創意論點。在「差異性」這一特性上，關鍵在於「後設論說」的帶動，能否適切地引起後後設論說的發展，如同前一章所陳述，後設論說倘若已經將範圍侷限了，那麼對於要發展「製造差異」的後後設論說就是一道自我建造的高牆了，寫作者倘若已有後後設論點寫作的構想之後，就必須留意在對象論說、後設論說的鋪陳了。

如 Paul Norman Tuttle 在《人生畢業禮》書中的一段文字：

> 從「有學」到「無學」的過程，不只否定了小我的存在價值，還得放棄「精進」與「奮鬥」給人的滿足感，這是人類都想覺醒卻難以覺醒的原因。因為殼裡與殼外的人生屬於兩種不同的生命形態，他們之間有某種「連續性」，但有更大的「不連續性」，那種「質變」，近似死亡。由雞仔誕生為小雞的過程其實就是由死亡到重生的過程，它意味著前一生命期的結束，新生命形態的開始，其中需要多少意識上的轉變，才有「誕生的奇蹟」。（Paul Norman Tuttle，2010：275）

　　這一段文字充分的展現書名《人生畢業禮》的具體事實。以人類社會的定義，從學校畢業到社會工作，是學有所精才能運用到社會，至少在目前臺灣的教育制度是這樣的認知。但作者的後設論說卻是「否定存在價值」與「放棄精進與奮鬥給人的滿足感」，後後設論說帶出了以下的結論：只有將自己挖空，才能裝得下外來的成長，前一段經歷與後一段經歷的連續就如同母子之間，看似連續，卻是不連續生命共同體的脫離。

三、創意後後設論說文的三種語文經驗

（一）知識性創意後後設論說文

　　從定義來看，在這一領域中，所要進行的寫作層次就是從「知識性創意後設論說文」中，提出「後設」的論點作「知識性的後後設」。這樣的「後後設」必須是「知識性」、「創意」、「後設」、「論說文」這四種類型的交集。再細說明，寫作者進行「知識性創意後後設論說文」時，要先有「知識性創意論說」的「對象論說」、「後設論說」，才能順利引出「後後設」論說的論點。也因為根據著「知識性創意論說」，因此所延伸的論點才能夠不脫離該有的範疇。而在知識性的領域中，要進行「對象」、「後設」、「後後設」的論說，需要具備完整的相關知識性論點以及針對論點有多少其他的延伸論述，雖然在三種語文經驗中，應屬於最為容易下筆的一型，但也需要寫作者更多的知識性資訊，才能有客觀的後後設論點產出。

　　知識性論說文的寫作文體著重在論說知識性內容。擷取 Anne Morrow Lindbergh 在《海之禮：一本回歸素樸生活的島嶼沉思集》的一段文字：

　　不過，就某種意義來說，我所獲得的畢竟只是一個相當有限的概念罷了。今天人類社會出現了全球性的宏觀思想，身外的世界不斷在擴展當中，即使遙遠的地方發生衝突或是遭遇苦難，也會在地球上的每個人身上造成迴響。

　　然而，這種全球性的宏觀究竟能被我們推展到什麼樣的極限？今天的世界要求我們去分擔全人類的苦難、去吸收所有出版的新知、以及去負擔所有的人道義務。這種全球的交互關係超出了我們心靈所能負擔的份量，或者應該說──因為我相信人類的心靈是無遠弗屆的──現代爆炸性的資訊丟給我們太多解決不完的問題。對於我們的心靈、智識與想像力來說，這種不斷向外擴展的力量是相當有益的；但是我們的身體、精力、耐力以及壽命卻不是這樣地具有彈性。（Anne　Morrow　Lindbergh，1996：156-157）

　　這是一段相當成功的創意後後設論說文，除了知識性的內容相當耐看以外，還有就是層次分明的對象論說，也就是「今天的世界要求我們去分擔全人類的苦難、去吸收所有出版的新知、以及去負擔所有的人道義務」，道盡了現今社會最讓人廣知的博愛精神；第二層的後設論說，也就是「人類的心靈是無遠弗屆的──現代爆炸性的資訊丟給我們太多解決不完的問題」，也應該說是具有「製造差異」的後設論說，因為心靈的無遠弗屆，心靈走到哪，問題就到哪，但問題的發展卻是遠比心靈的發展快一步，因此儘管人類的文明發展得再快，依舊得追在無知的問題後拚命尋找答案；第三層的後後設論說，便是「對於我們的心靈、智識與想像力來說，這種不斷向外擴展的力量是相當有益的；但是我們的身體、精力、耐力以及壽命卻不是這樣地具有彈性」。根據著後設論說進行後後設論說的演繹，人類文化一旦發現了問題，也就代表人類的智力發展是突破現況的、也是顛覆舊有觀念的開始，

但人類固有的外在生命卻是無法突破的，無法因為問題的向外擴展而帶動舊有的「生命力」再有一次的續航。

（二）規範性創意後後設論說文

從定義來看，在這一領域中，所要進行的寫作層次就是從「規範性創意後設論說文」中，提出「後設」的論點作「規範性的後後設」。這樣的「後後設」必須是「規範性」、「創意」、「後設」、「論說文」這四種類型的交集。再細說明，寫作者進行「規範性創意後後設論說文」時，要先有「規範性創意論說」的「對象論說」、「後設論說」，才能順利引出「後後設」論說的論點。也因為根據著「規範性創意論說」，因此所延伸的論點才能夠不脫離該有的範疇。而在規範性的領域中，要進行「對象」、「後設」、「後後設」的論說，而規範性本身是屬於既主觀又客觀的意識，因此在進行論述時，容易有寫作者的主觀論斷而引起異議者的反向批判與不同的論斷，因此倘若是能夠兼容並蓄，融合諸多的規範性論點，加以綜合來統為後設論說，進而演繹出後後設論點，會更具有說服讀者的公信力。

規範性論說文的寫作文體著重在論說規範性內容。透過網路流傳的一段不可考文字作為引證：

> 其實學會放棄比學會堅持更難得，因為那需要更多的勇氣和智慧。　放棄是一種智慧，是一種豪氣，是更深層面的進取。我們有時之所以舉步為艱，是因為背負太重；之所以背負太重，是因為還不會放棄。功名利祿常常微笑著置人於死地。詩人泰戈爾說：當鳥翼繫上黃金時，就飛不遠了。學會放棄，才能卸下人生的種種包袱，輕裝上陣，迎接生活的轉機，度過風風雨雨；懂得放棄，才擁有一份成熟，才會更加充實、坦然和輕鬆。放棄了憂愁，與快樂結伴，放棄了名利，步入超然的境地。

　　從這一段文字中，以簡潔的語詞帶出了「捨得」的可貴。針對主題「捨得」，作者的對象論說就是「透過更多的勇氣與智慧，才能學得如何放棄」，接著後設論說「我們有時之所以舉步為艱，是因為背負太重；之所以背負太重，是因為還不會放棄。功名利祿常常微笑著置人於死地。」意味著「背負的功名利祿讓我們舉步維艱，因而致死」，最後再以「學會放棄，才能卸下人生的種種包袱，輕裝上陣，迎接生活的轉機，度過風風雨雨；懂得放棄，才擁有一份成熟，才會更加充實、坦然和輕鬆。」作另一番的詮釋，整體以一種輕快而灑脫的節奏跳入了「放棄才能步入超然」的境地。

（三）審美性創意後後設論說文

　　從定義來看，在這一領域中，所要進行的寫作層次就是從「審美性創意後設論說文」中，提出「後設」的論點作「審美性的後後設」。這樣的「後後設」必須是「審美性」、「創意」、「後設」、「論說文」這四種類型的交集。再細說明，寫作者進行「審美性創意後後設論說文」時，要先有「審美性創意論說」的「對象論說」、「後設論說」，才能順利引出「後後設」論說的論點。也因為根據著「審美性創意論說」，因此所延伸的論點才能夠不脫離該有的範疇。

　　審美性論說文的寫作文體，著重在論說審美性內容。引用兩段出處未明的文字敘述，其一如下：

　　　　人生旅途中，總有人不斷地走來，有人不斷地離去。當新的名字變成老的名字，當老的名字漸漸模糊，又是一個故事的結束和另一個故事的開始。在不斷的相遇和錯開中，終於明白：身邊的人只能陪著自己走過或近或遠的一程，而不能伴自己一生；陪伴一生的是自己的名字和那些或清晰或模糊的名字所帶來的感動。

其二如下：

> 死亡不是失去生命，而是走出了時間。

將上述的概念融合如下：

> 人生旅途中，總有人不斷地走來，有人不斷地離去。不管是永別還是暫別，一旦新的名字變成老的名字，而老的名字逐漸模糊，便又是一個故事的結束和另一個故事的開始。在不斷的相遇和分離情緒中，終於明白：身邊的人只能陪著自己走過或近、或遠的一程，始終不能伴自己一生；陪伴一生的是那人的名字和那些始終清晰抑或逐漸模糊的名字所帶來的感動，始終到老，細數過往，覺悟了人的死亡不是失去生命，而是走出了自我在他人生命中的停留時間。

倘若是每一個失去親友的人，都能體悟這樣的結論，也許能夠釋懷一點！不是它的訴求過於悲情，而是將心中的那份悲傷化作數字，解讀成彼此的停留時間沒有和彼此的生命同等值，或許沒有了感性的成分，就能理性的看待了。

在本研究中，創意論說文的論說層次研究到後後設的層次，已經是目前論說次序中最常見的了。除了在各類型中，所必須分別注意的寫作地雷外，一篇成功的創意後後設論說文最重要的是「論入真理、說入人心」，倘若是能夠引起讀者的迴響，進而達到論說文的最終教化目的，那麼無論採用何種手法，都將會出現一篇篇成功的論說文章，一次次的水波漩渦終將侵蝕玩古不化的大地。

在傅皓政的《大師不敢翹的課：聰明思考的十個邏輯》一書中提到了一個小故事〈把話講絕吃虧只有自己〉，如下：

> Ａ君到大發明家愛迪生的實驗室去應徵工作，愛迪生接見他，Ａ君滿懷信心的說我想發明一種萬能溶液，它可以溶解一

切物品。愛迪生驚奇地問道：那麼你想用什麼器皿放置這種萬能溶液？它不是可以溶解一切物品嗎？Ａ君立刻啞口無言摸摸鼻子離開了，這就是一旦把話講絕產生了自相矛盾，沒得救哦。（傅皓政，2003：69）

後後設論說文的最大迷霧就是寫作者容易陷入了一種自我論說的葫蘆中，這一個葫蘆裡，只有自己看得懂，卻讓讀者不懂寫作者的真正意涵。另一個更大的隱憂則是寫作者的論點容易偏離原始主題所要導論出的論理，進而後後設論理的結果是不符合主題，甚或攻破了主題較薄弱的層面，使得讀者非但無法信任論理，反而找到了主題的反證，推翻了論說，那麼這就是一篇相當失敗的論說文，因此必須引以為戒。

第二節　創意後後設論說文的寫作舉隅

創意後後設論說文的寫作技法廣泛用於各領域的精闢論說，但倘若以本研究的國小場域來看，超出學童的接觸範圍，也難以進行說明。因此，所列舉出的範例領域將比對象論說文、後設論說文都要來得廣泛也較為有深度許多，在這裡也將完整的呈現創意論說文的三個層次對象、後設與後後設的鋪陳。

在所舉出的寫作例子中，倘若要切合「創意後後設論說文」的論說，必須具有創意性論點以及層次性的論說脈絡，而在這一節中也將探討一篇完整的「創意後後設論說文」形成之後，所帶來的「論理說服」力與做到「後設論說文」的傳統論說文將會有哪些不同的結論，來顯示本研究所欲追求的論說能力成效。

一、知識性論說文

知識性的後後設論說文相較於其他二者來說，是比較容易入手的。一來是因為知識的領域無遠弗屆，每天出現新異的資訊讓今日的資料成為明日的歷史，因此論說的後後設性相當明顯，也常造就一篇的後後設性知識性論理成為下一篇的對象論說概念，這樣的現象凸顯出知識性的更新是相當迅速的。

（一）既定後設性

既定後設性的建立相對於既定對象性而來，因為在進行後後設論說文時，會有部分的觀念是無需再透過文字贅述的，過多的橋段容易讓讀者產生閱讀疲倦；而在部分特殊狀況中，必要的隱晦是能夠讓後後設論說的出場更有震撼性，讓論說達到預期中的效度，因此既定後設性的作用便顯得相當重要了！

1.「無中生有」：傅佩榮在《生命的精采由自己決定》一書中提到：

> 承認過往的錯事，絕非可恥之事。至少是意味著你比昨日聰明了一點。（傅佩榮，2006：75）

我將上述論說延伸後後設性如下：

> 承認過往的錯事，絕非可恥之事。至少是意味著你比昨日聰明了一點。只要成功，以前的錯事都將視為「成功的經驗歷程」。

在這一段文字中，提出了對象論說「承認錯事，並非可恥之事」，而後後設論說則是「錯事是成功的經驗歷程」，其中的

既定後設性則是「沒有人會去計較你失敗了多少次，卻會在乎你唯一成功的那次」，這是人性的通病，喜歡錦上添花，對於雪中送炭的舉止卻顯得冷淡許多。

2. 「製造差異」：以珈璐在《智慧書：真正使人成功的，不是聰明，是智慧》一段文字作為說明：

> 人生的道路曲曲折折，有誰不會犯錯？「失敗」的經驗和「成功」的經驗一樣難能可貴。然而，很多人都容易忘卻人生本來就是一個學習的過程。對於人生，沒有所謂的「犯錯」，只有所謂的「經驗」，人一生所經歷的一個個錯誤，正是我們學習新知識的開始。也正因為經過一次次錯誤之後，我們才能找到最終正確的解決方法。（珈璐，2010：203）

在這段文字中，針對對象論說「失敗的經驗難能可貴」提出後設論說「沒有所謂的犯錯，只有所謂的『經驗』」，在這一後設論點上就已經開始發揮製造差異的創意手法，接著後後設論說「人一生所經歷的一個個錯誤，正是我們學習新知識的開始，也正因為經過一次次錯誤之後，我們才能找到最終正確的解決方法」，因為失敗、所以經驗、找到方法，這是寫作者論說的三層層次。

（二）顯示後設性

1. 「無中生有」：引用何權峰在《別扣錯第一顆扣子》一書中的說詞為證：

> 許多有失敗經驗的人，往往比較容易再次失敗，原因即是他們把注意力放在「不要失敗」，而不是「要」怎樣

成功；他們總在想自己「做錯了什麼」，而不是「做什麼才對」，結果又再次錯了。（何權峰，2002：29）

對象論點是「許多有失敗經驗的人，往往比較容易再次失敗」，後設論說是「原因即是他們把注意力放在『不要失敗』，而不是『要』怎樣成功」，而寫作者所進行的後後設論說則是「他們總在想自己『做錯了什麼』，而不是『做什麼才對』，結果又再次錯了」，這是一段能夠引起改變者省思的文字，其中也摻雜著心理治療的成分。

2. 「製造差異」：以 Anne Morrow Lindbergh 在《海之禮：一本回歸素樸生活的島嶼沉思集》書中的一段話來說明：

> 不過，就某種意義來說，我所獲得的畢竟只是一個相當有限的概念罷了。今天人類社會出現了全球性的宏觀思想，身外的世界不斷在擴展當中，即使遙遠的地方發生衝突或是遭遇苦難，也會在地球上的每個人身上造成迴響。
>
> 然而，這種全球性的宏觀究竟能被我們推展到什麼樣的極限？今天的世界要求我們去分擔全人類的苦難、去吸收所有出版的新知、以及去負擔所有的人道義務。這種全球的交互關係超出了我們心靈所能負擔的份量，或者應該說——因為我相信人類的心靈是無遠弗屆的——現代爆炸性的資訊丟給我們太多解決不完的問題。對於我們的心靈、智識與想像力來說，這種不斷向外擴展的力量是相當有益的；但是我們的身體、精力、耐力以及壽命卻不是這樣地具有彈性。（Anne Morrow Lindbergh，1996：156-157）

知識具有如此的彈性，無奈人的諸多客觀條件彈性卻是有限，縱使有再多的思想似乎總是隨著生命的潮起潮落而無疾而

終，從一開始的「全球性的宏觀」不就是人類的思想產物嗎？
於是因為「宏觀」，所以對於好壞全都概括承受，也不斷的告
訴人類要「勇於面對」，但後續的事實卻是「有益於心靈、智
識與想像力，卻無益於身體、精力、耐力以及壽命」。

二、規範性論說文

　　規範性論說文的後後設相對於其他兩類而言，能夠抒發的範圍比
較小，真理的形象也會越論越明。因為規範性的發展如同金字塔般，
回歸到頂，就是最終、最純的規範，而人性畢竟也只是一種物種，能
夠成立的規範也就稱不上廣泛，所以在後後設的規範性論說文中，我
們能夠得到的是最真實的人性規範論理。

（一）既定後設性

　　1.「無中生有」：在此以我本身的體悟論述如下：

　　　　　　命運，如一道道的聖旨，一旦詔曰，內容再怪也得謝
　　　　主隆恩；至於後續發展，如果是真的，那就認了；如果是
　　　　假的，那就笑吧！上帝，就是這麼好講話！

　　　　在這一段話中，對象是「一道道的命運聖旨」，沒有違抗
的餘地，而既定後設性是「認了，笑吧」所隱晦的涵義，因為
好的命運就會笑納、不好的就會認命，而後後設論說則是建立
在「上帝，就是這麼好講話」。在此，「講話」意味著不管你怎
麼解讀，你現在的遭遇就是所謂的上帝的原意，就算是再慘的
命運，人性依然會自嘲為上帝的考驗，所以上帝的旨意非常容
易的解讀。

2. 「製造差異」：以最上　悠在《負面思考的力量》一書的句子為例：

> 人生有時會也會因為「做不來」這類的負面理由，反而決定了未來的方向。（最上　悠，2009：76）

當一個人承認「做不來」時，通常意味著能力不足，但在這段文字中，體現了既定的後設論說「能站在此路不通的標誌前，是一件相當幸運的事」。因為減少了「抉擇」，只成了單一選項，不也帶出了後後設論說「剩下的是做得來的路，因此決定未來的前進方向」。

（二）顯示後設性

1. 「無中生有」：引用司恩魯在《獨立是女人一生的功課》書中的一段話作為說明：

> 好女人不一定得到好婚姻，因為婚姻不是報酬，不是施捨，但是好女人也不需要好婚姻的證明，好女人依舊可以以自己為榮，不要怨恨感情脆弱的男人，對於弱者，不值得怨恨，我們要扶持弱者，以超越自己的心理，讓自己為自己這位獨立堅強的女人所感動。（司恩魯，2001：118）

首先，第二句的「婚姻不是報酬」便開始了後設命題，它將原本的婚姻價值解讀成不可論價的關係，接著作後後設演繹「好女人不需要好婚姻來證明」，因此好女人該有的態度是可以脫離婚姻而存在的。

2. 「製造差異」：以張建勳在《快樂出走》一書中的一段文字為例：

　　　　事實就是這樣，對無法給予自己基本尊重的人，和藹
禮貌，一味忍讓，不見得是解決問題的最好辦法，偶爾故
意製造一點衝突的意味，讓對方更加清楚自己的意圖與立
場，對解決一些棘手的問題，也許是更為合適的辦法。當
然，這樣的場合肯定不能太多，否則變成一隻好鬥的公
雞，便再也沒有人願意與你為伍了。（張建勳，2007：243）

　　在上述這段文字中，規範性的論說意味相當明顯。首先，
對象論說是「對無法給予自己基本尊重的人，和藹禮貌，一味
忍讓，不見得是解決問題的最好辦法」，後設論說則是「偶爾
故意製造一點衝突的意味，讓對方更加清楚自己的意圖與立
場，對解決一些棘手的問題，也許是更合適的辦法」，最後的
後後設論說則是說明了後設論說應該避免的論點「這樣的場合
肯定不能太多，否則變成一隻好鬥的公雞，便再也沒有人願意
與你為伍」。

三、審美性論說文

（一）既定後設性

1. 「無中生有」：以姜華在《讓心每天開一朵智慧花》的一段話為例：

　　　　婚姻中有了錢，有了權的男人，就很難再對自己的老
婆好了。在男人無意形成的三條規則裡，要麼有錢，要麼
有權，要麼對女人好，當他已具備前兩條的時候，決不在
乎最後一條能否兌現了。男人在什麼都沒有的情況下，最
容易對象的就是對女人好。平淡夫妻常會有感人的故事出
現，原因在於男人只有一樣好。（姜華，2010：141）

首先無中生有的創意部分便是在「平淡夫妻所以感人，是因為男人的優點只有單方面」。而整段文字中，對象論說是「男人的三大優勢，有錢、有權以及對妳好」，而既定後設性是「男人不會是如此三全的」。因此，後後設論說便形成了兩條，一是「當他已具備前兩條的時候，決不在乎最後一條能否兌現了」；二是「平淡夫妻常會有感人的故事出現，原因在於男人只有一樣好」。所以全沒有、只有一者以及符合兩項都是常理，也算是在後後設論說中，勸告女性該體會當中的既定後設論理「男人的不完美」也是一種幸福。

2. 「製造差異」：引用 DonaldC. Gause、Gerald M.Weinberg 在《真正的問題是什麼？你想通了嗎？》一書的例子來說明：

> 我們永遠沒有足夠的時間可以把事情做對，不過，我們總有足夠時間可以把事情重做一遍。（DonaldC. Gause、Gerald M.Weinberg，2010：214）

在這一個例子中，我將它進行深度論說，如下：

> 我們永遠沒有足夠的時間可以把事情做對，不過，我們總有足夠時間可以把事情重做一遍。時間也總是能夠應付我們的行為，卻無法招架我們行為的對與錯。終究人們擁有最多的是時間，是做錯的經驗；擁有最少的是成就，是唯一的成功。

在上述的內容中，後設論說在於「沒有足夠的時間可以把事情做對，不過，我們總有足夠時間可以把事情重做一遍」，後後設論說則是「人們擁有最多的是時間，是做錯的經驗；擁有最少的是成就，是唯一的成功」。因為人生總是在重複許多的步調；而所以重複，也是因為達到那一次的成功。常見人們抱怨在事情成功之後，急忙著走下一步，卻忘了享受自己耗費

多少時間才換來的成功，卻急忙於開始下一件事情的重複，也難怪人性總是循環，無法有進一步的進展。

（二）顯示後設性

1. 「無中生有」：引用張禮文在《女孩到女人的距離 0.5mm》一書中的一段話：

> 好人，永遠不知道壞人要做什麼事情。因為在壞人的字典裡，沒有他做不出來的事情。（張禮文，2010：51）

在這段文字中，主要的教導意義在於人性的惡劣總是無法控制，於是透過了「在壞人的字典裡，沒有他做不出來的事情」，論說出不按牌理出牌的社會亂象，也透過後後設性的鋪陳，顯示出好人總是在一個固定的模式中思考壞人的行為舉止。就如同法律總是追趕在人類的行為之後才制定的，透露出是非善惡的拉鋸是不會終止的。

2. 「製造差異」：以珈璐在《智慧書：真正使人成功的，不是聰明，是智慧》書中的一段話為例：

> 紫羅蘭把它的香氣留在那踩扁了他的腳踝上，是對腳踝最大的「懲罰」。（珈璐，2010：173）

我再將上述文字作後後設的論說，如下：

> 紫羅蘭把它的香氣留在那踩扁了他的腳踝上，是對腳踝最大的「懲罰」。用生命的至死不渝證明曾經的存在，並不只適合用來解釋人類自殺的行為，只要有能力將外在毀滅、內在昇華的生物，就有理由說「我與上帝同在」。

　　在這段文字中，紫羅蘭將香氣化作懲罰的工具，算是創意的論點差異。而後設論說是「生命的至死不渝證明曾經的存在」，後後設論說則是「被踩扁的花香氣是最大的懲罰」。這樣的論點處處可見，在講究證據的世代，有多少說多少不就是這樣的模式嗎？不論是美麗的愛情故事、淒涼的現實生活，或是科學當道的法治社會，追求的就是那一份對上帝的「交代」。

　　最後，以 Edward de Bono 所提到的一段小故事作為省思：

> 　　英國首相邱吉爾任國會議員時，有某女議員素行囂張。一天居然在議席上指罵邱吉爾：假如我是你老婆，一定在你的咖啡杯裡下毒。狠話一出，人人屏息，卻見邱吉爾起立頑皮地笑答：假如你是我老婆，我一定一飲而盡。結果，全場人士和那位女議員哄堂大笑。（Edward de Bono，1996：2）

　　在論說文裡，最讓人忌諱的就是被讀者「以子之矛攻子之盾」，讓自己的缺失顯示到足以推翻一開始所堅持的論點，非但不是一篇好的論說文，同時也是一個邏輯不夠嚴密、論理不夠嚴謹的嚴重失誤。因此，在進行一篇論說文時，不但要能夠自我建立架構，同時也要知道自己的弱點在哪，試著自我反證，作更謹慎的論說布局。

第三節　創意後後設論說文的寫作教學取向

　　創意後後設論說文因承接創意後設論說文來作後後設論說，對於國小學童來說，後後設論說牽涉到邏輯性的布局，屬於較高層次的思維運作，除了在後設論點就必須埋下後後設論點的伏筆之外，也要能夠將三層次的論點透過內在的思考與外在的文字表現作一番完整性的表達。因此，學童能夠進行到後後設論說已屬相當可取，倘若必須在進入到創意性的後後設論點，則必須再有另一段時間的寫作訓練。因此，在本研究中，並不侷限寫作者能夠完全且完整的呈現「創意」、「後後設」、「論說文」三大層面的交集，倘若是能夠達到對象、後設與後後設的三種層次境地，就可顯示出後後設論說文的可造性。至於創意手法，則必須再透過往後寫作者的生活經驗更多元與豐富之後，再置入其中。

　　綜合前二章的對象寫作與後設寫作理論建構，統整出在進行創意後後設論說文寫作時，依舊以「概念→命題→演繹」的對象論說基礎，並根據第五章創意後設論說文的理論教學流程，加入「後後設」寫作教學流程，得出表 6-3-1。在此創意後後設論說文理論教學流程中，依照寫作主題，列出了在寫作者可以發揮的程度內作概念的後後設、命題的後後設以及演繹的後後設這三種後後設寫法，並以此建構教學引導以及學生發展活動，並透過圖 6-3-2 創意後後設論說文理論教學圖來呈現創意後後設論說文的寫作教學大綱。

表 6-3-1　創意後後設論說文理論教學流程

教學觀點	教師教學引導與學生發展活動	
	教師教學引導	學生發展活動
概念對象	【教師教學引導】 1. 釐清主題的存在是因何者而起，又將影響何者？ 2. 有何素材可具體支持學生自身具備的概念，在這一些素材中，可針對「無中生有」與「製造差異」的兩大創意方式，進行創意的概念起點。 3. 概念的論述意義須扣緊主題以及創意的兩大方式「無中生有」與「製造差異」，不能論說與主題無邊際的概念，因此進行概念的成立時，需教導學生釐清概念的存在意義。	【學生發展活動】 1. 從諸多「何者」尋找自身所具備的概念。 2. 將自身具備的概念具體化，並可以憑藉著「無中生有」與「製造差異」兩個標準來進行概念的分類或另行建立新的一類。 3. 從既有的概念確定論述。
後設概念	1. 後設概念著重在意義的內涵與外延，也就是針對主題定義要有透徹的了解。 2. 針對概念作第二層次的定義，透過「無中生有」與「製造差異」，讓新定義更鮮明。	1. 先訂出對象概念，再針對概念定義作後設。 2. 後設概念時，需留意能不能構成命題，避免無法延伸論說。
後後設概念	1. 後後設概念著重在寫作者對於主題的主觀認知所產生的獨特概念。 2. 針對概念作第三層次的定義，透過再次的「無中生有」與「製造差異」，讓概念的輪廓更清晰。	1. 先訂出對象概念，再針對概念定義作後設，最後透過寫作者的主觀意識作後後設概念設定。 2. 成立後後設概念時，需留意能不能與後後設命題切合，避免後後設概念之後會無法闡述。
命題對象	1. 概念一旦衍生出來，接著的發展就是命題活動，針對概念延伸幾個跟概念緊連的問題，在問題與概念之	1. 學童在進行概念形成時所想要完成的論說對象。 2. 在「取材」這一活動中，學生

	間必須存在著「方向性」，才能建立命題的正確性。因此，在命題時，須先清楚「為誰」來作為目的地。 2. 在點出了「為誰」的目的地之後，開始進行題材的篩選，除了從正面呼應，也可從反面來對比出主題，或利用類比、交集等多樣化的脈絡來擴充題材的廣度。 3. 在這一個活動中，寫作者可以創造或搜尋出「無中生有」與「製造差異」的創意題材，來開啓創意演繹的起點。	練習發揮創想來建立一個具有個人想法的素材，可透過模仿來製造差異以及兩兩題材之間未兼顧到的點來構成一個全新的素材。 3. 概念形成後，透過討論等諸多教學活動引出學生的生活經驗題材，在這一活動中學生須針對自己的經驗進行題材的回想與連結。
後設 命題	這一部分分成兩種情況： 1. 根據對象概念作後設命題：概念的命題著重於普及性，在此將它簡稱為甲，倘若要作後設命題，則必須尋找另一個有顯著不同的命題乙，並要能對乙作另一番說明的後設命題丙，如下簡圖：  2. 根據後設概念作後設命題：與上者不同的是，在這一情況中，所要論述的是後設概念，不是對象概念，如下簡圖： 	學生在這一活動中，著重的是後設的能力。倘若是針對命題作後設，則學生所要建構的後設命題較為具體，因為已有既定的命題來作對象，也較不容易偏頗；但在另一種以先後設概念再後設命題來進行這一寫作能力，學生必須要先釐清後設演繹的走向，才能讓後設概念與後設命題形成一線，也更方便後設概念與後設命題的建構。一般說來，後者屬於邏輯性較完整的學童所能完成，也較能夠有發揮創意論說的空間，但對於現階段高年級的學童來說，可能需要配合更高層次的先備經驗才能夠思考較為完備。
後後 設 命題	這一部分分成兩種情況： 1. 根據後設概念作後後設命題：倘若屬於這一類型，通常會使用既定	1. 倘若是在命題階段就已經進入到後設，通常是概念為主焦點或者後續的演繹寫作手

<table>
<tr><td></td><td>

後設性的方法來帶過，倘若以下列簡圖來說明，則是常見從後設概念丁直接進入到後後設命題己，避免過多的贅述。

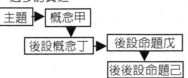

2. 根據後後設概念作後後後設命題：倘若是強調概念的創意性，需要多層次的鋪敘來帶出寫作者的本意，則通常會將焦點落在概念的引導上，此時便會出現以下簡圖，直接以後後設概念庚來陳述後後設命題與後後設演繹的內容。

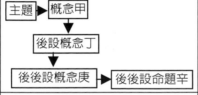

</td><td>

法較不熟悉。

2. 不論是第一種類型還是第二種類型，從概念到後後設命題，匯集到的就是後後設命題的出現。，因此，倘若學童對於主題的命題具有新意或不同的解讀時，則是已經建立了後後設命題，此時只需要陳述前因，也就是概念與命題、對象與後設性的架構為何，便可進行接下的後後設演繹了。

</td></tr>
<tr><td>

演繹對象

</td><td>

1. 在這一活動中的「為誰」的目的是強調在演繹過程中必須存在所增加的作用，作用要有大幅度發展的廣度或具有影響的深度，才具備演繹的意義。
2. 命題的建立之後，進行命題的樹狀圖發展，在發展活動中，寫作者可以創造或搜尋出「無中生有」與「製造差異」的創意演繹。
3. 演繹的目的主要是希望能夠讓論說的意義擴大，以強化自己論說的效度，鼓勵學生多涉獵多元化資訊，才能舉一反三。

</td><td>

1. 在對象論說文的文章中，演繹的步驟只要進行一次的論說說明就可停止了！
2. 演繹的題材可以依照主題的屬性進行領域的擴散寫作。
3. 學習連結生活中的零散經驗，透過演繹過程，拉近生活距離。

</td></tr>
</table>

後設演繹	這一部分分成兩種類型： 1. 根據對象命題作後設演繹：如下簡圖，在後設演繹中，所要推論的要比演繹來得更有差異性。通常在這一環節中所能發揮的創意內容以及創意技法會更加容易，也最常見於一般的論述文章中。初次接觸後設論說文的寫作架構中，可從這一類型先練習。 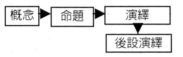 2. 根據後設命題作後設演繹：在這一類型中，著重論述的是後設命題，不是對象命題。在後設寫作中，要建構出後設命題，必須要能夠有後續的後設演繹議題；否則就會矛盾了後設命題的存在。因此，在這一類型中，比較適用於中學階段開始有自我想法、喜歡走不一樣思考途徑的學生。如下簡圖： 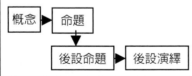	不管是從演繹或是從後設命題來產出後設演繹，後設演繹都必須以對象論說文為主體，透過「後設」才能推論出。但對於現階段國小學童來說，理論過於單薄，多半可見他們有論點，卻無法找到來源。因此，在這一階段，學童除了從概念、命題、演繹這一路線發展論說以外，還可試著「逆向操作」，利用學童發想出的論點，往前尋找支持的命題，進而推論到根據的概念。如此一來，可以拉近學童與理論的距離，也讓學生更清楚的看到後設論說文的存在是存而不顯的。
後後設演繹	這一部分分成兩種情況： 根據後設演繹作後後設演繹： 如下簡圖： 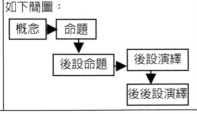	1. 後後設演繹建立在後設演繹或是後後設命題上，因此倘若進入到此步驟，通常論理的輪廓清晰可知，此時只需要避免矛盾就可以了。 2. 在發展後設演繹以及後後設命題時，寫作者就已預訂論說的結論了，以致後後設演繹只

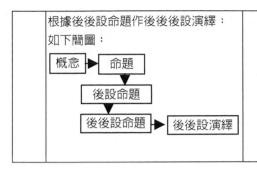

根據後後設命題作後後後設演繹：如下簡圖：

是讓結論作一個「合理化」、「格式化」的出現而已。因此，在這一階段，所著重的是寫作手法的順暢與否、寫作方向的準確度；切忌因寫作者個人的寫作弱勢讓論理有了薄弱之處，此時再好的論說也會因表達方式而招致誤解。

　　有了上述的理論建構後，接著呈現後後設論說文的五種基本寫作類型：

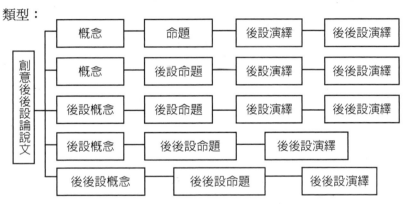

圖 6-3-1　創意後後設論說文理論教學圖

　　創意後後設論說文的完成不單只是一個結束，也是一個開始，因為它將開啟無限後後設的寫作方式。除了突破以往的單一概念→命題→演繹的固定模式以外，也能在概念層面、命題層面以及演繹層面作不同程度的發展，展開一段立體式的寫作鷹架。回應到教學現場，教師往往對於學生在主題上的發揮不夠深入而思考如何帶動學童對於主題的主動思考，其實在創意後後設論說文寫作教學的整體模式上，發現倘若學童能夠有後設的概念，儘管概念欠缺新意與程度，一旦能夠成立後設概念，至少就能有創造力的發展，自然能與眾不同；同理，

後設命題與後設演繹的發展倘若形成了常態，就後設論理進行後後設的命題與演繹，也一樣能夠讓讀者獲益匪淺。人類的論說真理無非就是如此的發展進程，精益求精以追求最終、最純的真、善、美。

　　因此，在國小階段，倘若能夠寫作到後後設論說的層級，往後生活體驗變得廣而深之後，再進行後後設論說，那麼文化的發展也就能夠以前人的成果作為後人的發展基石，減少人類自我探索而不互相流通的時間，加速文化的探索，尋得最後的完美。

　　接著，選擇以「改變」為寫作主題，作後後設的寫作教學模式探究。因衡量「改變」的主題特性，因此選擇圖 6-3-2 的第三種類型，也就是形成概念→後設命題→後設演繹→後後設演繹作為寫作模式，但在實際的寫作教學中，並非絕對需以此寫作路線來進行「改變」主題的寫作。因此，在本章中詳列了「改變」一題，倘若是透過對象論說文、後設論說文以及後後設論說文三種方式的概念、命題、演繹交替來論說，可以點出的重點為何，以下將以表詳列實務教學流程：

表 6-3-2　創意後後設論說文實務教學流程
——第一步：形成概念（以「改變」為主題）

理論觀點	教學主題	教師教學引導、學生發展活動、既定教學目標與教學評量	
概念	為誰	【既定教學目標】 1. 教學者引導釐清主題的存在起因與後續影響是因何者而起，又將影響何者？ 2. 學生能從諸多「何者」尋找自身所具備的概念。	
		【教師教學引導】 1.「改變」主題的定義？ 2. 釐清「改變」的存在由來，可從個人、社會等作範圍逐依擴大的探討。 3. 改變將影響哪些方面？	【學生發展活動】 從諸多「答案」尋找自身所具備的概念，並形成對「改變」一詞的樹狀概念圖。

		【教學評量】形成對「改變」一詞的來源以及後續發展有一個多面向的概念，並透過圖形的形成來組織形象化的概念。	
	取材	【既定教學目標】 1. 教學者引導有何素材可具體支持學生自身具備的概念，在這一些素材中，可針對「無中生有」與「製造差異」的兩大創意方式，進行創意的概念起點。 2. 學生能將自身具備的概念具體化，並可以憑藉著「無中生有」與「製造差異」兩個標準來進行概念的分類或另行建立新的一類。	
		【教師教學引導】 1. 釐清「改變」與「不變」的差別。 2. 了解改變的緣由、影響。 3. 統整出改變的幾個重要因素以及價值。	【學生發展活動】 1. 「變」的定義。 2. 改變的正反例子。 3. 價值的統整。
		【教學評量】 歸納出改變的來源類型與結果類型，並能有主觀價值。	
	教什麼	【既定教學目標】 1. 教師引導概念的論述意義須扣緊主題以及創意的兩大方式「無中生有」與「製造差異」，避免論說與主題無邊際的概念。因此，進行概念的成立時，需教導學生釐清概念的存在意義。 2. 學生從形成的素材組織論述。	
		【教師教學引導】 形成概念論述意義須扣緊環保主題，避免雜亂無章和分類過多，把握區分創意的方式「無中生有」與「製造差異」，界線說清楚越好，省略重複性及交集性過高的改變類型。	【學生發展活動】 了解概念的分類以及配合「無中生有」與「製造差異」，列出改變的優缺點。
		【教學評量】篩選概念的必要與不必要存在意義。	

「改變」 形成概念 學生示例	一、定義：「改變」是有跡可循的，因為「改」了，所以才「變」了！要先了解「改變」的原因，才能接受並適應「改變」後的結果。倘若是找不到原因，並不是「改變」的突然，而是人類的智慧尚無法解讀的。
	二、類型：個人——客觀條件，如外貌、年紀；主觀條件，如態度、想法。 社會——主動行動，如推行法案、製造建設；被動行動，如自然限制、國家政策。 國家——内在遷移，如政治、經濟；外在遷移，如國際情勢。 世界——未知影響，如星體運轉；已知影響，如人類行為。
	三、影響：從各類型的「改變」影響到各「類型」的諸多層面，包括好與壞各方面。
	四、對象論說文：（以不同字體顯示在本研究中設定的寫作歷程模式）
	（一）對象概念：「改變」是多向且雙向的。 **概念一**：改變的原因造就了改變的結果。 **概念二**：改變的結果造就了下一個改變的原因。 **概念一**：改變的結果推翻了改變的原因。
	（二）對象命題：好的「改變」會引起迴響，也會帶來更大的「改變」；而壞的「改變」則會引起反作用，將「變」的本體「改變」成另一種面貌。
	（三）對象演繹：「改變」是為了更好的「變相」，也是為了防堵成了更糟的「變相」，因此「改變」不只是主動的成長，也是被動的避免墮落。
	五、後設論說文：
	（一）後設概念：「改變」是要變好，而且要多變才會更好；只有不斷的變，才會讓原貌更加完整，也因為「改變」了許多，原貌才會涵蓋許多層級，加深內涵。
	（二）後設命題：「改變」的原則與層面因條件而異，不同的原則在不同的層面會有不同的應用法則。
	六、後後設論說文：
	（一）後後設概念：能夠預測到的「改變」，人類往往會左右它的結果，讓它順　著人類的期望來形成；但因為

		如此，人類預測不到的「改變　」才是造成人類痛恨改變的主因，因為不是過於自信，要不就是範圍太大，人類的智慧尚無法覺知。
		（二）後後設命題：人類能夠掌握的「改變」，充其量只能說是自然界的「既定」行為，是刻意的，也是人類劃了界線讓它去改變；「改變」的可怕正在於它的深不可測、廣不可量！
		七、論說價值：改變是不可改變的，要能接受並順勢、借力使力地融入改變的軌跡，我們能控制的是方向、力道與速度，讓它落在需要被「改變」的地方、避開人類無法承受它被「改變」的區域。

　　在概念形成之後，便可著手進行下一步──建立命題（後設命題）。

表 6-3-3　創意後後設論說文實務教學流程
──第二步：後設命題（以「改變」為主題）

理論觀點	教學主題	教師教學引導、學生發展活動、既定教學目標與教學評量	
後設命題	為誰	【既定教學目標】 以「為誰」來作為目的地，並針對概念延伸幾個跟概念緊連的問題，連結出「方向性」，建立命題，並針對命題作後設論說。	
		【教師教學引導】 1. 針對改變的事例綜合數個跟概念緊連的問題，而問題的目的性必須是形成「改變」的主因。 2. 在問題與概念之間，存在的「方向性」有哪些？ 3. 歸納方向性牽連出其他附加的影響，作為後設命題。	【學生發展活動】 學童根據概念與主題之間，依照不同的方向找到關聯性。並從不同的立場歸納出後設命題。

		【教學評量】 建立條理式的關聯，完整表達主題發展的可能性。
	取材	【既定教學目標】 1. 從正面呼應，也可從反面來對比出主題，或利用類比、交集等多樣化的脈絡來擴充題材的廣度。 2. 學生透過邏輯整理來搜尋同一個主題的素材，可透過經驗及學習歷程來歸類，並將歸類後的想法再透過另一個主題來作後設論說。
		【教師教學引導】 1. 先透過對象命題，尋找與改變有類比或交集等有明顯差異的素材，擴充題材的廣度。 2. 將素材再次說明，建立後設命題。
		【學生發展活動】 1. 素材根據概念尋找至少兩個事例。倘若有建立分類，則每一類型需有多數事例的驗證。 2. 建立事例的命題，再進行後設論說。
		【教學評量】 後設命題的建立必須貼緊概念，透過創意手法建構會更有說服力。
	教什麼	【既定教學目標】 1. 寫作者可以加入「無中生有」與「製造差異」的後設命題素材，作為後設演繹的根源。 2. 透過命題活動連結概念與演繹，建構除了對象論說以外的第二條論說。
		【教師教學引導】 在這一個教學活動中，教師引導學童連結對象命題並創造「新」命題，必要時可透過共同討論以輔助建立後設命題。
		【學生發展活動】 學童能夠清楚對象命題，進而演繹的論說流程。在對象命題上，經由寫作者個人化的說明，論說自己的想法，形成新命題。
		【教學評量】 建立出作者與讀者之間、概念與演繹之間、理論與行動之間的橋梁。

「改變」 建立後設 命題學生 示例	一、定義：「改變」是有跡可循的，因為「改」了，所以才「變」了！要先了解「改變」的原因，才能接受並適應「改變」後的結果。倘若是找不到原因，並不是「改變」的突然，而是人類的智慧尚無法解讀的。
	二、類型：個人——客觀條件，如外貌、年紀；主觀條件，如態度、想法。 　　　　社會——主動行動，如推行法案、製造建設；被動行動，如自然限制、國家政策。 　　　　國家——內在遷移，如政治、經濟；外在遷移，如國際情勢。 　　　　世界——未知影響，如星體運轉；已知影響，如人類行為。
	三、影響：從各類型的「改變」影響到各「類型」的諸多層面，包括好與壞各方面。
	四、對象論說文：
	（一）對象概念：「改變」是多向且雙向的。
	（二）對象命題：好的「改變」會引起迴響，也會帶來更大的「改變」；而壞的「改變」則會引起反作用，將「變」的本體「改變」成另一種面貌。
	五、後設論說文：（以不同字體顯示在本研究中設定的寫作歷程模式）
	（一）後設概念：「改變」是要變好，而且要多變才會更好；只有不斷的變，才會讓原貌更加完整，也因為「改變」了許多，原貌才會涵蓋許多層級，加深內涵。
	（二）後設命題：「改變」的原則與層面因條件而異，不同的原則在不同的層面會有不同的應用法則。 　　　　後設命題一：改變的原則包含了哪些條件？ 　　　　後設命題二：改變的層面影響了哪些領域？ 　　　　後設命題三：改變的原則與層面倘若是產生衝突或相容，又將如何取捨？
	（三）後設演繹：當「改變」到了一定的時間與程度之後，總會有反思到原始「改變」的時刻，也因此萬變不離其宗，釐清來龍去脈，才能讓「改變」適得其所。
	六、後後設論說文：

| | （一）後後設概念：能夠預測到的「改變」，人類往往會左右它的結果，讓它順著人類的期望來形成；但因為如此，人類預測不到的「改變」才是造成人類痛恨改變的主因，因為不是過於自信，要不就是範圍太大，人類的智慧尚無法覺知。 |

（二）後後設命題：人類能夠掌握的「改變」，充其量只能說是自然界的「既定」行為，是刻意的，也是人類劃了界線讓它去改變；「改變」的可怕正在於它的深不可測、廣不可量！

（三）後後設演繹：人的智力狹小到容不下百變的萬象，唯有在百變萬象中改變智慧的彈性，讓它更有韌性、更具張力，才不會讓「改變」掌握了人類的智慧脈動。

七、論說價值：改變是不可改變的，要能接受並順勢、借力使力地融入改變的軌跡，我們能控制的是方向、力道與速度，讓它落在需要被「改變」的地方、避開人類無法承受它被「改變」的區域。

找到後設命題後，便開始針對這樣的命題進行後設演繹：

表 6-3-4　創意後後設論說文實務教學流程
──第三步：後設演繹（以「改變」為主題）

理論觀點	教學主題	教師教學引導、學生發展活動、既定教學目標與教學評量	
後設演繹	為誰	【既定教學目標】 「為誰」的目的是強調在演繹過程中必須存在所增加的作用，作用要有大幅度發展的廣度或具有影響的深度，才具備演繹的意義。	
		【教師教學引導】 廣度的作用或深度的作用要具有另一種影響力，才具有後設演繹的意義。	【學生發展活動】 後設演繹根據後設命題而來，要能夠比對象演繹更有論點，也要更具有寫作者的個人觀點。
		【教學評量】後設演繹的目的要有積極建設性及目的性。	

	取材	【既定教學目標】	
		1. 寫作者進行命題的樹狀圖發展，並挖掘「無中生有」與「製造差異」的創意後設演繹。	
		2. 演繹的題材要能擴散寫作，並隨時凸顯概念。	
		【教師教學引導】 建立後設命題後，可透過樹狀圖發展可能的演繹論點，寫作者可以創造或搜尋出「無中生有」與「製造差異」的創意後設演繹。	【學生發展活動】 因為與對象演繹會有不同，更有利於發揮創意以及自己的想法。倘若是採用逆向操作，則在此便能夠呈現一段較符合寫作者具體的文字內容。
		【教學評量】後設演繹的取材需合乎與對象演繹同樣規則，也就是論說原則的情、理、法至少一種以上，並且不能離概念與後設命題的脈絡。	
	教什麼	【既定教學目標】	
		1. 強化論說的效度，主動涉獵多元化資訊，才能舉一反三。	
		2. 學習連結生活中的零散經驗，透過演繹過程，拉近生活距離。	
		3. 驗證常理的形成多半是事件的綜合客觀演繹，而非主觀意識。	
		【教師教學引導】 透過取材的特性進行諸多特點的舉一反三，引導學生分割取材的特點。	【學生發展活動】 透過合理性演繹，並尋找較有創意的演繹結論。
		【教學評量】寫作者能進行後設演繹，並發展創意論點。	
「改變」後設演繹學生示例	一、定義：「改變」是有跡可循的，因為「改」了，所以才「變」了！要先了解「改變」的原因，才能接受並適應「改變」後的結果。倘若是找不到原因，並不是「改變」的突然，而是人類的智慧尚無法解讀的。 二、類型：個人——客觀條件，如外貌、年紀；主觀條件，如態度、想法。 　　　　　社會——主動行動，如推行法案、製造建設；被動行動，如自然限制、國家政策。 　　　　　國家——內在遷移，如政治、經濟；外在遷移，如國際		

情勢。

世界──未知影響，如星體運轉；已知影響，如人類行為。

三、影響：從各類型的「改變」影響到各「類型」的諸多層面，包括好與壞各方面。

四、對象論說文：

（一）對象概念：「改變」是多向且雙向的。

（二）對象命題：好的「改變」會引起迴響，也會帶來更大的「改變」；而壞的「改變」則會引起反作用，將「變」的本體「改變」成另一種面貌。

（三）對象演繹：「改變」是為了更好的「變相」，也是為了防堵成了更糟的「變相」，因此「改變」不只是主動的成長，也是被動的避免墮落。

五、後設論說文：（以不同字體顯示在本研究中設定的寫作歷程模式）

（一）後設概念：「改變」是要變好，而且要多變才會更好：只有不斷的變，才會讓原貌更加完整，也因為「改變」了許多，原貌才會涵蓋許多階級，加深內涵。

（二）後設命題：「改變」的原則與層面因條件而異，不同的原則在不同的層面會有不同的應用法則。

（三）後設演繹：當「改變」到了一定的時間與程度之後，總會有反思到原始「改變」的時刻，也因此萬變不離其宗，釐清來龍去脈，才能讓「改變」適得其所。

後設演繹一：改變的輪迴循環提升了人類的行事邏輯。

後設演繹二：改變的成效與預定的成果。

後設演繹一：原則與層面的反思。

六、後後設論說文：

（一）後後設概念：能夠預測到的「改變」，人類往往會左右它的結果，讓它順著人類的期望來形成；但因為如此，人類預測不到的「改變」才是造成人類痛恨改變的主因，因為不是過於自信，要不就是範圍太大，人類的智慧尚無法覺知。

（二）後後設命題：人類能夠掌握的「改變」，充其量只能說是自

		然界的「既定」行為，是刻意的，也是人類劃了界線讓它去改變；「改變」的可怕正在於它的深不可測、廣不可量！
	（三）後後設演繹：人的智力狹小到容不下百變的萬象，唯有在百變萬象中改變智慧的彈性，讓它更有韌性、更具張力，才不會讓「改變」掌握了人類的智慧脈動。	
七、論說價值：改變是不可改變的，要能接受並順勢、借力使力地融入改變的軌跡，我們能控制的是方向、力道與速度，讓它落在需要被「改變」的地方、避開人類無法承受它被「改變」的區域。		

建立後設演繹後，便開始針對演繹的後設性再深入的作後後設演繹論說：

表 6-3-5　創意後後設論說文實務教學流程
——第四步：後後設演繹（以「改變」為主題）

理論觀點	教學主題	教師教學引導、學生發展活動、既定教學目標與教學評量	
後後設演繹	為誰	【既定教學目標】 「為誰」的目的是強調在第二次的演繹過程中必須強調的作用，作用要有廣度更廣或具有更高程度影響的深度，才具備再次演繹的意義。	
		【教師教學引導】 廣度的作用或深度的作用要超越原有的影響力，才具有後後設演繹的意義。	【學生發展活動】 後後設演繹根據後後設命題或後設演繹而來，因此要能夠比上述二者更有創新論點，也要更具有寫作者的主觀論說。
		【教學評量】 後後設演繹的目的要有積極建設性及目的性。	

	取材	【既定教學目標】	
		1. 寫作者進行命題的樹狀圖發展，並挖掘「無中生有」與「製造差異」的創意後後設演繹。	
		2. 演繹的題材要能擴散寫作，並隨時凸顯概念及確定命題。	
		【教師教學引導】	【學生發展活動】
		建立後設命題或後設演繹後，藉著已建立的樹狀圖發展演繹論點，寫作者可以創造或搜尋出「無中生有」與「製造差異」的創意後後設演繹。	因為與對象演繹、命題演繹和後設演繹會有不同，更有利於發揮創意以及自己的想法。倘若是採用逆向思考來操作，則在此便能夠呈現一段較符合寫作者具體的文字內容。
		【教學評量】後後設演繹的取材需與其他演繹有著明顯差異，也需具備原則的情、理、法至少一種以上，以及不能離概念與後設命題的脈絡。	
	教什麼	【既定教學目標】	
		1. 強化論說的效度，主動涉獵多元化資訊，才能舉一反三。	
		2. 學習連結生活中的零散經驗，透過演繹過程，拉近生活距離。	
		3. 驗證常理的形成多半是事件的綜合客觀演繹，而非主觀意識。	
		【教師教學引導】	【學生發展活動】
		透過取材的特性進行諸多特點的舉一反三，引導學生分割取材的特點。	透過合理性演繹，並尋找較有創意的演繹結論。
		【教學評量】寫作者能深入寫作後後設演繹，並發展創意論點。	
「改變」後後設演繹學生示例	一、定義：「改變」是有跡可循的，因為「改」了，所以才「變」了！要先了解「改變」的原因，才能接受並適應「改變」後的結果。倘若是找不到原因，並不是「改變」的突然，而是人類的智慧尚無法解讀的。		
	二、類型：個人——客觀條件，如外貌、年紀；主觀條件，如態度、想法。		

社會——主動行動，如推行法案、製造建設；被動行動，如自然限制、國家政策。

國家——內在遷移，如政治、經濟；外在遷移，如國際情勢。

世界——未知影響，如星體運轉；已知影響，如人類行為。

三、影響：從各類型的「改變」影響到各「類型」的諸多層面，包括好與壞各方面。

四、對象論說文：

（一）對象概念：「改變」是多向且雙向的。

（二）對象命題：好的「改變」會引起迴響，也會帶來更大的「改變」；而壞的「改變」則會引起反作用，將「變」的本體「改變」成另一種面貌。

（三）對象演繹：「改變」是為了更好的「變相」，也是為了防堵成了更糟的「變相」，因此「改變」不只是主動的成長，也是被動的避免墮落。

五、後設論說文：

（一）後設概念：「改變」是要變好，而且要多變才會更好；只有不斷的變，才會讓原貌更加完整，也因為「改變」了許多，原貌才會涵蓋許多層級，加深內涵。

（二）後設命題：「改變」的原則與層面因條件而異，不同的原則在不同的層面會有不同的應用法則。

（三）後設演繹：當「改變」到了一定的時間與程度之後，總會有反思到原始「改變」的時刻，也因此萬變不離其宗，釐清來龍去脈，才能讓「改變」適得其所。

六、後後設論說文：（以不同字體顯示在本研究中設定的寫作歷程模式）

（一）後後設概念：能夠預測到的「改變」，人類往往會左右它的結果，讓它順著人類的期望來形成；但因為如此，人類預測不到的「改變」才是造成人類痛恨改變的主因，因為不是過於自信，要不就是範圍太大，人類的智慧尚無法覺知。

（二）後後設命題：人類能夠掌握的「改變」，充其量只能說是自然界的「既定」行為，是刻意的，也是人類劃

了界線讓它去改變；「改變」的可怕正在於它
的深不可測、廣不可量！

（三）後後設演繹：人的智力狹小到容不下百變的萬象，唯有在百變
萬象中改變智慧的彈性，讓它更有韌性、更具張
力，才不會讓「改變」掌握了人類的智慧脈動。

後後設演繹一：改變的軌跡之外，該具備適時的韌性。

後後設演繹二：改變的存在是好是壞？

後後設演繹一：因為改變，所以增長了人類的思維智慧，也
因為這樣的智慧，改善了原始的大自然。

七、論說價值：改變是不可改變的，要能接受並順勢、借力使力地
融入改變的軌跡，我們能控制的是方向、力道與速
度，讓它落在需要被「改變」的地方、避開人類無
法承受它被「改變」的區域。

有了上列四步驟的說明之後，再以圖示表示「改變」一文的後後
設論說文寫作：

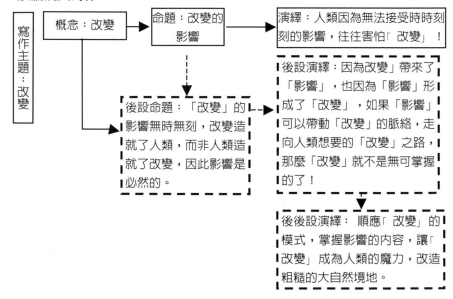

圖 6-3-2　創意後後設論說文實務教學流程圖（以「改變」為主題）

　　在本研究中，從第四章創意對象論說文到第六章創意後後設論說文，建構起創意論說文的三級層次，也提供了透過概念、命題以及演繹的寫作流程，並對如何將創意方式放到論說的論理中給了大致的原則。因此，在第七章中將會把第四章到第六章的整個論說文寫作教學理論放到實際的國小高年級教學場域中，期能收到學童對於論說文論說的基本要素，並能適時、適切、適當的將創意論點透過寫作達到說服讀者的目的，進而讓寫作者樂於寫作、閱讀者樂在閱讀，雙方更是了解論理的真理，以能盡到論說的目的。

第七章　實務印證及其成效的評估

第一節　實施的對象

　　本研究所建構的創意後後設論說寫作教學架構，將透過實務來設計國小場域寫作教學的教學設計，並藉著第二觀察者學生的寫作成效進行評估與解譯，來印證本創意論說文寫作教學理論建構上的效度與信度。

　　在本章中，我將運用質性研究法處理創意對象論說文、創意後設論說文與創意後後設論說文三種相關教學活動，根據所蒐集到的研究日誌、參與觀察、深度訪談、前後測回饋單等資料轉化為文本形式，並透過資料的轉譯進行分析。在研究的過程中，將不斷的對照實務與理論的交集點以及差異點，透過交互對話並修正後續延伸的理論運用模式，並以歸類、比較、綜合形成符合國小場域的創意論說文寫作理論建構。

一、研究場域

　　在本研究中，引用林璧玉在《創造性的場域寫作教學》一書中所呈現的場域概念圖來說明本研究所實證的學校場域，所具備的場域條件，更有利於解析出本研究實證研究的客觀性：

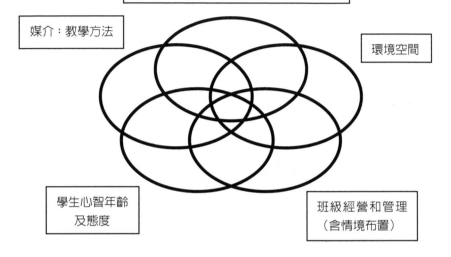

社會：
1. 學生同儕
2. 師生互動關係（教師語言、肢體表達）

媒介：教學方法

環境空間

學生心智年齡
及態度

班級經營和管理
（含情境布置）

圖 7-1-1　場域概念圖

（林璧玉，2009：57）

　　從上述的場域概念圖看來，本研究可以的場域概念如下：

（一）媒介：教學方法

　　在此以林璧玉的說理文創造性寫作教學策略（林璧玉，2009：170）為參考，列舉以下四種教學方法：

1. 討論法：透過教師的引導，小組將討論結果與其他各組分享；經由各組相關論點，學童收集以輔助、加強自己的論點，加以整理作寫作結構的安排

2. 演講：學童準備議題的內容，藉由演講闡述自我的觀點，並透過課堂活動羅列各方見解，加以融合為自己的獨特創見。

3. 辯論（角色扮演）：以「公聽會」的形式，產生正反的辯論雙方或其他立場的一方，組織論題的多方見解，讓學童補強自己的弱點並能夠轉換思考起點，以搭建多角度可信的論理。

4. 探究法：學童利用課堂學習前的預習，提供教師在課堂上進行整理與分類，再進行學童對於議題表達自己的看法。

（二）學生心智年齡及態度

1. 心智年齡：六年 A 班的學生實際年齡為滿十一歲、未滿十二歲，彼此之間多為低年級或中年級就已同班的同學，因此彼此的情感相當融洽，也造成同儕的學習模式多有類似。

2. 學習態度：學習態度多為主觀意識，而為了較為具體呈現六年 A 班的學習態度在實證前與實證後的分別，因此將在第二節探究學習起點階段中，實施問卷訪問，分別為九年一貫國語文寫作能力分段指標與創意論說文寫作實施後的寫作能力指標成度前的自我認知、情意與技能程度；並在四次的實證教學後，再以相同問題訪談六年 A 班學童，以作實證教學前後的探討。

（三）班級經營和管理（含情境布置）

因小學階段的語文節數較多，因此除了例行性的語文科教學以外，也在教室布置上陳列成語、名言分享以及連絡簿上的佳句記頌資料。此外，在教科書的教學補充上，也提供成語語彙、閱讀測驗、週記習寫等練習，更配合學校閱讀制度中的輪動書箱，每三週閱讀一本課外書，增進學童的生活經驗及造文能力。

（四）環境空間

　　新北市新莊區屬於都會型的教學地區，學校資源豐富，教學資訊流通迅速，教學設施也多以資訊 e 化來建置，教師透過多媒體的教學設備、多元化的教學活動進行教學，讓學童更容易吸收教學新知，並活躍思考模式。

二、研究參與者

　　在本研究中，共有三類型的參與者，分別為：

　　第一觀察者：六年 A 班教師，也就是研究者本身。

　　第二觀察者：六年 A 班學生，該班為研究者進行語文教學一年的學生。在此，依照寫作程度進行均分，並進行編號如下：

表 7-1-1　六年 A 班寫作分組表

組別／程度	1	2	3	4	5	6
第甲組	甲 1	甲 2	甲 3	甲 4	甲 5	甲 6
第乙組	乙 1	乙 2	乙 3	乙 4	乙 5	乙 6
第丙組	丙 1	丙 2	丙 3	丙 4	丙 5	丙 6
第丁組	丁 1	丁 2	丁 3	丁 4	丁 5	丁 6
第戊組	戊 1	戊 2	戊 3	戊 4	戊 5	戊 6

　　第三觀察者：共分為三類型教師，分述如下：

（一）同校教學觀摩教師：四名擔任六年級其他各班教師、一名低年
　　　級導師，除了入班觀察外，也配合三篇論說文進行教學。

（二）同校教學觀察教師：不同學年群的教師入班觀察。

（三）同校教學行政教師：教務主任以及教學組長。

第二節　實施的流程與工具運用

在國小高年級場域，藉著三層次的教學深度，進行創意後後設論說文寫作教學，依照學習者所處實際情境、教學互動以及教學成品來設計、實施與評析，並作實證後的修正與增強。整個研究工作的實施流程共三階段（準備階段、實施階段、評析階段），將在下面分別細述。此外，在我的研究日誌中顯示：每一階段的進行都將與下一階段有重疊的時間運用，透過三類觀察者身分的不斷轉換，交叉驗證實證理論的可行性；而在實證過程所需運用的工具依照觀察者的不同分列多項，分別設計第一寫作題目〈責任〉的寫作教學活動設計計畫的對象、後設、後後設三層次，設計三案；第二寫作題目〈守信〉的創意後後設論說文寫作教學計畫一案，共計四案，詳列說明如下：

一、實施流程

本研究的流程共分為三個階段：準備階段、實施階段與評析階段。研究流程如圖 7-2-1 所示：

流程階段	教學階段	循環模式	研究進度
準備階段	發現問題、蒐集問題、尋求解決	⬇	理論建構
	閱讀相關文獻	⬇	
	形成研究主題	⬇	
	建構論說文寫作教學理論	⬇	
實施階段	選定教學對象	⬇	實務印證
	設計第一參與觀察者研究日誌	⬇	
	實施前測測驗	⬇	
	問卷訪談第二參與觀察者	⬇	
	探究學習起點	⬇	
	設計創意對象論說文寫作教學計畫〈責任〉	⬇	
	實施創意對象論說文寫作教學	⬇	
	參與觀察者寫作文本分析、修正下一階段計畫	⬇	
	設計創意後設論說文寫作教學計畫〈責任〉	⬇	
	實施創意後設論說文寫作教學	⬇	
	參與觀察者寫作文本分析、修正下一階段計畫	⬇	
	設計創意後後設論說文寫作教學計畫〈責任〉	⬇	
	實施創意後後設論說文寫作教學	⬇	
	參與觀察者寫作文本分析、修正理論	⬇	
	設計創意後後設論說文寫作教學計畫〈守信〉	⬇	
	實施創意後後設論說文寫作教學	⬇	
	實施後測測驗	⬇	
評析階段	第一參與觀察者研究日誌分析	⬇	
	第二參與觀察者訪談分析	⬇	
	第三參與觀察者記錄分析	⬇	
	綜合資料分析與整理	⬇	
	寫作教學理論架構修正與增強	⬇	理論修正再建構
	撰寫研究報告	⬇	

圖 7-2-1　研究流程圖

（一）準備階段

我於本學年度的上學期，在所擔任導師的六年 A 班中，進行六次的寫作教學，其中包含的文體有詩歌、記敘文、抒情文、應用文與論說文；而下學期也在實務驗證前進行二次作文教學，包含論說文及記敘文兩篇。在進行許多文體的教學過程中，對於小學階段最難抒發的是「論說」文體，觀察到學童在進行寫作時最常遇到的幾個問題：

1. 文章結構的層次性：過於輕描淡寫，未能針對主題作對象、後設與後後設的探討。
2. 文章內容的可看性：學童生活經驗貧乏，脫離不了自身狹小的生活圈與範文。
3. 文章技法的合理性：千篇一律，缺少創意的思考與寫作邏輯。
4. 文章情感的適切性：未能旁徵博引，難以切入讀者的內心思維。

根據上述對於班級寫作教學的檢討，我透過第四章到第六章創意論說文寫作教學理論的建構，著手設計國小六年級論說文寫作教學來進行教學引導與實證，

（二）實施階段

我在進行實證研究前，先以未進行實務教學的題目〈百分百的學生 百分百的學校〉作前測文本，分析前測文本中的「特性」、「層次」與「性質」，作為第二觀察者的先備經驗依據。

接著，在 2011 年 3 月至 5 月間實施為期五次的論說文寫作教學，分別是同一題目〈責任〉的「創意對象論說文」、「創意後設論說文」、「創意後後設論說文」三次教學活動，作為完整的二堂課論說文寫作教學活動設計；最後以〈守信〉的「創意後後設論說文」，作為第二觀察者的後測文本，因此總共四次的論說文寫作教學。每個寫作教學都

涵蓋「準備活動」、「發展活動」以及「綜合活動」。除了針對在第四章到第六章所建構起的「特性」（創意方式——無中生有與製造差異）、「層次」（對象性、後設性、後後設性）以及「性質」（三大語文經驗——知識性、規範性、審美性）進行主題式的引導外，也將審視目前小學六年級學童共同缺失的存在與改善，同步進行資料的蒐集、分析與整理。

（三）評析階段

在第四次的完整寫作教學活動後對全班進行寫作後測，針對選定的資料類型（創意方式、論說型態、語文經驗）進行分析，對於不足或薄弱處，再調整方案進行補救與增強，於 2011 年 5 月將所有相關資料綜合整理與分析，修正後並撰寫研究報告。

二、實證研究現場的工具運用

第七章實務印證是一種在教學現場進行探索的歷程。在研究場域中，利用個案研究法，配合與三類觀察者訪談、觀察、記錄、文本分析來進行研究。

個案研究法主要是探討個案在特定的情境脈絡下的活動性質，以了解他的獨特性及複雜性；就是對單一個體、一個場域、文件資料儲存庫、或某一個特定事件鉅細靡遺的檢視。（林佩璇，2004：124）原為醫療所用，後廣泛用於心理與教育領域，而後成為研究學校教育的方法之一。

個案研究法首重個體研究的獨特性，因此在外界無干擾的自然情境下，教學者以實務教學，輔助多元研究工具，如錄音、錄影、訪談、施測等，並以多元形式教學，如多媒體教材、傳統圖表型式、同儕討

論、師生互動模式等，蒐集個案在施作過程中產生的資訊，作深入而廣泛的研究。

　　本研究在進行理論建構後，透過實證工具作創意論說文寫作教學的現場驗證，其中的改變並無法以單一數字作為評量好壞的標準，主要的評斷標準是從眾多的實證工具中聚焦學童對於創意論文的寫作邏輯深度及廣度的領域運用深淺，並同時引導學童對於寫作，甚或閱讀時，能自我組織架構相關的論說邏輯（對象、後設、後後設）。

三、研究日誌與寫作教學活動設計

　　在整個實務印證過程中，將依照研究日誌表 7-2-1 進行記錄、訪談、教學、觀察與測驗活動。

表 7-2-1　研究日誌表

實施日期	教學、觀察階段	研究行動
99 年 9.10 月	傳統論說文教學	教學、省思
99 年 10.11 月	創意對象論說文理論建構	教學建構
99 年 11.12 月	創意後設論說文理論建構	教學建構
100 年 1.2 月	創意後後設論說文理論建構	教學建構
100 年 2 月	實施前測測驗	紀錄、問卷訪談
100 年 2 月	訪談第二參與觀察者	
100 年 2 月	探究學習起點	紀錄
100 年 2 月	設計創意對象論說文寫作教學計畫〈責任〉	教學、觀察、記錄
100 年 3 月	實施創意對象論說文寫作教學	
100 年 3 月	參與觀察者寫作文本分析、修正下一階段計畫	
100 年 3 月	設計創意後設論說文寫作教學計畫〈責任〉	教學、觀察、記錄

100 年 4 月	實施創意後設論說文寫作教學	
100 年 4 月	參與觀察者寫作文本分析、修正下一階段計畫	
100 年 4 月	設計創意後後設論說文寫作教學計畫〈責任〉	教學、觀察、記錄
100 年 4 月	實施創意後後設論說文寫作教學	
100 年 5 月	參與觀察者寫作文本分析、修正理論	
100 年 5 月	實施後測測驗〈守信〉	教學、分析
100 年 6 月	實務驗證分析與檢核	評析

（一）實施前測測驗、問卷訪談第二參與觀察者

前測測驗以學童最近的一篇論說文〈百分百的學生 百分百的學校〉為文本，並將三十位學童依照上學期寫作成效以 S 型作隨機分組，共分成五組（甲到戊），每組六人。

1. 前測文本〈百分百的學生 百分百的學校〉分析

選擇校刊主題〈百分百的學生 百分百的學校〉作為前測測驗，並以同年級其他六年級各班為對照樣本，分析實證前同年段的學習起點，並在後測測驗後再次進行對照。針對「特性」（創意方式——無中生有與製造差異）、「層次」（對象性、後設性、後後設性）以及「性質」（三大語文經驗——知識性、規範性、審美性）的原始認知程度作為準則，透過文句的認定，顯示學童在前測文本中所運用的「特性」、「層次」以及「性質」次數多寡，以作為分析樣本。

表 7-2-2　六年 A 班的論說文寫作前測文本分析

類型	細項	前測文本
特性	無中生有	直述較多，欠缺自我想法。
	製造差異	經歷太少，無法舉出相對或相呼應的事實。
層次	對象性	全班基本能力都能達到。
	後設性	六成學童能夠進行深入說明。
	後後設性	一成學童能夠依照後設論說再深入說明。
語文經驗	知識性	學童對於論說主題主要採用此經驗為主。
	規範性	五成學童能夠針對主題提出相關的規範論說。
	審美性	二成學童能夠提出較具個人獨特的審美觀點。

2. 問卷訪談第二觀察者

針對國小六年級，也就是在九年一貫寫作能力屬於第三階段能力指標的學童，進行全班問卷記錄，並將搭配「（二）探究學習起點」的具體文字內容，以數據呈現六年 A 班對於論說文寫作的原始能力，作為實證研究前的前測。

因此，我設計附錄一、（一）為進行實證教學前，關於六年 A 班學童在「創意論說文寫作的自我認知、情意、技能程度」的學習程度。透過教師課堂上的引導以及學童自我的檢視，呈現結果如下表 7-2-3：

表 7-2-3　六年 A 班學童在創意論說文寫作實證前的
自我認知、情意、技能程度

二-1 認知程度： 請根據你對於「創意」、「論說文」、「寫作」的主題來回答	完全同意	有點同意	普通	有點不同意	完全不同意	無效
1. 我覺得創意是相反，如上到下變下到上。	0	9	13	3	3	2
2. 我覺得創意就是不一樣。	12	7	8	2	0	1

	完全同意	有點同意	普通	有點不同意	完全不同意	無效
3. 我覺得論說文一定要說正向的道理。	0	4	8	9	6	3
4. 我覺得論說文就是說明道理，不能夠有情感跟藝術等其他內容。	2	2	7	9	9	1
5. 我覺得寫作可以透過多次練習而進步。	10	9	3	3	2	3
6. 我覺得寫作必須要有主題相關經驗才會寫。	5	6	8	4	4	3
二-2 情意程度： 請根據你對於「創意」、「論說文」、「寫作」的主題來回答	完全同意	有點同意	普通	有點不同意	完全不同意	無效
1. 我喜歡有創意的生活事物。	14	9	6	1	0	0
2. 我喜歡從和他人不同的角度去思考。	9	10	9	1	1	0
3. 我覺得論說文比其他文體好寫。	2	6	12	5	5	0
4. 我覺得寫論說文可以幫助我獲得真理。	3	8	15	1	2	1
5. 我覺得寫作讓我樂於寫出我的真實想法。	6	7	12	2	2	1
6. 我覺得寫作讓我更知道如何完整表達思想。	5	8	10	6	0	1
二-3 技能程度： 請根據你對於「創意」、「論說文」、「寫作」的主題來回答	完全同意	有點同意	普通	有點不同意	完全不同意	無效
1. 我覺得利用文字表現創意是個不錯的方法。	8	9	7	2	2	2
2. 我會用文字表現我思想中的創意內容。	7	9	5	6	2	1
3. 我了解論說文的寫法、結構。	2	8	9	4	2	5
4. 我能理解別人寫論說文的主要重點。	3	9	12	2	2	2
5. 我能夠善用不同的語詞來寫作。	2	11	12	2	0	3
6. 我能夠獨力完成一篇作文。	9	8	10	1	0	2
二-4 綜合程度： 請根據你對於「創意論說文寫作」這一個主題來回答	完全同意	有點同意	普通	有點不同意	完全不同意	無效
1. 我覺得這個主題有特殊性。	5	11	8	2	1	3

2. 我覺得主題重點在於創意，而不是論說文。	8	6	12	0	1	3
3. 我覺得我每次寫的文章都很有創意。	3	2	18	3	2	2
4. 我覺得在寫創意方面，論說文比其他文體更好發揮。	2	4	14	4	4	2
5. 創意論說文的道理可以不是合乎常理的。	2	2	13	5	5	3

至於針對問答題目，六年 A 班學童的文字敘述如下：

三、目前我對於「創意」、「論說文」、「寫作」所產生的困難
關於「創意」，我覺得困難的是： 1. 有時會突然沒有靈感（丙）。 2. 創意是否跟別人一樣，寫得是不是有道理（甲）。 3. 有時想不到（乙）。 4. 要憑空想出一個創意，卻又不能和其他人一樣（乙）。 5. 有時候沒有靈感（乙）。 6. 只有一些些創意（丁）。 7. 要跟人家不一樣（丁）。
關於「論說文」，我覺得困難的是： 1. 無法表達完整的涵義（丙）。 2. 題目的意思是否跟我想得一樣（甲）。 3. 某些主題較不清楚，較難寫（乙）。 4. 論說文大部分在說明道理，比較難想像（乙）。 5. 很難寫，不知道從哪裡開始寫（乙）。 6. 我不知道論說文的寫法（乙）。 7. 主要重點無法掌握（丁）。 8. 要用不同的角度去思考（丁）。
關於「寫作」，我覺得困難的是： 1. 有點難寫出感情（甲）。 2. 有些沒有經驗，比較難寫（乙）。 3. 要自己去想要怎麼寫（乙）。 4. 如何使一篇文章順暢、文筆又優美（乙）。 5. 不一定每種類型的文章都寫得好（甲）。 6. 要寫很多字，很麻煩，而且如果沒遇過事情很難寫得出來（乙）。 7. 沒靈感（丁）。 8. 生活經驗要多（丁）。

　　從上述的數字呈現出尚未進行實證教學前，六年 A 班在創意論說文寫作的自我認知、情意、技能程度多處於普遍概念中，而學童對於寫作教學的疑慮不外乎是內容題材的取得和論說的切入點不易釐清。以第一觀察者對六年 A 班的教學了解，探討六年 A 班的寫作學習能力，如下表 7-2-4：

表 7-2-4　六年 A 班在實證教學前的寫作能力探討

二-1 認知程度：請根據你對於「創意」、「論說文」、「寫作」的主題來回答
(1) 創意多定義為不一樣，但未必是相反或者極端。
(2) 論說文說明的道理可能是反向的，並包含情感與藝術。
(3) 寫作可以是想像，並多數可藉由練習想像來達到論說。
二-2 情意程度： 請根據你對於「創意」、「論說文」、「寫作」的主題來回答
(1) 喜歡從不同的角度去思考具有創意的生活事物。
(2) 我覺得論說文和其他文體在寫作上都具有相當程度的難度，能特別獲得真理的可能性和其他文體相當。
(3) 我覺得寫作普遍能夠寫出作者的想法並表達出適切的思想。
二-3 技能程度： 請根據你對於「創意」、「論說文」、「寫作」的主題來回答
(1) 對於文字表達創意的寫作技能掌握，有蠻大的差異。
(2) 我大概能夠理解論說文寫作的基本格式，也大略能懂他人的作品。
(3) 我應該能夠以不同的語詞，並獨立來完成一篇作文。
二-4 綜合程度： 請根據你對於「創意論說文寫作」這一個主題來回答
(1) 我對於這個主題沒有太大的看法。
(2) 我對於我自己的文章尚稱合格，也能發揮創意。
(3) 我認為創意論說文具有特殊性，不一定合乎常理。

因此，可以了解六年 A 班在進行教學前的整體程度。我也將在實證教學後進行同一份問卷的調查，透過學童自我的省思與檢視，了解創意論說文寫作教學的成效。

（二）探究學習起點

從上列表格，了解六年 A 班在「認知」（三大語文經驗——知識性、規範性、審美性）、「情意」（對象性、後設性、後後設性）以及「技能」（創意方式——無中生有與製造差異）的原始認知程度所展現出來的具體數字後，接著以教育部根據 2008 課綱修正後的 2011 年實施的課綱中，國語文的寫作能力指標來探討在六年 A 班對於論說文寫作的各點學習起點。在此，以附錄一、（一）進行實證教學前，關於六年 A 班學童在「國語文寫作能力分段指標」的原始起點：

透過教師的引導以及學童自我的檢視，呈現結果如下表 7-2-5：

表 7-2-5 六年 A 班學童在論說文寫作教學前的
「國語文寫作能力分段指標」程度

國民中小學九年一貫課程綱要 語文學習領域 （國語文寫作能力分段指標）	實施前（5分為最高）					
	5	4	3	2	1	0
6-3-1 能正確流暢的遣詞造句、安排段落、組織成篇。	1	5	11	10	2	1
6-3-1-1 能應用各種句型，安排段落、組織成篇。	1	4	13	11	1	0
6-3-2 能知道寫作的步驟，逐步豐富內容，進行寫作。	2	3	13	11	1	0
6-3-2-1 能知道寫作的步驟，如：從蒐集材料到審題、立意、選材及安排段落、組織成篇。	1	4	11	10	4	0
6-3-2-2 能練習利用不同的途徑和方式，蒐集各類寫作的材料。	3	4	10	6	7	0

6-3-2-3 能練習從審題、立意、選材、安排段落及組織等步驟，習寫作文。	1	5	12	7	5	0
6-3-3 能培養觀察與思考的寫作習慣。	2	8	10	9	0	1
6-3-3-1 能養成觀察周圍事物，並寫下重點的習慣。	2	2	12	9	5	0
6-3-4 能練習不同表述方式的寫作。	0	14	4	11	1	0
6-3-4-1 能學習敘述、描寫、說明、議論、抒情等表述方式，練習寫作。	1	3	9	11	6	0
6-3-4-2 能配合學校活動，練習寫作應用文（如：通知、公告、讀書心得、參觀報告、會議紀錄、生活公約、短篇演講稿等）。	0	7	7	12	4	0
6-3-4-3 能應用改寫、續寫、擴寫、縮寫等方式寫作。	1	2	11	9	6	1
6-3-4-4 能配合閱讀教學，練習撰寫心得、摘要等。	0	8	9	6	6	1
6-3-5 能具備自己修改作文的能力，並主動和他人交換寫作心得。	4	2	10	7	7	0
6-3-5-1 能經由共同討論作品的優缺點，以及刊物編輯等方式，主動交換寫作的經驗。	2	2	12	4	10	0
6-3-6 能把握修辭的特性，並加以練習及運用。	1	4	13	7	5	0
6-3-6-1 能理解簡單的修辭技巧，並練習應用在實際寫作。	2	6	10	11	1	0
6-3-7 能練習使用電腦編輯作品，分享寫作經驗和樂趣。	6	1	7	9	7	0
6-3-7-1 能利用電腦編輯班刊或自己的作品集。	4	0	10	6	10	0
6-3-7-2 能透過網路，與他人分享寫作經驗和樂趣。	7	0	7	6	8	2
6-3-8 能發揮想像力，嘗試創作，並欣賞自己的作品。	5	4	8	9	4	0
6-3-8-1 能在寫作中，發揮豐富的想像力。	3	5	13	4	5	0
6-3-8-2 能嘗試創作（如：童詩、童話等），並欣賞自己的作品。	2	6	10	6	6	0

（摘自國教社群網〈97 年國民中小學九年一貫課程綱要（100 學年度實施）〉，2011）

　　從上列的數字顯示，六年 A 班在寫作能力上自我程度的認知是普遍不足的，因為在六年級下學期對於能力指標的達成應該有較高的分數認知，而非位於普遍程度，因此顯示出六年 A 班的整體寫作仍須加強練習與教導。除此之外，學習程度較低落的學童也較學習程度較高的學童來得多，顯示出六年 A 班整體的寫作能力仍須加強基本練習；以致在進行教學時，除了教學的內容不宜過深以外，尚需配合仿寫等教學策略，避免讓學童喪失學習意願。而中上程度的成員較中下程度的成員數量差不多，因此透過分組的討論以及同儕間的教學相長，可以輔助程度的提升。

　　在實務印證的三次層次教學活動中，我將選擇〈責任〉一題作為實務印證的論說主題。考量的原因有二：第一是學童的生活經驗不斷增長增廣，而自我認知的正確性並未與時俱增，反倒有所偏頗，可藉此作自我責任的省思；第二則為實證班級正值畢業年段，以此作為學童銜接國中階段的心理建設，找尋自己在國中學制的定位。為了作完整的檢核，共計有四次的教學活動設計，並依照所安排的時程進行教學。以下為四次的寫作教學活動設計。

　　在同一主題〈責任〉的三層次寫作教學活動設計前，我將帶入在本研究中第四章到第六章所建構起的創意對象論說文、創意後設論說文和創意後後設論說文的理論教學流程，如表 7-2-6，並以心智概念圖的方式建構教學者教學模式以及寫作者寫作邏輯，如圖 7-2-2，而後再以教學教案詳實設計教學者進行教學的活動流程。依序為表 7-2-7 創意對象論說文、表 7-2-9 創意後設論說文、表 7-2-11 創意後後設論說文；最後再以〈守信〉一篇論說文作為三者的一次教學。首先，我先就主題釐清理論教學的流程，：

表 7-2-6　創意論說文〈責任〉理論教學流程表

論說寫作	形成概念	命題建立	命題演繹
為誰	1. 「責任」主題的定義？ 2. 釐清「責任」的存在 3. 「責任」將影響哪些方面？ 4. 從諸多「答案」尋找自身所具備的概念，並形成概念圖。	1. 針對責任的存在綜合數個跟概念緊連的問題，而問題的目的性必須是形成「責任」的主因。 2. 在問題與幾個概念之間存在的「方向性」有哪些？ 3. 歸納方向性牽連出其他附加的影響，歸納出後設命題。	提出廣度「責任」的作用或深度「責任」的作用，具有另一種幅度更廣的影響力。
取材	1. 「責任」的定義。 2. 「責任」的存在。	1. 責任的存在來自於哪些問題？影響在何？ 2. 問題彼此之間的關係主要有哪幾種？	1. 命題中的問題又是哪些領域的責任起因？該持有的態度為何？ 2. 面對複合性責任，態度又該如何應變？
對象	責任的定義、存在種類。	影響的層面以及大、小的責任範圍。	肩負這樣責任，該有的態度。
後設	定義不同，存在以及種類就隨著不同。	責任的好處因負責而縮小，壞處卻因不負責而擴大。	負責任的態度需視情況而決定該放、該收。
後後設	因為不可掌握的影響，牽連出責任存在的重要性。	承擔責任時，常被視為理所當然；不負責時，卻常被視為千古罪人。	放下自己的責任能夠讓別人更懂得負責；某些情況下，緊握責任能夠讓責任更快被放下。
無中生有	有些責任是外加的，有些是需避免的責任。	責任的誕生常是太過負責而衍生的。	學習放下責任的態度比學會負責任更重要。

製造差異	責任的存在未必是必然的。	對事情的不負責，有時是另一種無形的負責。	緊握責任會阻礙責任的發展性，形成死路。

　　在教師釐清「責任」一題可以申論的創意手法、對象論說、後設論說、後後設論說後，便以此為教學論說的基本論點，並試擬心智概念圖如下圖 7-2-2：

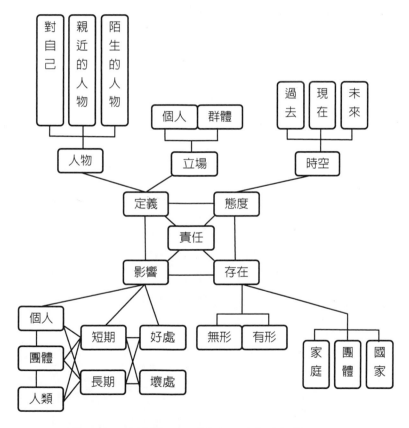

圖 7-2-2　創意論說文「責任」寫作心智概念圖

在教師以圖 7-2-2 的心智概念圖作為教學準備後，透過教學者以論說文的寫作既定模式：引起動機→揭示題意→形成內容→建立形式→完成作文，將學童的思想化作文字的形式中，以形成論說文，接著進行各層次創意論說文教學活動實務教學。

（三）創意對象論說文實務教學（第一層次）

1.設計並實施創意對象論說文寫作教學計畫

第一次教學題目〈責任〉，屬於創意對象論說文寫作教學活動設計，如下表 7-2-7：

表 7-2-7　創意對象論說文〈責任〉寫作教學活動設計表

單元設計	創意對象論說文〈責任〉		教學對象	快樂國小六年 A 班
設計者	張銘娟		教學人數	三十人
教學時間	共二節（八十分鐘）		教學場地	六年 A 班教室
教材來源	主教材：1.〈責任〉主題簡報。 副教材：1.創意對象論說文〈責任〉架構單（附錄三）。			
教學資源	1.電腦。2.錄影機。3.單槍。4.投影機。5.稿紙。			
教學目標	1. 針對主題作題材上對象層次的定義。 2. 建構基本論說文體形式架構。 3. 運用佳句、修辭及相關題材完成作文。 4. 涉獵多元化資訊，透過創意手法進行創意論說。 5. 整體掌握自我及群體的責任意義。 6. 實踐自我責任的完成。			
能力指標	教學活動內容	時間	教學目標	評量方式
	一、準備活動 （一）教師 　　　製作〈責任〉簡報、製作架構			

		單（個人、小組）。 （二）學生 　　課前預習主教材、副教材，並 　　蒐集相關的題材與視聽資料。 二、發展活動 （一）教師教學			
6-3-2-2 能練習利 用不同的 途徑和方 式，蒐集 各類寫作 的材料。		1. 活動一：討論對象論說的順 　　序——形成概念、建立命 　　題、演繹推論。（以教學簡 　　報進行主題的引導） 教師提問： (1)你們覺得責任是什麼？ 　　（教師引導學童形成概 　　念） S：我們要做的事情。 S：別人覺得我們該做的事 　　情。 S：我們的地位跟角色，地位 　　越高，責任越多種。 　　（老師將每一組的答案 　　打在電腦架構單上，以展 　　示給全班清楚掌握） (2)我們如何面對我們身負的 　　責任？（教師引導學童概 　　念中建立命題） S：負責到底。 S：面對它、接受它、處理 　　它、放下它，這是聖嚴法 　　師的成功之道。 S：責任很多種，不同的責任 　　要有不同的處理方法，這 　　個要看情況。 　　（老師將每一組的答案	9	針對主題 作題材上 對象層次 的定義。	能建立概 念、命題 與演繹。

	打在電腦架構單上，以展示給全班清楚掌握） (3)所以說，不同的負責態度有什麼樣的差異跟結果？（教師引導學童命題中推論演繹） S：不負責的人品德上會有問題。 S：沒有負責任，會害別人無法成功。如果大家都負責任，那麼成功就是屬於大家的。 S：負責任的話，才能得到自己想要的，可能是金錢或者是情感。 （老師將每一組的答案打在電腦架構單上，以展示給全班清楚掌握）			
6-3-3-1 能養成觀察周圍事物，並寫下重點的習慣。	2.活動二：在語文經驗的範圍中，共分三種——知識性、規範性、審美性。（以教學簡報進行主題的引導） 教師提問： (1)在你們所知道的責任中，可以分成三種——知識性、規範性、審美性，責任，從字面上看可能是一種規範，但有時它所影響的層面可能超乎時間跟空間，面對的態度可能會涉及知識性和審美性的經歷，因此這三方面都可以進行責任的論點建立，請	9	整體掌握自我及群體的責任意義。	能明白責任的意義。

	你們各組將他寫在小組架構單上的「對象概念1」的「知識性」或「規範性」或「審美性」那一個欄位。 S：人類演化高於動植物，有能力也有責任保持生態的平衡。（知識性對象演繹） S：責任是人類存在的價值。（規範性對象演繹） S：責任讓人更勇於面對挫折，也為了維持生命的美好，因此創造許多幸福故事。（審美性對象演繹）			
6-3-8-1 能在寫作中，發揮豐富的想像力。	3. 活動三：展現創意手法 (1)現在你們每組寫的都是概念→命題→演繹，都是一開始的想法，也是普遍的概念，現在請你們從「無中生有」、「製造差異」這兩種創意手法來將你們概念創作不同的內容，請各組討論完後寫在架構單上的「創意」一欄，並以能夠傳達各組意思的方式進行發表。（以教學簡報進行主題的引導） S1：人類演化高於動植物，有能力也有責任保持生態的平衡。（知識性） 創意－製造差異 動植物的存在有牠的權	9	涉獵多元化資訊，透過創意手法進行創意論說。	能嘗試創意論說並寫出。

利也有牠的義務。

（小組以模仿廣告片演出）

飾演熊的學童甲以熊的姿勢出場，開始將電燈、電風扇關閉，也走到講臺前將老師桌上的電腦螢幕關閉，並說：「愛地球，做就對了！」（仿廣告詞）

S2：責任是人類存在的價值。（規範性）

```
創意－製造差異
```

死亡，不代表責任已經結束。

（小組以宗教小故事解釋）

甲和乙是好朋友，兩人老了之後相繼去世，甲先來到了地獄，獄卒請他將水桶裡面的東西吃完，說明了吃完之後才能去投胎。然後乙也來到了地獄，看見甲正在吃東西，便詢問甲說：「你在做什麼？」甲說：「我正在吃我在人間未吃完的東西」，乙便譏笑甲說：「哈！哈！哈！誰叫你要浪費食物！」，甲冷冷地指著

		遠方的游泳池說：「獄卒們說你要吃完那個游泳池才能投胎！」──每個人這輩子浪費了多少食物，在死後到地獄，就會看到它們被集合在一個池子裡，可能會像一個游泳池那麼大，你必須把那些食物都吃光……才能去投胎。 S3：責任讓人更勇於面對挫折，也為了維持生命的美好，因此創造許多幸福故事。（審美性） ┌─────────────┐ │ 創意－無中生有 │ └─────────────┘ ▽ 一個不負責任的事件一定會產生另一個勇於負責任的事件來延續事件的發展（審美性） （小組以說故事〈培培點燈〉為例） 4. 教師總結：論說文寫作有三種語文經驗（知識性、規範性、審美性），透過論說的順序－形成概念、建立命題、演繹推論，可以發展出一個有邏輯的論說，加入創意手法，可以形成出一個具有特殊性的論點，也會讓你的論點與眾不同。		
		3		

6-3-2-1 能知道寫作的步驟，如：從蒐集材料到審題、立意、選材及安排段落、組織成篇。	（二）學生實作 1. 活動一：選擇題材 　教師引導學童從各組的概念中選擇易發揮的知識性概念、規範性概念、審美性概念，寫在個人架構單上。	5	運用佳句、修辭及相關題材完成作文。	能善用基本語文能力。
	2. 活動二：建立第二個論點 　教師巡視行間，提醒學童可在建立概念、命題、演繹時就思考具創意手法的內容。	15		
	3. 活動三：論點成文 　教師引導： 　(1)請你向你的組員口頭表達你對於〈責任〉的大概內容。 　(2)已經練習好的學童開始寫稿紙；還沒有完成的則是修改或尋求組員及老師教導後開始寫稿紙。	10	建構基本論說文體形式架構。	能建構基本論說文。
6-3-2-1 能知道寫作的步驟，如：從蒐集材料到審題、立意、選材及安排段落、組織成篇。	（三）實作賞析與教師總結 1. 活動一：實作賞析 　經過小組討論與個別實作後，發現可以立論的概念、命題、演繹應該是相當多元的，以幾種不同類型的創意論點作為賞析範例。 　(1)創意對象知識性論說文	10	運用佳句、修辭及相關題材完成作文。	能完成一篇作文。

層次	內容
概念	人類演化高於動植物，有能力也有責任保持生態的平衡。
創意	生態不平衡，人類的演化就會操縱在動植物數量的手中。

教師分析創意（製造差異
——人與動物的為互換）
和知識性語文經驗（保持
生態平衡的責任）。
(2)創意規範性論說文

層次	內容
概念	責任是人類存在的價值。
創意	不想負責任發展出不存在的念頭——是自殺者的心態

教師分析創意（製造差異
——不負責任）和規範性
語文經驗（尊重生命）。
(3)創意審美性論說文

層次	內容
概念	責任讓人更勇於面對挫折，也為了維持生命的美好，因此創造許多幸福故事。
創意	幸福不是個重責大任，卻是個小小責任的累積

教師分析創意（製造差異
——責任的迷思）和審美
性語文經驗（幸福）。
2.活動二：教師總結
(1)在立論過程中，建立概
念、命題、演
繹可以幫助文章的延伸與
展開，多接觸課外題材可
以幫助思考。
(2)在論說文寫作中，三種語
文經驗是無法獨立存在

10

| | | 的，在論說過程中如果可以廣泛應用，增添文章的可看性。 | | | |
| | | (3)無中生有跟製造差異是根據論點來發揮，寫作者必須通常會從普通論點中進行創意展現，但創意不一定存在，要避免因為創意而讓論說真理的原意走了調，這樣就會形成了矛盾且離題的反效果。 | | | |

2. 參與觀察者寫作文本分析、修正下一階段計畫

　　進行實務教學後，我將以各組的第一次寫作文本，也就是創意對象論說文的創作來進行文本分析，分析的條目分別以「特性」（創意方式──無中生有與製造差異）、「層次」（對象性、後設性、後後設性）以及「性質」（三大語文經驗──知識性、規範性、審美性）為準則；並思考改進的策略置入創意後設論說文的實務教學中。另外也針對教學者在整個教學活動中，所疏忽的教學活動以及缺失部分詳列如下表7-2-8，作為改善並擬定創意後設論說文教學活動設計。

表 7-2-8　創意對象論說文〈責任〉寫作教學活動省思

類別	項目	教學檢討與說明	改進策略
教學活動設計	教學流程	1. 過於緊湊，學童無法消化。 2. 分組所佔用的時間過長，容易拖延教學時間。	1. 改引發一至二項論點 2. 改以教師上課教學、學童利用課餘時間分組討論。
	學習單	設計過於表格化，學童無法建立順序觀念。	改設計有流程的學習單。

	教師用語	「對象、後設與後後設」以及「概念、命題、演繹」名詞過於艱深。	改以較白話的「說明」、「順序」取代。
	學童反應	離題太多。	改採範例引導。
層次	對象性	學童對於層次的認知不夠，容易有始末錯亂的論說。	設計層次明顯的練習單。
	後設性	僅極少部分學童能主動論述較深層的論點。	透過表格引導論理的立足點。
性質	知識性	為主要談論範圍，但因學童知識能力不足，未能深入核心。	進行後設教學與題材的共享。
	規範性	也為主要談論範圍，因與學童有較深切體驗，尚能進行發揮。	進行後設教學。
	審美性	因急於闡述論點，學童極少論述。	進行後設教學。
特性	無中生有	學童尚無法進行發揮。	舉貼近學生的經驗為例。
	製造差異	學童認知必須是相反，才是差異。	舉貼近學生的經驗為例。

（思 A 摘 2011.03.22）

　　綜合上述教學者自我檢核，修正教學設計，二週後實施創意後設論說文。

（四）創意後設論說文實務教學（第二層次）

1. 設計並實施創意後設論說文寫作教學計畫

　　第一次教學題目〈責任〉，屬於創意後設論說文寫作教學活動設計，如下表 7-2-9：

表 7-2-9　創意後設論說文〈責任〉寫作教學活動設計表

單元設計	創意後設論說文〈責任〉	教學對象	快樂國小六年 A 班
設計者	張銘娟	教學人數	三十人
教學時間	共二節（八十分鐘）	教學場地	六年 A 班教室
教材來源	主教材：1.〈責任〉主題簡報。 副教材：1. 創意後設論說文〈責任〉架構單（附錄三）。		
教學資源	1. 電腦。2. 錄影機。3. 單槍。4. 投影機。5. 稿紙。		
教學目標	1. 針對主題作題材上對象、後設層次的定義。 2. 建構基本論說文體形式架構。 3. 運用佳句、修辭及相關題材完成作文。 4. 涉獵多元化資訊，透過創意手法進行創意論說。 5. 整體掌握自我及群體的責任意義。 6. 實踐自我責任的完成及展望。		

能力指標	教學活動內容	時間	教學目標	評量方式
	一、準備活動 （一）教師 　製作〈責任〉簡報、製作架構單（個人、小組）。 （二）學生 　課前預習主教材、副教材，並蒐集相關的題材與視聽資料。 二、發展活動 （一）教師教學			
6-3-2-2 能練習利用不同的途徑和方式，蒐集各類寫作的材料。	1. 活動一：討論後設論說的順序 　　——形成後設概念、建立後設命題、後設演繹推論。（以教學簡報進行主題的引導） 　　教師提問： 　　(1)上一節課你們都已經討論好各組的對象概念配合三種語文經驗——知識性、規範	15	針對主題作題材上對象、後設層次的定義。整體掌握自我及群體的責任	能建立後設概念、後設命題與後設演繹。

| | | 性、審美性的使用，請你們針對這個概念作後設概念（深入說明），請寫在架構單上的「後設概念」一欄。（教師引導學童使用三種語文經驗形成後設概念）

S：人類是從動物演化而來，也受愧於植物，因此保護他們就是讓我們的生命得以延續。（知識性後設概念）

S：存在價值會讓人的責任變得更多元，在每個時空背景都有。（規範性後設概念）

S：責任不只是為了自己，也是為了其他我們關心的人，因為人是團體的動物，看到親友不幸福，自己也會很難過。（審美性後設概念）
（老師將每一組的答案打在電腦架構單上，以展示給全班清楚掌握）

(2)所以針對你提出的後設概念，請你延續後設概念，作後設命題（事件的發展、延續），請寫在架構單上的「後設命題」一欄。（教師引導學童後設概念中建立後設命題）

S：保持平衡的方法不是不殺不砍，而是要讓他有一定的存在數量。（知識性後設命題）

S：我們現在所享有的文化就 | 意義。 | |

	是以前所發展的，如果他們沒有以此為責任，我們可能無法前人種樹、後人乘涼了。（規範性後設命題） S：對自己負責任，也是減輕他人的責任，也會促成親友主動負責任。（審美性後設命題） （老師將每一組的答案打在電腦架構單上，以展示給全班清楚掌握） (3)在你們所寫的後設命題中，如果這樣發展下去，又會有什麼樣的結果或行動呢？（教師引導學童後設命題中推論後設演繹）。 S：因此，我們進行：1.滅種動物的培育；2.稀有動物的替代品養殖；3.人工繁殖。（知識性後設演繹） S：保留傳統的文化是我們的責任，延續前人的成果，也讓我們後代能夠精益求精。（規範性後設演繹） S：家族企業的發展就是因為親友之間共同的家族責任，也有共同的默契與情感才會成功的。（審美性後設演繹） （老師將每一組的答案打在電腦架構單上，以展示給全班清楚掌握）			
6-3-8-1	2. 活動二：展現創意手法	15	涉獵多元	能嘗試創

| 能在寫作中，發揮豐富的想像力。 | | (1)現在你們每組寫的都是後設概念→後設命題→後設演繹，都是一開始的想法，也是普遍的概念，現在請你們從「無中生有」、「製造差異」這兩種創意手法來將你們概念創作不同的內容，請各組討論完後寫在架構單上的「創意」一欄，並以能夠傳達各組意思的方式進行發表。（以教學簡報進行主題的引導）

S1：因此，我們進行：1.滅種動物的培育；2.稀有動物的替代品養殖；3.人工繁殖。（知識性後設演繹）

　　　創意－無中生有

人類繁殖動植物，也是為了人類的口腹之欲以及後人可以見識稀有動物的存在。（小組以《正負2度c》影片片段播出，並進行說明）
人類表面作繁殖的動作，卻不讓動植物們有生存空間，不斷的殘害牠們族群。
S2：保留傳統的文化是我們的責任，延續前人的成果，也讓我們後代能夠精益求精。（規範性後設演繹） | 化資訊，透過創意手法進行創意論說。 | 意論說並寫出。 |

		創意－製造差異 ⬇ 皮影戲→布袋戲→歌仔戲 -想像-幻戲（小組以短劇演出） （古代）學童透過單槍演出皮影戲。 （現代鄉村）學童模仿布袋戲口音。 （現代國家劇院）學童仿照明華園演出《白蛇傳》片段。 （未來）學童演出電影《不可能的任務》其中科技片段。 S3：家族企業的發展就是因為親友之間共同的家族責任，也有共同的默契與情感才會成功的。（審美性後設演繹） 創意－製造差異 ⬇ 教育小孩也是一個家族企業 （小組以演唱周杰倫〈聽媽媽的話〉為例） 歌名：聽媽媽的話 詞曲：周杰倫 小朋友你是否有很多問號 為什麼 別人在那看漫畫 我卻在學畫畫對著鋼琴說話			

| | | 別人在玩遊戲　我卻靠在牆壁背我的 ABC

我說我要一個大大的飛機但卻得到一臺舊舊錄音機為什麼要聽媽媽的話　長大後你就會開始懂了這段話

長大後我開始明白為什麼我跑得比別人快飛得比別人高將來大家看的都是我畫的漫畫　大家唱的都是我寫的歌媽媽的辛苦不讓你看見溫暖的食譜在她心裡面有空就多多握握她的手把手牽著一起夢遊

聽媽媽的話　別讓她受傷想快快長大　才能保護她美麗的白髮　幸福中發芽天使的魔法　溫暖中慈祥

在你的未來　音樂是你的王牌　拿王牌談個戀愛唉！我不想把你教壞　還是聽媽媽的話吧　晚點再戀愛吧我知道你未來的路　但媽比我更清楚 | | |

| | | 你會開始學其他同學在書包寫東寫西
但我建議最好寫媽媽我會用功讀書
用功讀書　怎麼會從我嘴巴說出
不想你輸　所以要叫你用功讀書
媽媽織給你的毛衣　你要好好的收著
因為母親節到時　我要告訴她我還留著
對了　我會遇到周潤發
所以你可以跟同學炫耀賭神未來是你爸
爸

我找不到童年寫的情書
你寫完不要送人
因為過兩天你會在操場上撿到
你會開始喜歡上流行歌
因為張學友開始
準備唱吻別

聽媽媽的話　別讓她受傷
想快快長大　才能保護她
美麗的白髮　幸福中發芽
天使的魔法　溫暖中慈祥
聽媽媽的話　別讓她受傷
想快快長大　才能保護她
4. 教師總結：論說文寫作有三種語文經驗（知識性、規範性、 | | |

	審美性），透過後設論說的順序——形成後設概念、建立後設命題、後設演繹推論，可以發展出一個有邏輯的後設論說，加入創意手法，可以形成出一個具有特殊性的論點，也會讓你的論點與眾不同。			
6-3-2-1 能知道寫作的步驟，如：從蒐集材料到審題、立意、選材及安排段落、組織成篇。	（二）學生實作 1. 活動一：選擇題材 　教師引導學童從各組的後設概念中選擇易發揮的知識性後設概念、規範性後設概念、審美性後設概念，寫在個人架構單上。	5	運用佳句、修辭及相關題材完成作文。	能善用基本語文能力。
	2. 活動二：建立第二個論點 　教師巡視行間，提醒學童可在建立後設概念、後設命題、後設演繹時就思考具創意手法的內容。	10		
	3. 活動三：論點成文 　教師引導： 　(1)請你向你的組員口頭表達你對於〈責任〉的大概內容。 　(2)已經練習好的學童開始寫稿紙；還沒有完成的則是修改或尋求組員及老師教導後開始寫稿紙。	15	建構基本論說文體形式架構。	能建構基本論說文。
6-3-2-1 能知道寫作的步驟，如：從蒐集材料到	（三）實作賞析與教師總結 1.活動一：實作賞析 　經過小組討論與個別實作後，發現可以立論的後設概念、後設命題、後設演繹應該是相當多元的，以幾種不同類型的創	15	整體掌握自我及群體的責任意義。 實踐自我	能明白責任意義與欣賞作品。

審題、立意、選材及安排段落、組織成篇。	意論點作為賞析範例。 (1)創意後設知識性論說文 	層次	內容
概念	人類是從動物演化而來，也受愧於植物，因此保護他們就是讓我們的生命得以延續。
創意	人類也會因為動植物而亡，因此，了解動植物也是保護自己。	 教師分析創意（製造差異——人與動物的生命權）和知識性後設語文經驗（了解動植物習性）。 (2)創意後設規範性論說文 	層次	內容
概念	存在價值會讓人的責任變得更多元，在每個時空背景都有。
創意	責任越多，越不容易想不開，因為會有牽掛。	 教師分析創意（製造差異——責任的正面影響）和規範性後設語文經驗（尊重生命）。 (3)創意後設審美性論說文 	層次	內容
概念	責任不只是為了自己，也是為了其他我們關心的人，因為人是團體的動物，看到親友不幸福，自己也會很難過。
創意	責任不會不見，只會轉移。		責任的完成及展望。	

		教師分析創意（無中生有——責任的具體化）和審美性後設語文經驗（幸福）。		
		2.活動二：教師總結	5	
		(1)在立論過程中，經由對象論說建立後設概念、後設命題、後設演繹可以幫助文章的延伸與展開，多接觸課外題材可以幫助思考。		
		(2)在論說文寫作中，三種語文經驗是無法獨立存在的，在論說過程中如果可以廣泛應用，增添文章的可看性。		
		(3)無中生有跟製造差異是根據論點來發揮，寫作者必須通常會從普通論點中進行創意展現，但創意不一定存在，要避免因為創意而讓論說真理的原意走了調，這樣就會形成了矛盾且離題的反效果。		

2. 參與觀察者寫作文本分析、修正下一階段計畫

進行實務教學後，我將以各組的第一次寫作文本，也就是創意後設論說文的創作來進行文本分析，分析的條目分別以「特性」（創意方式——無中生有與製造差異）、「層次」（對象性、後設性、後後設性）以及「性質」（三大語文經驗——知識性、規範性、審美性）為準則；並思考改進的策略置入創意後設論說文的實務教學中。另外也針對教學者在整個教學活動中，所疏忽的教學活動以及缺失部分詳列如下表7-2-10，作為改善並擬定創意後設論說文教學活動設計。

表 7-2-10　創意後設論說文〈責任〉寫作教學活動省思

類別	項目	教學檢討與說明	改進策略
教學活動設計	教學流程	因有對象論說文的學習，後設論說文已有基礎可作為深入的發揮。	延續對象與後設論說文的論點，做為後後設論說文的參考。
	學習單	表格化較容易引導學童進行論點的延續發展，但在進行架構的建立時，學童無法掌握前後的論述的要點。	另設計成文單，透過箭頭引導學童進行內容的形式建構。
	教師用語	學童已漸能適應，教師加強解釋名詞的定義。	維持不斷重複地說明，並輔以白話解釋。
	學童反應	因兩次的聚焦，學童較能自我拉回主題「責任」的範圍，但仍不夠凸顯。	採個別指導。
層次	對象性	程度較低的學童仍維持在對象論說。	個別教導建立後設概念，並引導建立後設命題與演繹。
	後設性	程度中等學童可自行進行到此層次。	鼓勵創意性後設概念。
	後後設性	程度較佳學童會主動理解後後設性的定義，並進行深入探討。	
性質	知識性	知識性的後設論說，常與後設命題有重疊處，須不斷提醒思考方向。	教師教導區分後設概念與對象命題的差異。
	規範性	規範性的後設論說凸顯了學童對於主題的模擬兩可認知程度。	引導學童進行思考規範的原理何在。
	審美性	學童極少論述此範圍。	教師鼓勵審美性的內容，以提升學童寫作意願。
特性	無中生有	尚無法進行。	在後後設論說文的教學中，將納入後後設概念、後後設命題與後後設演繹的建立過程中。
	製造差異	少數主動進行思考。	

（思 B 摘 2011.04.06）

綜合上述教學者自我檢核，修正教學設計，二週後實施創意後後設論說文。

（五）創意後後設論說文實務教學（第三層次）

1. 設計並實施創意後後設論説文寫作教學計畫

第一次教學題目〈責任〉，屬於創意後後設論說文寫作教學活動設計，如下表 7-2-11：

表 7-2-11　創意後後設論說文〈責任〉寫作教學活動設計表

單元設計	創意後後設論說文〈責任〉	教學對象	快樂國小六年 A 班
設計者	張銘娟	教學人數	三十人
教學時間	共二節（八十分鐘）	教學場地	六年 A 班教室
教材來源	主教材：1.〈責任〉主題簡報。 副教材：1. 創意後後設論說文〈責任〉架構單（附錄三）。 　　　　2. 創意後後設論說文〈責任〉成文單（附錄三）。		
教學資源	1.電腦。2.錄影機。3.單槍。4.投影機。5.稿紙。		
教學目標	1. 針對主題作題材上對象、後設、後後設層次的定義。 2. 建構基本論說文體形式架構。 3. 運用佳句、修辭及相關題材完成作文。 4. 涉獵多元化資訊，透過創意手法進行創意論說。 5. 整體掌握自我及群體的責任意義。 6. 實踐自我責任的完成、展望與創思。		

能力指標	教學活動內容	時間	教學目標	評量方式
	一、準備活動 （一）教師 　　製作〈責任〉簡報、製作架構單（個人、小組）。 （二）學生 　　課前預習主教材、副教材，並蒐集相關的題材與視聽資料。 二、發展活動 （一）教師教學			
6-3-2-2 能練習利用不同的途徑和方式，蒐集各類寫作的材料。	1. 活動一：討論後後設論說的順序——形成後後設概念、建立後後設命題、後後設演繹推論。（以教學簡報進行主題的引導） 教師提問： (1)請依照前二次課程我們所發展的後設概念，再配合三種語文經驗——知識性、規範性、審美性的使用，作後後設概念（深入說明），請寫在架構單上的「後後設概念」一欄。（教師引導學童使用三種語文經驗形成後後設概念） S：保護他們不光是飼養他們，也要讓他們適得其所，能夠在適合各種動植物生長的環境生存。（知識性後後設概念） S：現代人的經濟發展比較好，所以存在的金錢價值比較高，但生命的價值還是一樣。（規範性後後設概念）	15	針對主題作題材上對象、後設、後後設層次的定義。 整體掌握自我及群體的責任意義。	能建立後後設概念、後後設命題與後後設演繹。

S：一環扣一環的責任制，也是
　　人類情感的聯繫方式。（審
　　美性後後設概念）
　　（老師將每一組的答案打在
　　電腦架構單上，以展示給全
　　班清楚掌握）

(2)所以針對你提出的後後設概
　念，請你延續後後設概念，作
　後後設命題（事件的發展、延
　續），請寫在架構單上的「後
　後設命題」一欄。（教師引導
　學童後後設概念中建立後後
　設命題）

S：回歸大自然的野放以及不開
　　發森林等原始山區，讓更多
　　生物能夠維持他們的食物鏈
　　關係。（知識性後後設命題）

S：地位不一樣，責任價值不
　　同，但都被生命決定是否繼
　　續。（規範性後後設命題）

S：與家人對上、對下、平行相
　　對，都有責任該盡，也是義
　　務。（審美性後後設命題）
　　（老師將每一組的答案打在
　　電腦架構單上，以展示給全
　　班清楚掌握）

(3)在你們所寫的後後設命題
　中，如果這樣發展下去，又會
　有什麼樣的結果或行動？
　　（教師引導學童後後設命題
　　中推論後後設演繹）。

S：人類開發的藍圖應該以現今
　　的已開發區域為主，不要再

		向其他生物爭地，減少大自然的反撲。（知識性後後設演繹） S：人生最大的責任就是維持自己的生命，沒有生命，就沒有價值。（規範性後後設演繹） S：代代相傳的家族維持是一個團體的責任，大家各出其力，團結力量大。（審美性後後設演繹） （老師將每一組的答案打在電腦架構單上，以展示給全班清楚掌握）		
6-3-8-1 能在寫作中，發揮豐富的想像力。		2. 活動二：展現創意手法 (1)現在你們每組寫的都是後設概念→後後設命題→後後設演繹，都是一開始的想法，也是普遍的概念，現在請你們從「無中生有」、「製造差異」這兩種創意手法來將你們概念創作不同的內容，請各組討論完後寫在架構單上的「創意」一欄，並以能夠傳達各組意思的方式進行發表。（以教學簡報進行主題的引導） S1：人類開發的藍圖應該以現今的已開發區域為主，不要再向其他生物爭地，減少大自然的反撲。（知識性後後設演繹） 創意－製造差異	15	涉獵多元化資訊，透過創意手法進行創意論說。	能嘗試創意論說並寫出。

因為大自然的反撲，人類放棄原本的文明生活，選擇跟原始生物一樣的生活型態，如輕食、吃素。

（小組以講述法進行說明）

S2：人生最大的責任就是維持自己的生命，沒有生命，就沒有價值。（規範性後後設演繹）

創意－無中生有

成功的人在死後還是有它的價值存在，因為他的責任是開啟讓後人來延續的責任。

（小組以表演麥克傑克森歌舞為例，後人不斷地追隨、模仿）

S3：代代相傳的家族維持是一個團體的責任，大家各出其力，團結力量大。（審美性後後設演繹）

創意－製造差異

都市社區居住形式，也形同一種家族，沒有血緣，但也視同家庭情感。

（小組以電影《功夫》為例）影片中，包租婆雖然壓榨住戶，但對於外力的入侵也有一肩擔起捍衛的責任！

4.教師總結：論說文寫作有三種語文經驗（知識性、規範性、審美

5

	性），透過後後設論說的順序——形成後後設概念、建立後後設命題、後後設演繹推論，可以發展出一個有邏輯的後設論說，加入創意手法，可以形成出一個具有特殊性的論點，也會讓你的論點與眾不同。			
	（二）學生實作			
6-3-2-3 能練習從審題、立意、選材、安排段落及組織等步驟，習寫作文。	1. 活動一：選擇題材 教師引導學童從各組的後設概念中選擇易發揮的知識性後設概念、規範性後設概念、審美性後設概念，寫在個人架構單上。	5	運用佳句、修辭及相關題材完成作文。	能善用語詞與修辭。
	2. 活動二：建立第二個論點 教師巡視行間，提醒學童可在建立後後設概念、後後設命題、後後設演繹時就思考具創意手法的內容。	10	建構基本論說文體形式架構。	能建構基本論說文。
	3. 活動三：論點成文 教師引導： (1)請你向你的組員口頭表達你對於〈責任〉的大概內容。 (2)教師以成文單引導學童進行段落的建構。 (3)已經練習好的學童開始寫稿紙；還沒有完成的則是修改或尋求組員及老師教導後開始寫稿紙。	15		
	（三）、實作賞析與教師總結			
6-3-2-1 能知道寫作的步驟	1. 活動一：實作賞析 經過小組討論與個別實作後，發現可以立論的後後設概念、後後	15	實踐自我責任的完成、展望。	能自我期許並實踐。

，如：從蒐集材料到審題、立意、選材及安排段落、組織成篇。	設命題、後後設演繹應該是相當多元的，以幾種不同類型的創意論點作為賞析範例。	與創思。	

(1)創意後後設知識性論說文

層次	內容
概念	保護他們不光是飼養牠們，也要讓他們適得其所，能夠在適合各種動植物生長的環境生存。
創意	不刻意保護動植物，讓他們隨著大自然的改變而學習適應，也是他們的責任。

　　　教師分析創意（無中生有——
　　　動物的責任）和知識性後設語
　　　文經驗（了解動植物習性）。
(2)創意後後設規範性論說文

層次	內容
概念	現代人的經濟發展比較好，所以存在的金錢價值比較高，但生命的價值還是一樣。
創意	生命可以換金錢，但金錢不能換生命。

　　　教師分析創意（無中生有——
　　　生命的價格）和規範性後後設
　　　語文經驗（人人平等）。
(3)創意後後設審美性論說文

層次	內容
概念	一環扣一環的責任制，也是人類情感的聯繫方式。
創意	自私，不會有責任但別人也不會甘願為你共同分攤責任。

		教師分析創意（無中生有——願意負責的情操）和審美性後後設語文經驗（甘願的悲壯美）。			
		2.活動二：教師總結	5		
		(1)在立論過程中，經由對象概念建立後設概念再建立後後設概念，並延伸後後設命題、後後設演繹可以幫助文章的延伸與展開，多接觸課外題材以及文化多元刺激可以幫助思考。			
		(2)在論說文寫作中，三種語文經驗是無法獨立存在的，在論說過程中如果可以廣泛且交叉應用，增添文章的可看性，也更具可信度。			
		(3)無中生有跟製造差異是根據論點來發揮，但不一定存在，要避免因而讓論說真理的教育意義走了調，這樣就會形成了離題；而同樣的論點可能是從有創意或無創意的概念衍生出，因此沒有絕對的論說途徑限制。			

2.參與觀察者寫作文本分析、修正下一階段計畫

　　進行實務教學後，我將以各組的第一次寫作文本，也就是創意後後設論說文的創作來進行文本分析，分析的條目分別以「特性」（創意方式——無中生有與製造差異）、「層次」（對象性、後設性、後後設性）以及「性質」（三大語文經驗——知識性、規範性、審美性）為準則；並思考改進的策略置入第四篇創意論說文〈守信〉的實務教學中。另

外也針對教學者在整個教學活動中，所疏忽的教學活動以及缺失部分詳列如下表 7-2-12，作為改善並擬定創意後設論說文教學活動設計。

表 7-2-12　創意後後設論說文〈責任〉寫作教學活動省思

類別	項目	教學檢討與說明	改進策略
教學活動設計	教學流程	學生熟悉教師教學模式，多能主動進行。	須留意學習成效較低落的學童。
	學習單	配合空白表格，有效鼓勵學童進行自我我探索，並能夠直接進行後後設的概念、命題與演繹論說；成文單有效改善學形成文章的困惑。	無法改善字體太小以及學童不易取得彩色成文單，此教學耗費較大，需多教導。
	教師用語	學童已能適應，僅少數會錯亂命題與演繹的定位。	可以較低度名詞來替換。
	學童反應	一篇文章中形成了對象-後設-後後設的層次論說，學童無法以較高程度名詞來論說。	採個別指導，透過刪去法除掉不必要的文句。
層次	對象性	學童容易將對象性的內容取材得太過模糊，不易發展。	鼓勵建立範圍小的對象性。
	後設性	學童易模糊後設與命題的差別。	命題是發展成不同、後設是同一事件的加深。
	後後設性	學童有後後設概念與對象演繹形成同一論點的缺失。	教師須從過程中挑出錯誤的關鍵點。
性質	知識性	多為普通論說，欠缺創意。	提供省思較大的題材。
	規範性	顯示學童的單純特質。	教師可趁機進行機會教育。
	審美性	學童不大願意嘗試。	教師創作以供仿作。
特性	無中生有	個別指導成效較大。	提供模仿較有利六年 A 班的學習。
	製造差異	個別指導成效較大。	

（思 C 摘 2011.04.19）

綜合上述教學者自我檢核，修正教學設計，三週後實施第四篇創意論說文〈守信〉。

（六）創意論說文實務教學

1. 設計並實施創意後後設論說文寫作教學計畫

根據前面三次的教學經驗，在此將進行一節課的寫作教學活動，另配合六年 A 班程度，在進行教學後，讓學童個別進行第二張架構單的回家課業；並透過教師個別的修正與指導，再進行下一個成文單活動的流程。因此，在這次的教學活動中，仍顯示完整教學活動，如下表 7-2-13：

表 7-2-13　創意論說文「守信」寫作教學活動設計表

單元設計	創意論說文「守信」	教學對象	快樂國小六年 A 班
設計者	張銘娟	教學人數	三十人
教學時間	共二節（八十分鐘）	教學場地	六年 A 班教室
教材來源	主教材：1.〈守信〉主題簡報。 副教材：1.〈守信〉架構單（附錄三）。 　　　　2.〈守信〉成文單（附錄三）。		
教學資源	1.電腦。2.錄影機。3.單槍。4.投影機。5.稿紙。		
教學目標	1.以自身經驗針對主題作層次性的定義。 2.建構基本論說文體形式架構。 3.運用佳句、修辭及相關題材完成作文。 4.涉獵多元化資訊，透過創意手法進行創意論說。 5.整體掌握自我及群體的誠信互動。 6.探索守信的優缺點及影響力。		

能力指標	教學活動內容	時間	教學目標	評量方式
6-3-2-2 能練習利用不同的途徑和方式，蒐集各類寫作的材料。	一、準備活動 （一）教師 　　製作〈守信〉的簡報、準備「誠信」簡報、製作架構單（個人、小組）與成文單。 （二）學生 　　課前預習主教材、副教材，並蒐集相關的題材與視聽資料。 二、發展活動 （一）教師教學 1. 活動一：討論主題可運用的寫作性質──知識性、規範性、審美性。（以教學簡報進行主題的引導） 教師提問： (1)你們覺得守信是一種可以學到的知識嗎？請你們各組提出你們覺得是或者不是的原因。 S：是，因為很多故事都會叫我們守信。 S：這應該是常識。 S：跟人之初、性本善一樣，人一出生就會守信，是後來變壞才會毀約的。 　（老師將每一組的答案打在電腦架構單上，以展示給全班清楚掌握) (2)每個人學守信的過程都不一樣，但我們都知道守	9	探索守信的優缺點及影響力。	能對主題有具體概念的建立

| | | 信的缺點是不少的，所以我們都會努力遵守，因此可不可以把它當成是社會上對我們的規範？

S：知識跟規範都可以算。

S：有規定的就是知識，看良心的就是規範。

S：也可以算規範，因為以前的人沒有學過太多的學問，可是人人都可以守信，所以應該是規範多於知識。

　　（老師將每一組的答案打在電腦架構單上，以展示給全班清楚掌握）

(3)在語文經驗的範圍中，一般會分三種，也就是除了上面兩種，還有第三種就是審美性，那你們認為有沒有審美性的論說文呢？

S：像〈尾生抱柱〉就是一種淒涼的美。

S：那應該算是不知道變通，有知識就會知道不要用生命去換。

S：童話故事都是因為守信才得到幸福，所以幸福應該也是一種美。

　　（老師將每一組的答案打在電腦架構單上，以展示給全班清楚掌握）

(4)守信，從字面上看可能是 | | |

		一種有規定的道德，但有時它所影響的層面可能超乎時間跟空間，反映到我們的生活中可能是知識性和規範性，也有可能是審美的，因此這三方面都可以進行守信的論點建立，請你們各組將他寫在小組架構單上的「對象概念1」那一個欄位。 S：歷史經驗顯示守信的人會成功。（知識性） S：守信會讓你獲得無價的名聲。（規範性） S：尾生抱柱雖然喪失生命，但卻讓人更欽佩他的勇氣，留給後人一種淒涼的美。（審美性）			
6-3-2-2 能練習利用不同的途徑和方式，蒐集各類寫作的材料。		2. 活動二：討論論說的層次——對象、後設、後後設。（以教學簡報進行主題的引導） 教師提問： (1)論說文的論說有三層次——對象、後設、後後設，上一個層次就是下一個層次的深入再說明。現在我們以「守信可以獲得朋友之間的信任感」這一個規範性對象概念來作後設概念，請各組針對這一個對象概念作深入說明，並寫在小組架構單上	9	以自身經驗針對主題作層次性的定義。	能對主題有具體概念的建立

		的「後設概念1」那一個欄位。			
		S：守信獲得的信任感是一生受用無窮的，也是一個無價的財富。（知識性）			
		S：信任感可以增加成功的機率，因為大家不會花時間去試探你。（規範性）			
		S：信任感一旦建立，就像鋼絲一樣拉不破，就像我們全班的友情一樣。（審美性）			
		(2)請各組依據發展出的後設概念繼續「深入再說明」來形成後後設概念。現在，我們以「信任感可以增加成功的機率，因為大家不會花時間去試探你。」這一個規範性後設概念來作後設概念，請你們寫在小組架構單上的「後後設概念1」那一個欄位。			
		S：減少彼此陌生的時間，就可以加速成功，才能贏得先機。（知識性）			
		S：試探容易讓人產生不信任感，有時也會有衝突的發生。（規範性）			
		S：不是每一次都會百分百相信對方，這樣不就會			

	很冤枉，這樣可能會錯過更珍貴的也不一定。（審美性）			
6-3-8-1 能 在 寫 作中，發揮豐富的想像力。	3. 活動三：展現創意手法 　(1)現在你們每組寫的都是一個概念→後設概念→後後設概念，都是一開始的想法，也是普遍的概念，現在請你們從「無中生有」、「製造差異」這兩種創意手法來將你們概念進行不同的概念內容，請各組討論完後寫在架構單上的「創意」一欄，並以能夠傳達各組意思的方式進行發表。（以教學簡報進行主題的引導） 　　S1：守信獲得的信任感是一生受用無窮的，也是一個無價的財富。（知識性） 　　　　↓ 　　　減少彼此陌生的時間，就可以加速成功，才能贏得先機。 　　（知識性） 　　 　　（小組以戲劇演出） 　　老闆甲：初次見面，你好！ 　　老闆乙：你好，這次是	12	涉獵多元化資訊，透過創意手法進行創意論說。	能嘗試創作創意論點

| | | 一千萬的投資機會,不知道你有沒有興趣?

老闆甲:有,不過不知道貴公司的規模有多大?有接過甚麼大案子嗎?

老闆乙:有,接過 xx 超商的廣告案!

老闆甲:哦!我剛好有認識該公司的老闆,您方便讓我考慮三天再回覆嗎?

老闆乙:沒問題。

(一天後,老闆甲打聽到ｘｘ超商的廣告案僅五十萬預算,卻做到一百萬的廣告效果,物超所值)

老闆甲立刻致電老闆乙馬上簽約

(結論:信用無價,也帶來商譽無價、機會無價)(創意手法——無中生有)

S2：信任感可以增加成功的機率,因為大家不會花時間去試探你。

(規範性)
試探容易讓人產生不信任感,有時也會有衝突的發生。(規範性)
(小組以圖像表示) | | |

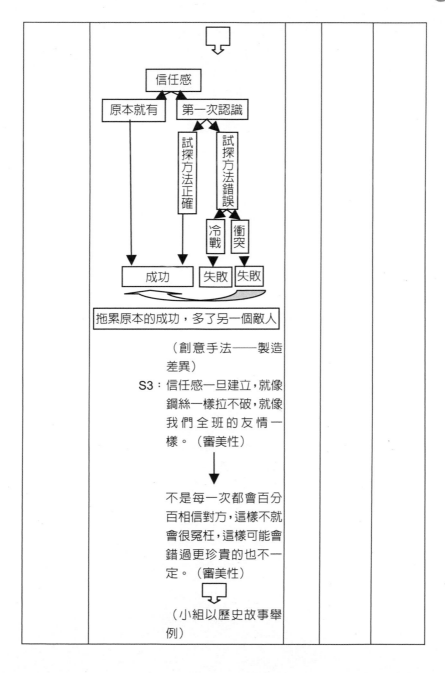

（創意手法——製造
差異）

S3：信任感一旦建立，就像
　　鋼絲一樣拉不破，就像
　　我們全班的友情一
　　樣。（審美性）

不是每一次都會百分
百相信對方，這樣不就
會很冤枉，這樣可能會
錯過更珍貴的也不一
定。（審美性）

（小組以歷史故事舉
例）

	以〈尾生抱柱〉為例，這樣的信任感很值得敬佩，不過有時候要「斷尾求生」，信任感要懂得變通。（創意手法──製造差異） 4. 教師總結：論說文寫作有三種語文經驗（知識性、規範性、審美性），搭配對象、後設與後後設這三種層次，可以發展出一個有層次性的論說，搭配創意手法，可以架構出一個具有特殊性的論點，也不會讓你的論說流於俗套。 （二）學生實作		
6-3-2-2 能練習利用不同的途徑和方式，蒐集各類寫作的材料。	1. 活動一：選擇題材 　教師引導學童從各組的概念中選擇易發揮的「對象→後設→後後設」概念架構中，寫在個人架構單上。	5	建構基本論說文體形式架構。	能完成一篇論說文。
	2. 活動二：建立第二個論點 (1)學童進行第一個論點的建立（學習程度中上的學童，教師可引導該學童從概念先發展成命題，再從命題→後設命題→後後設命題建立論點；學習程度良好的學童，則教師可引導該學童從概念先發展成命題，再從演繹→後設演繹→後後設演繹建立論點）	10		

	(2)學童進行第二個論點的建立，教師巡視行間，提醒學童可在建立對象概念、後設概念、後後設概念時就思考具創意手法的內容。			
6-3-2-1 能知道寫作的步驟，如：從蒐集材料到審題、立意、選材及安排段落、組織成篇。 6-3-6-1 能理解簡單的修辭技巧，並練習應用在實際寫作。	3. 活動三：論點成文 　教師提問與引導： (1)你所建立的論點是不是都有對象、後設與後後設了？ 　S：有，可是後後設已經跟「守信」離題了。 　S：沒有，不知道怎麼「深入再說明」。 　S：我的後設跟後後設顛倒了。 (2)（教師以電腦顯示有顏色區分的架構單跟成文單）成文單就是讓你將表格中的對象概念（橘色）、後設概念（藍色）、後後設概念（紅色）依照層次串成一段文字，你會發現在成文單的第二段中會是對象概念（橘色）、後設概念（藍色）、後後設概念（紅色）所建立起的論點。 (3)現在你將對象概念、後設概念、後後設概念加上其他的語詞跟修辭，串成一段文字，如果你發現你無	15	運用佳句、修辭及相關題材完成作文。	能組織成一篇論說文的架構。

6-3-8-1 能在寫中，發揮豐富的想像力。		法將他串起，就是顯示你的後設跟後後設是有問題的。 (4)學童進行個別口頭練習。 (5)已經練習好的學童開始寫稿紙；還沒有完成的則是修改或尋求組員及老師教導後開始寫稿紙。 （三）實作賞析與教師總結 1.活動一：實作賞析 　經過小組討論與個別實作後，發現可以立論的對象概念、後設概念以及後後設概念應該是相當多元的，以幾種不同類型的創意論點作為賞析範例。 (1)創意知識性論說文	15	整體掌握自我及群體的誠信互動。	能發表自己的作品並欣賞其他作品。

層次	內容
對象	守信可以獲得信任感。
後設	信任感可以帶來財富、朋友以及無可限量的前途發展。信用就像一顆小小的螺絲釘，每一個環節栓得緊，就可以網住想要的東西。
後後設	互信比起個人的信用要來得可貴，因為影響的範圍很大，可以超越時空背景，如同進入一家有信用的公司，即使你還沒有任何好信用跟壞信用，但你卻可以先享受到它所帶來的好處。

教師分析創意（製造差異──信用可能是外力給予的）和知識性語文經驗（成功需要信任感）。

(2)創意規範性論說文

層次	內容
對象	守信是人出生就具備的品德。
後設	一開始每個人的信用都是滿分的，每失信一次就會被扣分一次。
後後設	當個人不足以扣分的時候，會拖累親友，也會讓家庭跟人際產生問題，個人有所損失，也會禍延他人，所以不能夠為自己不在意而不管。

教師分析創意（製造差異──信用是倒扣的，不是累加的）和規範性語文經驗（守信能守信會帶動家庭及社會良善風氣）。

(3)創意審美性論說文

層次	內容
對象	守信是相當難得的，若能遇到互信的人則是更加珍貴。
後設	兩個人之間的信任可以造就許多幸福。
後後設	幸福，是以互信為起點，也因為互信可以共同解決許多困難，有時也會過度信賴而形成了盲點而喪失生命。

| 6-3-2-3
能練習從審題、立意、選材、安排段落及組織等步驟，習寫作文。 | 教師分析創意（製造差異——互信比守信更加珍貴）和審美性語文經驗（幸福）。
2. 活動二：教師總結
(1)在論說文寫作中，三種語文經驗是無法獨立存在的，只能說是哪個語文經驗的成分較多，像這篇〈守信〉是屬於知識跟規範語文經驗較多的論說文，但倘若你能夠提到關於審美性相關經驗，就更能讓人信服了。
(2)對象、後設和後後設的層次性可以顯示出寫作者的思考邏輯能力，因此每個人可以架構出的內容深淺不一，可以多和他人討論激盪出不同的想法。
(3)無中生有跟製造差異是需要根據你的論點進行發揮，寫作者必須先從普通論點中進行創意展現，但創意不一定存在，要避免因為創意而讓論說真理的原意走了調，這樣就會形成了矛盾且離題的反效果。 | 5 | 探索守信的優缺點及影響力 | 探索守信的優缺點及影響力。 |

2. 參與觀察者寫作文本分析、修正整體教學活動計畫

　　進行第四次的實務教學後，我將以各組「守信」寫作文章作文本分析，分析的條目分別以「特性」（創意方式——無中生有與製造差異）、「層次」（對象性、後設性、後後設性）以及「性質」（三大語文經驗——知識性、規範性、審美性）為準則；並修正在整個理論教學流程中，能夠正確引導學童的教學活動以急需再修正的部分。因此，針對教學者在整個四次教學活動中，所需修改疏忽的教學理論、教學活動以及分析部分詳列如下表 7-2-14，作為改善並擬定創意論說文教學活動設計。

表 7-2-14　創意論說文「守信」寫作教學活動省思

類別	項目	教學檢討與說明
教學活動設計	教學流程	學生熟悉教師教學模式，多能主動進行，唯思考時間較久。
	學習單	學生較能接受表格式的引導。
	教師用語	先前未能理解名詞的學童，已能適應以表格來進行論點的推論。
	學童反應	層次清楚，唯內容空洞。
層次	對象性	學童適應良好。
	後設性	
	後後設性	
性質	知識性	因題目屬性，易引導學童進行知識性論說。
	規範性	題目橫跨知識性跟規範性，固已有較多數進行規範論說。
	審美性	部分學童嘗試創作。
特性	無中生有	學童樂於改變，但易離題。
	製造差異	

（思 D 摘 2011.05.11）

綜合上述教學者自我檢核，修正教學設計，並在第七章第三節內容中，透過第二觀察者（學童）、第三觀察者（教學者同儕）的文字觀察紀錄、問卷調查等文本，進行三角檢證，並以為反思與校正的參考。

第三節　資料的蒐集及其分析檢核

在這一節中，我將進行實務教學的資料蒐集與轉譯、資料閱讀，透過資料檢核來印證第四章到第六章創意論說文寫作教學理論建構的成效。

資料蒐集來源，包括第一觀察者研究日誌、第二觀察者的訪談記錄（能力指標自我檢視問卷、學習程度問卷）、觀察記錄、寫作資料（前後測文本）、第三觀察者的教學觀摩紀錄。

資料分析是指有系統的搜尋以及組織研究中蒐集資料的過程，以利增進研究者對資料的理解與發現。（Anselm Strauss&Juliet Corbin，1997）研究資料分析的步驟是針對教學現場中與研究相關的資料，先作轉譯、閱讀、編碼，不斷的反思與校正，並尋求變通性的解釋，進而撰寫研究報告。（同上）也就是說，論文雖以文字形式呈現，但透過條列式的歸納與演繹，將各個寫作者的文字內容化作寫作目標達成的強與弱，來作寫作教學的成效結果。在本實證教學中，乃依以下步驟進行：

（一）資料轉譯

我將研究過程中所蒐集到的資料逐一轉譯成文字資料。包括：第一觀察者的研究日誌、第二觀察者的前後測問卷文本、學童能力指標自我檢視圖、學習的架構圖、實務教學的錄影以及第三觀察者的觀察

記錄。透過這些三角檢證，轉譯並互相檢證成效的可信度。在資料蒐集的過程中，同時進行資料轉譯，隨時與理論進行對照呼應。

（二）資料閱讀

我將轉譯的文字資料詳細閱讀後，追蹤資料中所呈現的事件。事件中所顯現的資訊，學到哪些？寫作的困難處為何？教學引導中做了什麼？文字如何呈現與蒐集資料？

（三）資料編碼

蒐集而來的眾多資料，將它們逐一編號，以便整理與辨識。此外，將資料依照主題，作分類、歸納與解釋分析出研究的發現與結果。至於資料的編碼已在資料蒐集中呈現，在此不多作贅述。

（四）反思與校正

我對於分析的資料及解釋採客觀而開放的看法，避免摻雜個人的主觀想法；而再經過資料統整的報告修正理論建構的弱點及補強後，可以使資料更具普遍性。

在這次實證教學中，則以探討三類型觀察者的觀察重點以及理論建構的優缺點。在本實證教學中，將併到第八章節進行綜合分析。

（五）研究報告的撰寫

我將有關論說文寫作教學的觀察、學童相關寫作文件資料、第三觀察者觀察記錄以及相關的理論建構和研究日誌等原始資料，歸納所

得的研究發現與結果，加以整理、綜合，以撰寫研究報告。在本實證教學中，將在本章節最後作理論的評析。

　　為了落實研究的信實度，本研究採三角檢證，也就是透過多項的檢證來核實研究的信效度。在整個實務印證過程中，將依第一觀察者、第二觀察者以及第三觀察者三面向分別進行檢核：第一觀察者我在整個實務研究過程中進行研究日誌的撰寫及修改；而第二觀察者也就是學童寫作者，將在實務教學前進行前測，實務教學中透過實際寫作活動反應理論建構的操作性，並在寫作完成後提供後測文本以及小組訪談，來作為修正及補強論說文寫作教學理論建構的依據之一；而第三觀察者也就是同儕教師擔任觀察員，除了觀察第一觀察者的教學活動外，同時也觀察第二觀察者在寫作教學活動中的抽象課堂思維反應和具體行為能力反應，以提供我較不容易觀察的角度作為檢核。透過多項檢核，全面且詳實的記錄創意論說文寫作教學的優勢與劣勢，以作為爾後進行寫作教學時的修正依據，並完整呈現在本研究中「創意論說文寫作教學」的理論與實務合而為一的實用性價值。

一、資料蒐集、轉譯

　　資料蒐集來源包括訪談記錄、觀察記錄、學童文件資料（能力指標自我檢視問卷、學習程度問卷、前後測文本）、教學者教學日誌。茲分述如下：

（一）參與觀察

　　1. 第一觀察者：也就是研究者我，在實證研究的過程中，我扮演了參與者以及觀察者兩種角色，一方面是寫作教學的教學者，

同時在另一方面也在觀察學童進行實證寫作的流暢度，從中蒐集學童的思考反映及寫作情形。

2. 第二觀察者：指的是實際寫作的六年 A 班學童，從寫作教學中觀察寫作理論的可行度及邏輯性。

3. 第三觀察者：指的是參與觀察者的教學同儕，觀察學童學習反映、特殊表現、對話，作成記錄，以作為修正參考。

（二）第一觀察者研究日誌

我的研究日誌記錄六年A班在六年級學習階段所接觸的論說文寫作，主要記錄透過一次又一次的實證教學後。六年 A 班所展現的文本學習成效以及課堂臨場反應，我也將立即修正後反映在下一次的實證教學活動設計中。透過不斷的修正與回饋，能夠有效且立即的將理論型的創意寫作教學設計轉化為實務型的創意寫作教學活動。教師透過書面或日誌的方式，記錄教學歷程事件，可提供教師對自我教學的反省，長期記錄可提供教師對於教學的進展與改變的佐證依據。（張賴妙理，1998）所以研究者我在研究過程中，對不同事件中的主題、環境、自己的心得，除了可以供我反思本身的教學與研究，也可以作為資料參考分析檢核的來源。

為了提升實證教學的時效性，我在每一次的實證教學活動後，進行實證教學的反思與探討，呈現如表 7-2-8、表 7-2-10、表 7-2-12 和表 7-2-14。

（三）第二觀察者資料與記錄

1. 起點分析：在第七章第二節進行實證教學以前，已經分析六年 A 班的學習起點普遍落於中等程度，因此在分析後測文本以及訪談記錄時，也將以這樣的起點作為實證前的原始程度，並以

此來觀察六年 A 班學童在經過四次的實證教學後所展現的學習變化，並在資料檢核分析中進行。

2. 前後測文本：在對象論說文寫作教學前進行前測文本，以論說文〈百分百的學生百分百的學校〉為題，進行六年 A 班在實證教學前，所具備的語文經驗（知識性、規範性、審美性）、層次（對象性、後設性、後後設性）、創意（無中生有、製造差異）程度，而後測文本則實施在後後設論說文寫作教學後的寫作文本進行後測分析。

　　首先，先以實證教學的第一階段〈責任〉一題，作三次的教學，透過各組的抽樣，選擇三篇，並擷取部分文本作相關分析，接著以後測文本〈守信〉一題作一次對象→後設→後後設的寫作教學活動後，各組抽樣擷取相關文本作相同分析，以檢核六年 A 班的學習成效。

(1) 創意對象論說文〈責任〉

　　創意對象論說文主要以「創意手法」（無中生有、製造差異）和「對象性」二者兼備，因此我擷取三組的〈責任〉寫作文本，內容如下：

> 　　責任不只是只有認真上課以及成績努力而已，事實上我們口說好話及守信時，也是盡了做人的責任。
>
> 　　　　　　　　　　　　　　　　（觀 A1 摘 2011.03.29）

　　此段文字主要帶出了「創意手法——無中生有」，因為責任的認知多是具體化的，可能是一件事或是一項責任，而上文中點出了兩項品德上的責任——口說好話及守信時，可見寫作者的創意論點。

　　　　在學校裡，能夠保持生態平衡的方法，不是不殺生、不亂砍，而是要有一定的數量。在這些負責任的環境裡，我們必須勇往直前，不必退縮。

（觀 A2 摘 2011.03.29）

　　此段文字主要帶出了「創意手法──製造差異」，因為寫作者以這個環境是充斥著「負責任」的，點出了主題「責任」的重要，而不是以獨立個體來論述，也顯示寫作者的不同出發點。

　　　　假如一個國家的人民做事都不負責任，那國家將會漸漸變成充滿詐欺、沒法治又野蠻的地方，也會面臨到國家滅亡的地步。

（觀 A3 摘 2011.03.29）

　　此段文字主要顯示寫作者對象性的寫作手法，對於責任進行了概念→命題→演繹的推論模式，這在許多的論說文中，是必須具備的推論歷程。

　　在這三篇學生作品中，可以了解學童對於論說文的寫作有了基本的寫作手法，除了能夠推論說主旨以外，也能夠在已經熟悉的論說起點中，進行創意手法的運用。因此，學童能夠理解關於創意論說文寫作教學的第一層理論──創意對象論說文。

(2) 創意後設論說文〈責任〉

　　創意後設論說文除了必須有「創意手法」（無中生有、製造差異）之外，還必須有「對象性」推論到「後設性」或者直接以「後設性」進行論說，因此我仍擷取三組的〈責任〉寫作文本作為驗證，內容如下：

就人而言，成長分為心理和生理，生理就是形容外表，而心裡則是內在，但或許心裡並不是真的跟外表一樣的成熟，像有人長得高大，然後一臉很懂事的樣子，但他的心裡卻沒那麼成熟，所以心理成長跟生理成長都是成長中不可缺少的，所謂「人不可貌相」可能就是這樣來的吧！

（觀 B1 摘 2011.04.13）

此段文字主要帶出了「創意手法──無中生有」，在「『人不可貌相』可能就這樣來的吧！」一句中，作者以傳統的「貌相」定義連結到負責後的成長「貌相」定義，而後設論說的部分則在於先點出對象論說「有人長得高大，然後一臉很懂事的樣子，但他的心裡卻沒那麼成熟」，而對象論說「心理成長跟生理成長都是成長中不可缺少的，所謂『人不可貌相』可能就這樣來的吧！」。

好好學習對自己有益的事情跟做法，這樣你就會變得更加完美，儘量讓你的缺點變少，並也不能完全沒有，因為這樣你就沒有進步的空間，也不會有想要進步的意念。

（觀 B2 摘 2011.04.13）

此段文字主要帶出了「創意手法──製造差異」，因為寫作者以「你的缺點變少，並也不能完全沒有，因為這樣你就沒有進步的空間，也不會有想要進步的意念。」來凸顯責任是無法盡善盡美的，所以別說已經是盡責了，也做了進一步的後設論說「沒有進步的空間，也不會有想要進步的意念」。

保護環境也是一項責任，但學習與認識也同樣的有所關連，如果你不去認識事物與學習重要的知識，不可

　　能知道節能減碳的重要，所以現在的認真學習也能增加你對任何東西的感受。

（觀 B3 摘 2011.04.13）

　　此段文字主要帶出了「創意手法——無中生有」，因為寫作者點出了主題「責任」，不單單只是行動，而也要「認識」、「學習」，從上游追溯該有的態度，凸顯責任的重大。

(3) 創意後後設論說文〈責任〉

　　創意後設論說文仍必須有「創意手法」（無中生有、製造差異），在論說上可能會從「對象性」推論到「後設性」，再推論到「後後設性」；或者是直接「後設性」，再推論到「後後設性」。倘若寫作能力較佳的學童，則能夠直接以「後後設性」進行論說，因此我仍擷取三組的〈責任〉寫作文本作為印證，內容如下：

　　　　在我們的生活中，節能減碳和學習是一項很重要的責任，並且影響到我們的大地之母——地球，學習得好便能發明出不讓地球生病的方法，因為我們只有一顆有空氣、水、太陽的地球，認真學習，把學到的新知識運用在社會中，這些事情是永續生命的關鍵，想要成功就要做到，成功掌握在自己手中。

（觀 C1 摘 2011.04.26）

　　此段文字主要帶出了「創意手法——無中生有」，因為寫作者在文後的「想要成功就要做到，成功掌握在自己手中」點出了主題「節能減碳的責任」是我們隨手可促成的成功，更是攸關生命。而寫作者先點出後設論說——「學習得好便能發明出不讓地球生病的方法」，而針對維護地球的知識提出後後設論說——「把學到的新知識運用在社會中，這些事情

是永續生命的關鍵，想要成功就要做到，成功掌握在自己手中」，因此印證了寫作者應用了創意以及後後設論說的技巧。

　　　　學習十分重要，因為只要我們認真學習知識、待人處世的方法和品德，未來就會有更好的發展。豐富的知識能幫助自己解決各種問題，而懂得待人處世方法的人，做事就會做得好，也會更受歡迎。此外，倘若國家有許多受過教育的人，那麼國家就會強盛，因為有許多有相關知識的人在為國家工作。所以我們要好好學習對自己有益的方法跟做法，並活到老學到老，讓自己生活得更好。如果每個人都盡到學習與受教育的責任，人類就能更進步，發展出對自己、社會都有幫助的事物，大家也能相處得更好，未來便會更美好。

（觀 C2 摘 2011.04.26）

　　此段文字主要運用了「創意手法──製造差異」，因為寫作者在文中認為學習是「因為有許多有相關知識的人在為國家工作」，這句同時也是後設論說學習的責任，接著以「好好學習對自己有益的方法跟做法，並活到老學到老，讓自己生活得更好。如果每個人都盡到學習與受教育的責任，人類就能更進步」來深入探討為國家工作能夠影響的廣大層面。寫作者突破一般以小到大的範圍印象，反而從中層面探討其中的小螺絲釘再延伸到個人的生涯努力會帶動整個人類的發展，是個發人深省的論說。

　　　　活著、健康、傳宗接代是大家一生中必定要經過的過程，也才能有下一代。因為生命中的生、老、病、死是人不能決定也是不可能改變的，這是身為人類必經的過程。如果沒有人願意去面對，這樣人的生活就會

活得不快樂。因此，學會如何接受事實，也是我們的一項責任，因為我們常常忽略了它，所以只會當它是一個消息。

（觀 C3 摘 2011.04.26）

　　此段文字主要包含「創意手法──無中生有」，文中作者以「學會如何接受事實」來當作主題「責任」的論點，首先就讓讀者眼睛為之一亮，因為這是我們所不會注意的地方。接著以對象論說「活著、健康、傳宗接代是大家一生中必定要經過的過程，也才能有下一代」帶到後設論說「生命中的生、老、病、死是人不能決定也是不可能改變的，這是身為人類必經的過程」再引出後後設論說「如果沒有人願意去面對，這樣人的生活就會活得不快樂。因此，學會如何接受事實，也是我們的一項責任」，中間寫作者不斷地以既定事實來點出大眾不知道自己一直在承受的「生命重責」，讓人讀到後面，認同感油然而生。

(4) 創意論說文〈守信〉

　　〈守信〉一題在進行教學時，因為已有前面三次的創意對象論說文、創意後設論說文和創意後後設論說文實證教學，因此進行教學時，我不斷地建構對象→後設→後後設的理論架構，以引導學童立論的邏輯；並且在立論過程中，加入「創意手法」（無中生有、製造差異）。在這樣的過程中，學童已能掌握〈守信〉在論說上的形式與內容。我將擷取各組的〈守信〉寫作文本作為理論印證，內容如下：

　　　　我們發現別人成功的背後其實是很辛苦的，為了要讓自己有個功成名就的機會，我們必須要守信。在一個不守信的環境裡，做起事來零零落落，還頻頻出錯，別

到最後才發現信任與守信能讓自己的生活產生改變，因
為已經無法彌補了！

（觀 D1 摘 2011.05.18）

此段文字主要帶出了「創意手法——製造差異」，在「到
最後才發現信任與守信能讓自己的生活產生改變」一句中。
寫作者的用意是守信可以影響生活，而信任是別人對我們的
守信，後者是一般人不會想到的立場；而文中主要運用了倒
敘的手法，先提到了後設論說「自己有個功成名就的機會，
我們必須要守信」，再點出它的對象論說「信任與守信能讓
自己的生活產生改變」，這也是一個成功的論說技巧。

我們可以利用許多的方法來讓自己信守承諾，而信
守承諾最好的原則就是要堅持，但有時候，自己的守信
也會淪為別人不守信的工具，因此要小心。

（觀 D2 摘 2011.05.18）

此段文字以「創意手法——製造差異」凸顯守信的另一
面，也就是「自己的守信也會淪為別人不守信的工具」，這
應該可以稱得上比較灰色的論說，但也從人性本惡的角度進
行守信一題的闡述，的確有時守信會是他人利用的弱點，這
樣的方向顯示出論說的創意性。而文中則是以對象論說「信
守承諾最好的原則就是要堅持」進行到後設論說「自己的守
信也會淪為別人不守信的工具，因此要小心」，更是埋下了
伏筆，可再進一步進行後後設論說。

如果真的做了自己無法做到的諾言，那就要勇敢的
面對並誠實的認錯，且維持與彌補，才能在過程中學會
選擇、改變、成長，重要的是三思而後行，在做事前先
想一想，才不會作出錯誤的決定。

（觀 D3 摘 2011.05.18）

　　此段文字以「創意手法──製造差異」凸顯守信前的思考點，也就是「在過程中學會選擇、改變、成長，重要的是三思而後行，在做事前先想一想」，這是與一般探討守信是完全相反的；而守信一路上會有「選擇、改變、成長……三思而後行」，這都是人生重要的課題。寫作者點出守信所隱含的人生哲理，是相當程度的寫作技巧。文中構設了對象論說「在做事前先想一想，才不會作出錯誤的決定」進行到後設論說「做了自己無法做到的諾言，那就要勇敢的面對並誠實的認錯，且維持與彌補」，最後的後後設論說「在過程中學會選擇、改變、成長」，雖然論述順序不同，但充分表達出寫作者三層次的論說。

　　　守信最大的好處就是在於你可以交到許多的好朋友；交到了好朋友，以後在做很多事就會有許多人給你許多不同的建議；有了這些不同的建議，就會有許多事的方法。有了做事的方法，做每件事就可以增加成功機會，甚至做的比原先的還要更好許多。

（觀 D4 摘 2011.05.18）

　　此段文字以「創意手法──無中生有」凸顯守信的另一面，也就是「有許多事的方法；有了做事的方法，做每件事就可以增加成功機會」，因為一般來說，守信的用意是帶來信任，但寫作者卻認為是帶來方法。文中也以對象論說「守信最大的好處就是在於你可以交到許多的好朋友」進行到後設論說「交到了好朋友，以後在做很多事就會有許多人給你許多不同的建議」，後後設論說為「有了做事的方法，做每件事就可以增加成功機會」。

　　人生是擁有許多關卡的旅程，第一關卡是守信，即使你活在真實的世界，但你的心已經飛到了充滿謊言的地方。雖然你想彌補、誠實，但你之前的錯誤有如針一樣一針一針的刺在別人純真的心，是永遠無法挽回。在這第一關卡中我學會了選擇，人生有兩條路：第一走火入魔；第二腳踏實地。人生的路是自己選的，不可以怨天尤人，所以要三思而後行，不要因為一時衝動，而毀了自己的路，謹慎才能使你改邪歸正、成長，也可以繼續在社會立足。從失敗變成成功，從跌落山谷變成登上山頂，不管是誰，只要願意、努力，都一定辦得到。所以人人都可以獲得更好的成就，更十全十美的生涯；也能讓你的心脫離謊言的壓力，簡直是兩全其美。

　　　　　　　　　　　　　　　　（觀 D5 摘 2011.05.18）

　　此段文字以「創意手法──製造差異」凸顯守信與不守信的交叉點，也就是「人生有兩條路：第一走火入魔；第二腳踏實地」，而論述技巧比觀 D3 摘 2011.05.18 更加縝密，透過「即使你活在真實的世界，但你的心已經飛到了充滿謊言的地方，雖然你想彌補、誠實，但你之前的錯誤有如針一樣一針一針的刺在別人純真的心，是永遠無法挽回」的作用來鋪陳「失信等於謊言」的真理。值得一提的是，這篇文本中，兼雜著審美性的論說「人人都可以獲得更好的成就，更十全十美的生涯；也能讓你的心脫離謊言的壓力，簡直是兩全其美」，是個語文經驗相當豐富的作品。而在論說層次上，從「第一關卡是守信」到後設論說「要三思而後行，不要因為一時衝動，而毀了自己的路，謹慎才能使你改邪歸正、成長，也可以繼續在社會立足」，到最後的「讓你的

心脫離謊言的壓力」後後設論說，論起理來相當鏗鏘有力，也能打動人心。

3. 訪談記錄：在教師實證教學與學童寫作活動完成後，進行學童的問卷調查與錄影訪談兩部分。全班的問卷調查，共有兩種，分別為表 7-3-1 六年 A 班在創意論說文寫作實證後的自我認知、情意、技能程度以及表 7-3-2 六年 A 班學童在論說文寫作教學後的「國語文寫作能力分段指標」程度，在顯示出統計數字後進行分析，並與第七章第二節的起點問卷作分析檢討；而在訪談部分，則是透過上列兩表的問答內容以及小組分組錄影座談部分（如表 7-3-3）來探討學童對於創意論說文寫作教學的學習成效，以了解創意論說文寫作教學理論建構出的寫作教學模式在國小場域的教學現況，並針對此修正創意論說文寫作的補強部分。

表 7-3-1　六年 A 班在創意論說文寫作實證後的
自我認知、情意、技能程度

二-1 認知程度：請根據你對於「創意」、「論說文」、「寫作」的主題來回答	完全同意	有點同意	普通	有點不同意	完全不同意	無效
1. 我覺得創意是相反，如上到下變下到上。	6	10	13	1	0	0
2. 我覺得創意就是不一樣。	16	9	2	2	1	0
3. 我覺得論說文一定要說正向的道理。	2	3	13	6	5	1
4. 我覺得論說文就是說明道理，不能夠有情感跟藝術等其他內容。	3	4	8	12	3	0
5. 我覺得寫作可以透過多次練習而進步。	15	6	8	1	0	0
6. 我覺得寫作必須要有主題相關經驗才會寫。	6	6	11	6	0	1

二-2 情意程度：請根據你對於「創意」、「論說文」、「寫作」的主題來回答	完全同意	有點同意	普通	有點不同意	完全不同意	無效
1. 我喜歡有創意的生活事物。	12	11	7	0	0	0
2. 我喜歡從和他人不同的角度去思考。	6	10	13	1	0	0
3. 我覺得論說文比其他文體好寫。	3	6	11	6	4	0
4. 我覺得寫論說文可以幫助我獲得真理。	4	9	10	6	1	0
5. 我覺得寫作讓我樂於寫出我的真實想法。	8	7	10	4	1	0
6. 我覺得寫作讓我更知道如何完整表達思想。	3	17	7	3	0	0
二-3 技能程度：請根據你對於「創意」、「論說文」、「寫作」的主題來回答	完全同意	有點同意	普通	有點不同意	完全不同意	無效
1. 我覺得利用文字表現創意是個不錯的方法。	9	10	8	1	0	2
2. 我會用文字表現我思想中的創意內容。	6	13	8	2	0	1
3. 我了解論說文的寫法、結構。	3	15	8	1	1	2
4. 我能理解別人寫論說文的主要重點。	4	12	10	2	0	2
5. 我能夠善用不同的語詞來寫作。	4	11	12	1	0	2
6. 我能夠獨力完成一篇作文。	13	6	10	0	0	1
二-4 綜合程度：請根據你對於「創意論說文寫作」這一個主題來回答	完全同意	有點同意	普通	有點不同意	完全不同意	無效
1. 我覺得這個主題有特殊性。	5	15	8	1	0	1
2. 我覺得主題重點在於創意，而不是論說文。	6	10	11	3	0	0
3. 我覺得我每次寫的文章都很有創意。	4	4	12	8	2	0
4. 我覺得在寫創意方面論說文比其他文體更好發揮。	5	7	11	4	3	0
5. 創意論說文的道理可以不是合乎常理的。	2	5	15	5	3	0

三、目前我對於「創意」、「論說文」、「寫作」所產生的收穫

關於「創意」，我覺得收穫的是：

1.要思考得更多；2.利用創意來寫作；3.創意不一定是完成不一樣的才叫創意；4.能運用不同層面去思考，能增廣我的知識；5.我能以反向思考；6.會想比較多；7.學會他的寫法；8.知道怎樣寫出好跟壞的創意；9.知道創意有很多，可以再更細心的寫；10.能發揮想像力嘗試創作；11.使我的作文跟別人不一樣；12.思想更豐富，文章更有趣。

關於「論說文」，我覺得收穫的是：

1.可以發揮很多想法；2.論說文的應用與論說文和其他文體不同；3.能知道該如何說明事情；4.能把一個東西以論說的方式寫出；5.學會他的寫法；6.可以讓我寫出我的真實想法；7.論說文代表說明；8.寫得比其他文體好；9.很難寫；10.可以更理解一件事；11.有更深入了解；12.寫得越來越好；13.了解論說文；14.我覺得每次寫作都可以把我腦海裡的想法寫出來；15.使我對論說文更不陌生。

關於「寫作」，我覺得收穫的是：

1.讓作文上一層；2.只要有經驗就比較容易寫；3.寫出順暢的文章；4.讓別人知道你的想法；5.論說文比其他文體更好發揮；6.加深寫作的方法；7.能增加自己的情感；8.能把心中的話寫出來；9.學會一些新的詞；10.利用許多東西來寫作文；11.我能夠善用不同的語詞；12.讓我寫作更上一層樓；13.文筆更好；14.知道怎麼寫才優美。

關於「創意」，我覺得尚有疑惑或是老師需再教導的是：

1.創意不知道要不要合乎常理；2.有的不大懂；3.有什麼詞才可以用；4.創意的靈感；5.怎樣寫無中生有。

關於「論說文」，我覺得尚有疑惑或是老師需再教導的是：

1.有的不大懂；2.多教一些成語；3.速度。

表 7-3-2　六年 A 班學童在論說文寫作教學後的
「國語文寫作能力分段指標」程度

國民中小學九年一貫課程綱要語文學習領域 （國語文寫作能力分段指標）	實施後（5 分為最高）					
	5	4	3	2	1	0
6-3-1 能正確流暢的遣詞造句、安排段落、組織成篇。	4	11	12	2	1	0
6-3-1-1 能應用各種句型，安排段落、組織成篇。	3	15	11	1	0	0

6-3-2 能知道寫作的步驟，逐步豐富內容，進行寫作。	8	11	8	3	0	0
6-3-2-1 能知道寫作的步驟，如：從蒐集材料到審題、立意、選材及安排段落、組織成篇。	2	11	13	4	0	0
6-3-2-2 能練習利用不同的途徑和方式，蒐集各類寫作的材料。	5	12	9	3	0	1
6-3-2-3 能練習從審題、立意、選材、安排段落及組織等步驟，習寫作文。	4	13	11	2	0	0
6-3-3 能培養觀察與思考的寫作習慣。	8	7	9	5	1	0
6-3-3-1 能養成觀察周圍事物，並寫下重點的習慣。	8	7	9	5	0	0
6-3-4 能練習不同表述方式的寫作。	6	9	11	4	0	0
6-3-4-1 能學習敘述、描寫、說明、議論、抒情等表述方式，練習寫作。	5	10	10	4	1	0
6-3-4-2 能配合學校活動，練習寫作應用文（如：通知、公告、讀書心得、參觀報告、會議紀錄、生活公約、短篇演講稿等）。	4	7	10	7	2	0
6-3-4-3 能應用改寫、續寫、擴寫、縮寫等方式寫作。	4	5	9	10	1	1
6-3-4-4 能配合閱讀教學，練習撰寫心得、摘要等。	4	7	9	5	3	2
6-3-5 能具備自己修改作文的能力，並主動和他人交換寫作心得。	5	8	9	6	2	0
6-3-5-1 能經由共同討論作品的優缺點，以及刊物編輯等方式，主動交換寫作的經驗。	8	6	9	3	4	0
6-3-6 能把握修辭的特性，並加以練習及運用。	2	12	10	4	1	1
6-3-6-1 能理解簡單的修辭技巧，並練習應用在實際寫作。	9	8	11	2	0	0
6-3-7 能練習使用電腦編輯作品，分享寫作經驗和樂趣。	7	6	6	6	5	0
6-3-7-1 能利用電腦編輯班刊或自己的作品集。	6	3	5	9	7	0

6-3-7-2 能透過網路，與他人分享寫作經驗和樂趣。	7	4	8	3	6	2
6-3-8 能發揮想像力，嘗試創作，並欣賞自己的作品。	9	12	4	4	1	0
6-3-8-1 能在寫作中，發揮豐富的想像力。	9	8	8	4	1	0
6-3-8-2 能嘗試創作（如：童詩、童話等），並欣賞自己的作品。	7	11	5	5	2	0

我認為我個人獨特所達到的目標為：
1.讓文章寫得完整優美；2.可以完成一篇作文；3.希望能利用電腦打在部落格上，能讓大家欣賞，對寫作更不陌生；4.寫作有創意但自己也要有正確的論點；5.可以在一節課內寫出五百字以上有內容的文章；6.寫出對這件事的感覺，寫出跟別人想法不同的地方；7.作文變簡單了。

（左欄部分，摘自國教社群網，2011）

表 7-3-3　六年 A 班學童在論說文寫作教學活動後的小組訪談

題目	訪談內容
你對論說文的第一印象？為什麼？	甲：很難寫。
	乙：很硬，沒寫過。
	丙：要說道理。
	丁：困難，要很會說話。
	戊：沒感情、古板、不如記敘文有趣。
你覺得責任跟守信哪一個比較好發揮？為什麼？	甲：責任，因為家裡的大人都會用這個責罵我們。
	乙：守信，因為有這方面的經驗，也都經歷過不守信。
	丙：責任，因為自己就有材料可以寫。
	丁：責任，因為寫了三次，就把上次的內容一直加深還有說明。
	戊：責任，因為我們發現了很多我們不負責的地方。
整個教學活動中，你們最能理解的部分是哪一個活動？	甲：後設跟後後設、成文單（完成作文的部分，只要把架構單的內容寫在作文裡，再多寫一些）
	乙：概念的發展是最簡單的。
	丙：對象到後設再到後後設，因為就是一直說明。
	丁：創意，就是可以想一些平常不知道可不可以寫的。
	戊：成立架構單，因為內容寫出來，就可以變成作文了！

整個教學活動中，你們最難理解的部分是哪一個活動？	甲：沒有。
	乙：要想出對象概念、後設概念跟後後設概念，很困難，因為要一直延伸、延伸再說明。
	丙：創意，因為想不出來。
	丁：後後設，因為通常想到後設就想不出來了！
	戊：後設再後後設，因為要把題目加深。
你們覺得整個教學活動最大的收穫是什麼？	甲：把想法歸類。
	乙：學會寫論說文，也知道怎麼跟別人辯論。
	丙：範圍可以拉很大，這樣可以寫的東西就很多！
	丁：如何寫出有內容的文章、想像力會比較豐富、想法較多。
	戊：學會寫架構單，一開始覺得很無聊，但後來覺得還蠻有趣的，因為可以練習寫創意在裡面，也可以把論說文寫得越來越有深度。

　　問卷的數字部分顯示六年 A 班在進行創意論說文的寫作，有著明顯的進步，而學童也從一開始對於寫作持保留的態度到後來能夠有較積極的省思與反應，透過結構式與半結構式的問卷內容，提供學童作省思；而在開放式的問答中，學童針對創意的成分較無法判斷是否具備，而論說文寫作的形式及方向則是明顯答出具備與否。因為學童在創作的過程中，不斷的思考也不斷地運用，所以顯示論說文寫作理論的成效是可期許的；而我也將在資料閱讀進行前後問卷的對比，分析中進行前後數字的起落，以掌握六年 A 班實證前後的學習效度。

（四）第三觀察者記錄

　　觀察記錄搭配本校教學觀摩、教學觀察兩項觀察記錄格式進行。主要有列舉教學環境等客觀教學環境、教師個人特質等主觀教學主體第一面向，以及專對創意論說文寫作教學理論建構的整體教學理論發展，此為第二面向，進行觀察並記錄，如表 7-3-4「守信」寫作教學研究評鑑表：

表 7-3-4　「守信」寫作教學研究評鑑表

學習領域	國語文領域	單元名稱	論說文寫作教學-守信	教學班級	六年 A 班
填表日期	100.05.11	填表人	T1、T2、T3、T4、T5、T6、T7	教學者	張銘娟
項目	評語		具體意見		
1. 教學目標	T1、T3、T5、T6 大部分達到。T4 T7 完全達到。		T5 學生大部分於被動狀態。		
2. 單元教學活動設計	T1 尚佳。T2、T3、T5、T7 極完善。T4`T6 周詳。		T1 講述到練習，可提供討論時機。T2 準備充分。T3 將論說文的立論過程層層分析，鉅細靡遺。T5 很用心準備。		
3. 教材選擇組織	T2、T3、T4、T5、T6 適當。T7 很完美。		T5 教材內容似乎過於理論，字句較艱澀難懂。T6 可針對這屆學生略減化內容。		
4. 時間分配	T6、T7 很適當。T2、T3、T4、T5 尚佳。				
5. 主／副／附學習	T1、T3、T4、T5、T6、T7 尚能顧到。				
6. 教學資料與布置	T1、T5、T6 良好。T2、T7 很充足。T4 尚可。		T4 應用投影機教學，字體放大且主題詳細。T5 可將學生遇襲的內容布置出來。		
7. 教學準備與應用	T1、T2、T3、T5、T6、T7 很充足極佳。T4 良好。		T1 簡報、學習單、範文。T5 很用心。		
8. 引起動機	T1、T2、T3、T4、T5 適宜。T6、T7 很自然有效果。		T1 可結合班級情境或社會時事。		
9. 社會資源	T1、T7 密切配合。T2、T3、T4、T5、T6 尚能應用。				

10. 教學過程	T7 極適當。 T1、T2、T3、T5、T6 適當。 T4 尚可。	T4 可行間走動以提升孩子的專注度。
11. 兒童活動	T1、T2、T4、T5 一部分。 T3、T5、T6、T7 全班（成文單）。	T1 兒童以個別操作習寫。 T2 發言只是少部分學生，其餘較被動。 T5 安排一些小組討論（合作討論架構）。 T6 可讓學生舉手發言。
12. 教學氣氛	T1、T4 嚴肅。 T2、T3、T6、T7 尚自然。	T1 建議穿插多元活動進行。 T5 較沉悶一點。
13. 教學語言或發問	T3、T7 標準清晰動聽。 T1、T2、T4、T5、T6 尚流利合宜。	T1 發問給學生思考。 T5 可多給學生思考的時間。
14. 個別指導	T1 沒指導。 T3、T7 尚有效。	T1 無個別指導學生，以全班教學為主。
15. 板書或示範	T3、T5 有條理、效果佳。 T6、T7 尚適當。	T1 無板書行為，使用資訊設備。 T3 立即呈現學生口述的答案，完整記錄教學及學習的歷程。 T5 用單槍即時打字，節省板書時間。 T6 能立即將學生發言鍵入畫面，給學生統一看，但若能放大字體，效果將更佳。
16. 教學態度	T1、T2、T3、T5、T6、T7 和善。 T4 嚴肅。	T2 臺風穩，不疾不徐。
17. 教學儀表	T1、T2、T3、T5、T6、T7 端正合宜。 T4 尚端正。	
18. 兒童反應	T1、T2、T4、T5 尚可。 T3、T6、T7 良好。	T1 對老師回應，僅部分學生有回應。 T6 個別回答，老師都能將回答整合。

19. 作業指導	T3、T6、T7 層次井然 T4 尚合理。	T1 無呈現作業指導行為。 T3 成文單的指導及文章架構指導。 T6 能依序引導，切入寫作。
20. 兒童常規	T1、T2、T3、T4、T5、T6、T7 極佳。	T1 學生上課秩序良好。
21. 教學技術	T1、T4 良好。 T2、T3 熟練。	T2 很清楚該如何引導學生且協助學生統整。
22. 各領域聯繫	T1、T3、T4、T6、T7 尚能聯繫。	T1 結合品德教育、家庭教育。
23. 補充教材	T1、T2、T4、T7 補充知能教材。 T5 補充生活教材。	T1 以歷史故事支撐信用的重要。 T2 利用典故來引起學生興趣，也補充了論說文可用的題材。
24. 效果評量	T1 不加評量。 T2、T4 尚適當。 T3、T7 很適當（學習單）。	T1 可即時、適時、適度進行評量。 T3 完成成文單以檢視學生的學習成效。
25. 參觀心得	T1、T3、T5、T6、T7 獲益良多。 T2、T4 頗有心得。	
疑問或建議	T1 師： 以論說文的來龍去脈及變化→形成概念→命題建立→演繹等多為抽象式的語彙，另有疑問：1.學生對抽象的語彙理解程度為何？2.教師主要以講授式的活動授課，學生吸收比例高；3.抽問、適度評量來確認學生學習狀況；4.分組討論、發表、論述等多元方式，幫助學生思考 T2 師： 1.準備上課教材簡報很用心，花費很多時間；2.引導學生進行論說文的寫作，本來就不容易，老師的準備充分，但學生的發言、想法較少；3.學生個別進行學習單時，可採用兩兩討論或小組討論，以激盪更多想法；4.「概念、命題、演繹」的用詞，學生可以理解嗎？ T3 師： 可讓學生以分組討論的方式發表，統整想法 T5 師：|	

1.建議可以先討論縱向的發展,再討論橫向的深入演繹;2.可多給學生發表、討論、思考的機會;3.教材本身較難、不易理解,可再放慢速度 T7 師: 1.秩序良好,學生專心參與;2.文章引導條理佳,層次分明;3.將學生回答立即呈現;4.學習單作用為引導,學生回家繼續發展完成文章嗎?	

二、資料閱讀

透過資料的蒐集,以三角檢證的方式來聚焦創意論說文寫作教學活動的教學內容、學習反應以及察覺教學現場的相關紀錄,呈現如下:

(一)文字觀察紀錄

彙整第七章第二節的教學者教學省思、學生文字訪談以及教學觀摩、教學觀察者的觀察紀錄,分析如下表:

表 7-3-5　論說文寫作教學活動觀察紀錄

項目	觀察者	紀錄內容
理論建構	第一觀察者	1. 學童樂於改變,但易離題。 2. 先前未能理解名詞的學童,可由表格的帶動來進行推論。 3. 層次清楚,唯內容空洞。
	第二觀察者	4. 透過教學,能夠寫出對主題的感覺。 5. 文章寫得完整優美。 6. 創意的靈感取得以及如何發揮無中生有,較不容易。 7. 反向思考(製造差異)較容易。

	第三觀察者	8. 語彙理解程度可以降低。
		9. 以縱向的發展為主，再討論橫向的深入演繹
		10.論說文的立論過程層層分析，鉅細靡遺。
教材設計	第一觀察者	1. 設計層次明顯的練習單，透過表格引導論理的立足點。
		2. 提供省思較大的題材。
	第二觀察者	3. 透過層次性的引導，可以蒐集到更多的題材，擴充論點範圍。
	第三觀察者	4. 教材本身較難、不易理解。
		5. 文章引導條理佳，層次分明。
		6. 穿插多元活動進行。
媒體應用	第一觀察者	1. 配合空白表格，有效鼓勵學童進行自我我探索，並能夠直接進行後後設的概念、命題與演繹論說。
		2. 成文單有效改善學形成文章的困惑。
	第二觀察者	3. 練習學習單可以增加內容。
	第三觀察者	4. 善用教材簡報。
		5. 多媒體教學（用單槍即時打字）節省板書時間。
教學互動	第一觀察者	1. 學生熟悉教師教學模式，多能主動進行。
	第二觀察者	2. 學生的發言、想法較少。
		3. 採用兩兩討論或小組討論。
	第三觀察者	4. 教師主要以講授式的活動授課，學生吸收比例高。
		5. 分組討論、發表、論述等多元方式，幫助學生思考。
		6. 配合學生程度，可再放慢速度。

（二）教學反應

1. 學生省思問卷

　　從表 7-3-6 得知學童對於認知能力的增長幅度最高，顯示能夠了解創意論說文理論的架構；而在情意方面，也凸顯學童對於論說文的審美語文經驗仍是不足的，仍停留在論說知識與規範的狹隘範疇內；技能方面，學童對於論說形式是能夠充分掌握，但在情意表達成文字方面，能有語文筆法上的困擾。因此，綜合而言，學童能夠符合論說文的基本架構，但在進一步的展現創意，僅少數能夠主動發揮。

表 7-3-6　六年 A 班學童在創意論說文寫作實證前後的
自我認知、情意、技能程度

二-1 認知程度：請根據你對於「創意」、「論說文」、「寫作」的主題來回答	完全同意	有點同意	普通	有點不同意	完全不同意	無效
1. 我覺得創意是相反，如上到下變下到上。	+6	+1	0	-2	-3	-2
2. 我覺得創意就是不一樣。	+4	+2	-6	0	+1	-1
3. 我覺得論說文一定要說正向的道理。	+2	-1	+5	-3	-1	-2
4. 我覺得論說文就是說明道理，不能夠有情感跟藝術等其他內容。	+1	+2	+1	+3	-6	-1
5. 我覺得寫作可以透過多次練習而進步。	+5	-3	+5	-2	-2	-3
6. 我覺得寫作必須要有主題相關經驗才會寫。	+1	0	+3	+2	-4	-2

二-2 情意程度：請根據你對於「創意」、「論說文」、「寫作」的主題來回答	完全同意	有點同意	普通	有點不同意	完全不同意	無效
1. 我喜歡有創意的生活事物。	-2	+2	+1	-1	0	0
2. 我喜歡從和他人不同的角度去思考。	-3	0	+4	0	-1	0
3. 我覺得論說文比其他文體好寫。	+1	0	-1	+1	-1	0
4. 我覺得寫論說文可以幫助我獲得真理。	+1	+1	-5	+5	-1	-1
5. 我覺得寫作讓我樂於寫出我的真實想法。	+2	0	-2	+2	-1	-1
6. 我覺得寫作讓我更知道如何完整表達思想。	-2	+9	-3	-3	0	-1

二-3 技能程度：請根據你對於「創意」、「論說文」、「寫作」的主題來回答	完全同意	有點同意	普通	有點不同意	完全不同意	無效
1. 我覺得利用文字表現創意是個不錯的方法。	+1	+1	+1	-1	-2	0
2. 我會用文字表現我思想中的創意內容。	-1	+4	+3	-4	-2	0
3. 我了解論說文的寫法、結構。	+1	+7	-1	-3	-1	-3
4. 我能理解別人寫論說文的主要重點。	+1	+3	-2	0	-2	0
5. 我能夠善用不同的語詞來寫作。	+2	0	0	-1	0	-1
6. 我能夠獨力完成一篇作文。	+4	-2	0	-1	0	-1

二-4 綜合程度：請根據你對於「創意論說文寫作」這一個主題來回答	完全同意	有點同意	普通	有點不同意	完全不同意	無效
1. 我覺得這個主題有特殊性。	0	+4	0	-4	-1	-2
2. 我覺得主題重點在於創意，而不是論說文。	-2	+4	-1	+3	-1	-3
3. 我覺得我每次寫的文章都很有創意。	+1	+2	-6	+5	0	-2
4. 我覺得在寫創意方面論說文比其他文體更好發揮。	+3	+3	-3	0	-1	-2
5. 創意論說文的道理可以不是合乎常理的。	0	+3	+2	0	-2	-3

2.能力指標問卷

　　從表 7-3-7 數字的增減顯示六年 A 班在能力指標達成有顯著的進步，對於論說文寫作也有清楚的了解與技巧，唯在創意的發揮上，欠缺題材的支撐，顯得信心不足。

表 7-3-7　六年 A 班學童在論說文寫作教學前後的
「國語文寫作能力分段指標」程度

國民中小學九年一貫課程綱要語文學習領域（國語文寫作能力分段指標）	實施前後增減（5 分為最高）					
	5	4	3	2	1	0
6-3-1 能正確流暢的遣詞造句、安排段落、組織成篇。	+3	+6	+1	-8	-1	-1
6-3-1-1 能應用各種句型，安排段落、組織成篇。	+2	+11	-2	-0	-1	0
6-3-2 能知道寫作的步驟，逐步豐富內容，進行寫作。	+6	+8	-5	-8	-1	0
6-3-2-1 能知道寫作的步驟，如：從蒐集材料到審題、立意、選材及安排段落、組織成篇。	+1	+7	+2	-6	-4	0
6-3-2-2 能練習利用不同的途徑和方式，蒐集各類寫作的材料。	+2	+8	-1	-3	-7	+1
6-3-2-3 能練習從審題、立意、選材、安排段落及組織等步驟，習寫作文。	+3	+8	-1	-5	-5	0
6-3-3 能培養觀察與思考的寫作習慣。	+6	-1	-1	-4	+1	-1
6-3-3-1 能養成觀察周圍事物，並寫下重點的習慣。	+6	+6	-3	-4	-5	0
6-3-4 能練習不同表述方式的寫作。	+6	-5	+7	-7	-1	0
6-3-4-1 能學習敘述、描寫、說明、議論、抒情等表述方式，練習寫作。	+4	+7	+1	-7	-5	0
6-3-4-2 能配合學校活動，練習寫作應用文（如：通知、公告、讀書心得、參觀報告、會議紀錄、生活公約、短篇演講稿等）。	+4	0	+3	-5	-2	0
6-3-4-3 能應用改寫、續寫、擴寫、縮寫等方式寫作。	+3	+3	-2	+1	-5	0

6-3-4-4 能配合閱讀教學，練習撰寫心得、摘要等。	4	-1	0	-1	-3	+1
6-3-5 能具備自己修改作文的能力，並主動和他人交換寫作心得。	+1	+6	-1	-1	-5	0
6-3-5-1 能經由共同討論作品的優缺點，以及刊物編輯等方式，主動交換寫作的經驗。	+6	+4	-3	-1	-6	0
6-3-6 能把握修辭的特性，並加以練習及運用。	+1	+8	-3	-3	-4	+1
6-3-6-1 能理解簡單的修辭技巧，並練習應用在實際寫作。	+7	+2	+1	-9	-1	0
6-3-7 能練習使用電腦編輯作品，分享寫作經驗和樂趣。	+1	+5	-1	-3	-2	0
6-3-7-1 能利用電腦編輯班刊或自己的作品集。	+2	+3	-5	+3	-3	0
6-3-7-2 能透過網路，與他人分享寫作經驗和樂趣。	0	+4	+1	-3	-2	0
6-3-8 能發揮想像力，嘗試創作，並欣賞自己的作品。	+4	+8	-4	-5	-3	0
6-3-8-1 能在寫作中，發揮豐富的想像力。	+6	+3	-5	0	-4	0
6-3-8-2 能嘗試創作（如：童詩、童話等），並欣賞自己的作品。	+5	+5	-5	-1	-4	0

（左欄部分，摘自國教社群網，2011）

3. 第三觀察者現場記錄

　　從第三觀察者的表 7-3-4 統計得知，教師教學技巧可以輔助創意論說文寫作理論的進行，並透過外在形式化（學習單表格化），也能有效將理論進行教材化，順利進行教學。然而，整個教學活動仍有些許的不足，如 5 主/副/附學習、6 教學資料與布置、14 個別指導、22 各領域聯繫、24 效果評量這五點，仍是教學活動需再補充的部分。（思 D 摘 2011.05.12）

三、理論評析

　　在第四章到第六章研究理論中，建構的創意論說文寫作教學架構如下圖 7-3-1：

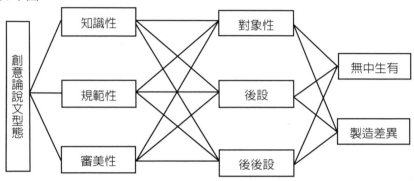

圖 7-3-1　創意論說文寫作架構圖

　　透過實務印證以及三角檢核，我將針對架構圖的三大類型進行評析：

表 7-3-8　創意論說文寫作教學實證評析

類型	細項	實證評析
創意手法	無中生有	從無到有是一個創造的過程，寫作者流於經驗的不足難以發揮，但部分論點可以建立在相反的反論，因此此一特性較不容易展現，在創意成分上，所佔的比例約為六成，並會針對主題而有所增減。
	製造差異	學童能夠在進行論說時，嘗試進行「不一樣」的偏論，部分學生會嘗試在後設時就進行差異的後設性，凸顯主題的存在，是個相當具有啓發性的論說手法。在這一特性中，也能激發寫作者對於論點的獨特見解，避免流於俗套，手法需要較高超但也相對能引起學童主動寫作意願，較「無中生有」容易展現，因此此一特性在論說文教學的實證上有八成以上的使用率。

層次	對象性	六年級學童對於論點的建立已有相當的語文程度，因此在六年 A 班中，建立對象性的論說是可以全部達成的。
	後設性	後設認知建立在寫作者的認知上，透過技能手法以及情意程度表現，在六年 A 班中有九成的學童因為教材引導以及同儕的輔助，能夠建立後設論點；一成的學童須提供認知線索，較能建立後設觀點。
	後後設性	在習慣模式以及三次的層次教學後，學童對於推論的歷程已能熟悉，因此八成學童在後後設性的形成上已能獨立建立；而二成的學童則是侷限於經驗的淺顯與單一的思路而無法編織，需教學者的提點。
語文經驗	知識性	透過原始起點（問卷），可以了解六年 A 班的論說文經驗為知識性為主，其他為輔，因此陳述知識性的語文經驗是高年級學童基本能力。
	規範性	六年級學童對於規範的接觸正處於吸收階段，因此學童熱其分享自己對於「規範」的見解，在此也較能展現創意成分。
	審美性	審美性語文經驗在論說文體裁中，寫作者因為熟悉抒情文內容的寫作方向，習慣用於論說後的總結。因此，學童會將審美語文經驗建立在總結中，在論說的過程中僅以輔助知識性及規範性的角色存在，因此評析審美性經驗使用上較狹隘。

第八章　結論

第一節　創意論說文寫作教學的研究成果

　　本研究透過創意論說文理論的建構，經由實務教學印證在國小場域的實施情形，

　　並以第七章實證教學的三角檢核，有效檢證創意論說文寫作教學能夠引導國小學童對於論說文寫作能力的廣度及深度。

　　本研究共分七部分（如圖 8-1-1），從創意、論說文、寫作教學的文獻探討，進而建構創意對象論說文寫作教學、創意後設論說文寫作教學、創意後後設論說文寫作教學，接著進行理論建構內。研究者的自我實務印證，最後透過第一觀察者、第二觀察者與第三觀察者的三角檢證，建立了創意論說文寫作教學的範式。茲將研究成果的要點分述如下：

一、緒論部分

　　「學，而後知不足」，在國小教學場域的教學歷程，讓我覺得在教學理論建構形成之餘，所意涵的負面影響就是理論模式的制式化，因而研究在創意論說文寫作教學的理論架構，除了彌補我在教學上的不足，也能達到樹立權威與謀取利益的目的，更重要的是能夠行使教化，透過成效回饋來提升論說文寫作教學的層級，並提供其他在國小場域教學者在語文教學政策的參考資源。

二、文獻探討部分

論說文寫作教學叢書層出不窮，也參差不齊，透過文獻探討，找出現今論說文寫作教學的盲點，除了欠缺創意的教學與規範外，也窺見論說真理時的淺顯論點，欠缺說服力，在論說的論點呈現中往往流於俗套，甚至是八股制式化的內容換湯不換藥，多見大同小異，未能顯現寫作者獨特且深層的創見。因此，激發我藉由創意性（無中生有、製造差異）、層次性（對象、後設、後後設）、語文經驗（知識性、規範性、審美性）建構「創意論說文寫作教學」新理論模式，進行理論架構；其中更是透過自我檢證以印證它的有效教學。

三、創意論說文的界定部分

理論建構前必須有它的界定，才能建構出輪廓清楚的模式。透過目前具有創意性的文獻及文本資料界定「創意」手法可歸納為「無中生有」與「製造差異」後，將「創意」融合「論說文」成立新的文體領域，並在該領域中再次歸納與演繹出「對象」、「後設」與「後後設」的論說層次，將論點依照論說深度進行統整，這是「創意論說文」的總體型態。在每一型態中，透過論說時所使用的語文經驗，我也將它主分三大類——「知識性」、「規範性」、「審美性」。每一個語文經驗所涵蓋的學科經驗各有不同，也可再作深度建構。

四、創意對象論說文的寫作教學部分

　　建構創意論說文寫作教學的第一步就是從第一層次性──對象性的創意手法與語文經驗開始。因此，在這章中可以發現論說文本中，對象是個基本的論說，也是開啟後設論說的關鍵點，許多眾所皆知的真理都脫離不了對象的陳述，或是透過讀者既定對象的意念進入到後設或是後後設論說的獲得，因此這是最基本也是最廣泛的論說文層次。搭配創意性（無中生有、製造差異）的分析，歸納出本理論能夠囊括創意性的元素，再擴及語文經驗（知識性、規範性、審美性）的相關素材，進行到寫作教學中，主題就可以顯示出豐富且深具教育意義的寫作教學活動。

五、創意後設論說文的寫作教學部分

　　建構創意論說文寫作教學的第二步就是第二層次性──後設的創意手法與語文經驗。因此，在第五章中延續創意對象論說文寫作教學，進行對象→後設的推論，透過已經建構的創意對象論說文寫作教學發展到創意後設論說文寫作教學，除了教導寫作者關於層次性（對象、後設）的建構以外，創意對象論點也能建構出創意後設性論點；同理創意對象知識取向論說文，也能推演出創意後設知識取向論說文，如此一來兩個創意手法、兩個論說層次、三個語文經驗便能交叉出十二種論說類型，都脫離不了「創意論說文寫作教學」理論所建構出的模組；再透過建構後的自我實證及多角，見證它的可行性及效度。

六、 創意後後設論說文的寫作教學部分

　　建構創意論說文寫作教學的第三步就是第三層次性——後後設性的創意手法與語文經驗。延續創意對象論說文寫作教學，進行對象性→後設性→後後設性的推論，透過二次的創意對象論說文寫作教學發展到創意後設論說文寫作教學，再深度演繹出創意後後設論說文。除了進行層次性 （對象、後設、後後設）的建構以外，創意對象論點也能建構出創意後設性論點，再建構出創意後後設性論點，也可能對象論點→後設論點→創意後後設論點，諸如此類的論說型態可以增添論說文的深度及可看性，題材也隨著語文經驗而增廣度。在這三章的理論建構中，我也列出可以實行的寫作教學取向供教學者汲取使用。倘若能夠發揮理論的精髓，教學者能夠從寫作者的寫作文本中探見論說文寫作的全新風貌，對於教學模式的創新會有很大的收穫。

七、實務印證及其成效的評估部分

　　理論建構完成前，透過我的實務印證以及自我檢證，顯示出顯著的教學成效。而我在反思理論建構時，也呼應到第一章的研究限制中「無法保證完全適用於各種教學模式，如基本語文經驗不足的學習年級（如中、低年級）」，因此在實務教學後，思考了主體簡易化便可以彌補這一限制，提供給中、低年級教學者進行實務教學時的教學方向；而整個實務教學成效評估中，從三類型的觀察者觀察重點可以匯集出教學效度。第一觀察者除了身為研究者，也處於教學者的立場，在觀察重點上以理論的實務性、教學的流暢性、學生的學習反應為焦點，因此能夠在創意對象論說文教學後進行教學者省思，修正創意後設論

說文教學設計，依序而建構出完整的創意論說文寫作教學；第二觀察者則以反映理論以及教學的效度進行前後測並寫作相關文本。值得一提的是，在本研究第一章第二節五項研究目的中，第二觀察者能夠具體反映出第二目的、第三目的以及第四目的的寫作成效，如下：

> 　教導學童將經驗中的所知、所見、所思轉化成文字的敘述，透過基本語文能力的訓練與修飾，提升論說文寫作能力，進而懂得欣賞論說文的好處，創新觀念！
>
> 　引導學童進行創意性寫作思考，建立適度的思維空間與引導適宜的經驗素材，增加學童寫作的深度與廣度。
>
> 　透過邏輯性的創意論說文寫作教學，激發學生寫作的興趣、增加學生創意的注入，讓寫作能更有內容，更有可看性。

由此足見理論建構的可信性及實施成效；第三觀察者以旁知觀點觀察教學理論的模式、教師教學的客觀模式以及學生學習的客觀條件，確認了研究目的的信度。在實務印證過程中，第三觀察者以本理論架構進行該班的論說文寫作教學，也頗有成效，佐證了創意論說文寫作教學在國小場域的可行性，能夠推廣到其他的教學班級。

因此，「創意論說文寫作教學」從理論建構到理論實證，透過一層層的建構到一層層的實證，印證了足以在國小教學場域進行有效性的教學。

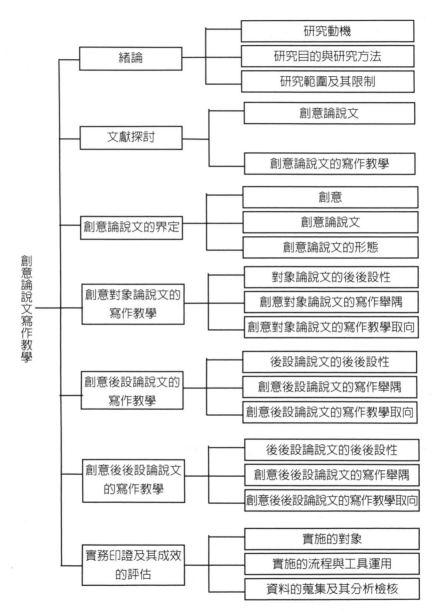

圖 8-1-1　本研究理論建構圖

第二節　未來的展望

　　創意論說文寫作教學理論建構已經相當完善，能夠展現在論說文寫作中的創意手法（無中生有、製造差異）、透析論說文寫作的論說層次（對象性、後設性、後後設性）、涵蓋論說文寫作的三大語文經驗（知識性、規範性、審美性），但「研究限制」隨著研究範圍而產生，因此針對「創意論說文寫作教學」在未來教學現場，提出本研究理論架構所帶來的具體發展方向。

一、理論建構方面

　　理論建構透過三面向（創意手法、論說層次、語文經驗）的交集，可以組織成一個完整且深具教學效度的創意論說文寫作教學，因本理論建構是以一個全方位的寫作題材為範疇，礙於篇幅及研究時間，對於語文經驗中三大經驗所包含各學科的深層引導，無法呈現。因此，提供後續研究者能夠延續建構。經驗方向以周慶華《語文教學方法》所建構的內容為指引，如知識經驗可先分三大學科再進行細分（如圖8-2-1），足見知識經驗包羅萬象，未來研究展望相當可期。

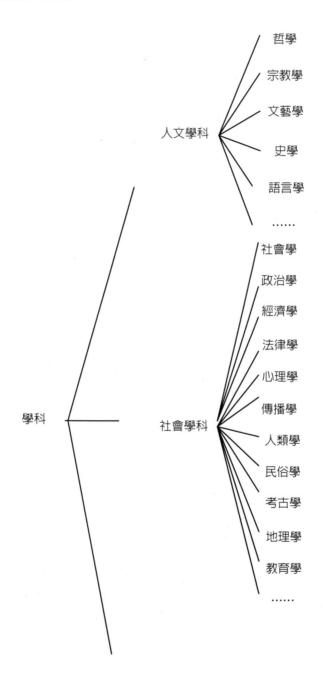

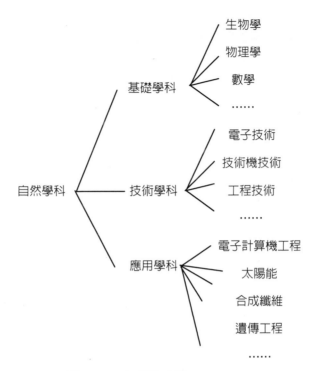

圖 8-2-1 知識取向圖

（周慶華，2007a：152）

又如規範經驗主分三大領域（如圖 8-2-2），就可統括所有。

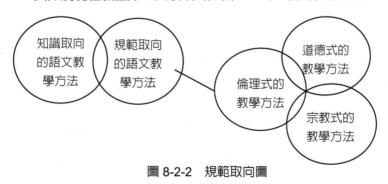

圖 8-2-2 規範取向圖

（周慶華，2007a：230）

審美經驗主以三大觀型文化進行劃分，如下圖所示：

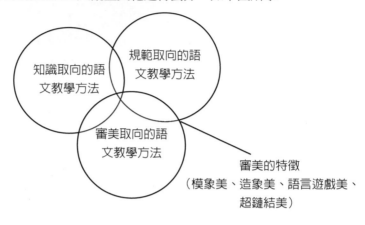

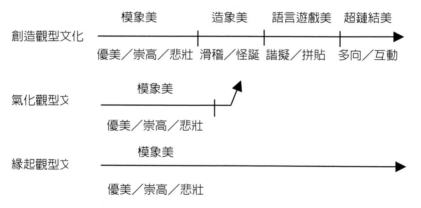

美取向圖

（周慶華，2007a：283）

審美經驗多元性的取向，同樣深具研究深度。

二、實務檢證方面

　　實務檢證因侷限於小學現場，所以無法廣泛通用於各種寫作教學場域。因此，在升學取向的補教場域以及非制式場域進行實務教學時需考量該場域的地域性及對象。另外，因為推廣時間侷限，無法作更紮實的推廣，倘若能夠進行各年段長期的「創意論說文寫作教學」的模式教育，將會更有探討成效的空間，也能減少學童因為程度的不同所造成的學習落差，謹供後續教學者和研究者參酌。

參考文獻

王瑞（2002），〈創造思考教學策略對學生創造力之影響〉，《臺灣教育》，641，24-28，臺北。

王萬清（1990），《創造性閱讀與寫作教學》，高雄：復文。

王鼎鈞（1984），《作文七巧》，臺北：吳氏。

王嘉燕（2006），《臺北市國小教師國語文寫作教學實施之調查研究——運用 SWOT 分析》，臺北市立教育大學課程與教學研究所碩士班碩士論文，未出版，臺北。

史榮新（2010），《掌握生命的高度，活出生命的寬度：23 個改變生命的心靈感悟》，臺北：曼尼。

司恩魯（2001），《獨立是女人一生的功課》，臺北：水晶。

布裕民、陳漢森（1993），《文體寫作指導》，臺北：書林。

朱豔英（1994 ），《文章寫作學》，高雄：麗文。

牟宗三（1986），《中國哲學十九講》，臺北：學生。

何權峰（2002），《別扣錯第一顆扣子》，臺北：高寶。

余香青（2007），《創造力融入作文教學之行動研究》，彰化師範大學教育研究所碩士論文，未出版，臺北。

利奇著、李瑞華等譯（1999），《語義學》，上海：上海外語教育。

吳淑玲（1994），《作文的鳳頭與豹尾》，臺北：國語日報。

李博文（2002），《國小高年級學生議論文寫作教學之實驗研究》，屏東師範學院國民教育研究所碩士論文，未出版，屏東。

杜淑貞（1996），《國小作文教學探究》，臺北：學生。

肖衛（2008），《給你一些不一樣的人生智慧》，臺北：大拓。

周成霞（2006），〈論說文教學中應注重審美研究〉，《職業教育研究》，11，72-73，淮安。

周慶華（2001），《作文指導》，臺北：五南。

周慶華（2004a），《語文研究法》，臺北：洪葉。

周慶華（2004b），《創造性寫作教學》，臺北：萬卷樓。

周慶華（2007a），《語文教學方法》，臺北：里仁。

周慶華（2007b），《走訪哲學後花園》，臺北：三民。

岩上（2009），《漂流木》，臺北：秀威。

林佩璇（2004），《學校課程實踐與行動研究》，臺北：高等教育。

林俊賢（2004），〈小學國語文摘寫大意的教學過程分析——以議論文為例〉，《臺東大學教育學報》，15，123-162，臺東。

林保淳等著（1997），《創意與非創意表達》，臺北：里仁。

林冠宏（2009），《以創造思考寫作教學提升國小五年級學生創造力成效之研究》，嘉義大學特殊教育研究所碩士論文，未出版，嘉義。

林建平（2001），《創意的寫作教室》，臺北：心理。

林政華（1991），《文章寫作與教學》，臺北：富春。

林惠文（2002），《伊索寓言的人生啟示》，臺北：華文網。

林瑞景 （2000），《超ㄅㄧㄤˋ的創意作文及新詩教寫》，臺北：萬卷樓。

林璧玉（2009），《創造性的場域寫作教學》，臺北：秀威。

林鬱（1990），《尼采語錄》，臺北：智慧大學。

金城佐夫（2010），《不要對昨天說「抱歉！」》，臺北：新潮社。

金娥（2010），《驕傲的本錢：驕傲也要充分的理由》，臺北：就是。

姚一葦（1992），《審美三論》，臺北：開明。

姜華（2010），《讓心每天開一朵智慧花》，臺北：菁品。

珈璐（2010），《智慧書：真正使人成功的，不是聰明，是智慧》，臺北：一鳴。

紀淑琴（1997），《「思考性寫作教學方案」對國中生寫作能力、後設認知、批判思考及創造思考影響之研究》，臺灣師範大學教育心理與輔導研究所碩士論文，未出版，臺北。

胡幼慧主編（1996），《質性研究：理論、方法及本土女性研究實例》，臺北：巨流。

孫郡鍇（2010），《退路決定出路》，臺北：海洋。

徐復觀（1985），《中國文學論集》，臺北：學生。

徐道鄰（1980），《語意學概要》，香港：友聯。

高敬文（1999），《質化研究方法論》，臺北：師大書苑。

國教社群網（2011），〈97 年國民中小學九年一貫課程綱要（100 學年度實施）〉，網址：http:// teach.eje.edu.tw/9CC2/9cc_97.php，點閱日期：2011.07.07。

國語日報網站（2004），〈「日日談」國家語文的危機〉，網址：http://www.mdnkids.com/info/news/adv_listdetail.asp?serial=32541，點閱日期：2010.07.08。

張育慈（2008），《六七年級國語教科書論說課文之文章結構研究》，新竹教育大學教育學系碩士班碩士論文，未出版，新竹。

張建葆（1994），《兒童作文法典》，臺北：好兄弟。

張建勳（2007），《快樂出走》，臺北：良品文化館。

張智光（2003），《邏輯的第一本書》，臺北：先覺。

張賴妙理（1998），〈科學教師自我評鑑的概念與方法〉，《科學教育月刊》，213：2-13。

張禮文（2010），《女孩到女人的距離 0.5mm》，臺北：海鴿。

教育部（2002），《創造力教育白皮書》，臺北：教育部。

教育部人文藝術學習網（2010），〈創作園地〉，網址：http://arts.edu.tw/game/game/litGame.php?visited=1&link=2，點閱日期：2010.07.24。

教育部國教司（2008），〈97 年國民中小學九年一貫課程綱要（100 學年度實施）〉，網址：http://www.edu.tw/eje/content.aspx?site_content_sn=15326，點閱日期：2010.07.08。

教育部國教司國教社群網（2011），〈97 年國民中小學九年一貫課程綱要（100 學年度實施）〉，網址：http://teach.eje.edu.tw/9CC2/9cc_97.php，點閱日期：2011.07.07。

教育部國語推行委員會編纂（2010），《重編國語辭典修訂本》，http://dict.revised.moe.edu.tw/cgi-bin/newDict/dict.sh?cond=%A7%CE%BAA&pieceLen=50&

　　　fld=1&cat=&ukey=-1893957058&serial=1&recNo=1&op=f&imgFont=1，點
　　　閱日期：2010.08.01。

郭一帆（2007），《思路決定財路》，臺北：大利。

陳明賀（2008），《思考，沒有框框：成功的思考法》，臺北：曼尼。

陳照雄（2003.10.1），〈幽默一下〉，《聯合報》　E16版。

陳鳳如　（1993），〈活動式寫作教學法對國小兒童寫作表現與寫作歷程之實驗
　　　效果研究〉，《教育研究資訊》，1（5），51，臺北。

陳鳳如（1993），《活動式寫作教學法對國小兒童寫作表現與寫作歷程之實驗效
　　　果研究》，臺灣師範大學教育心理與輔導研究所碩士論文，未出版，臺北。

陳龍安（1988），《創造思考教學的理論與實際》，臺北：心理。

陳龍安（1995），《創造思考教學》，香港：青田教育中心。

陸怡琮、曾慧禎（2004），〈不同寫作表現的國小六年級學童在寫作歷程中的
　　　後設認知行為之比較〉，《國立臺北師範學院學報》，17，187-212，臺北。

傅大為（1994），《基進筆記》，臺北：桂冠。

傅佩榮（2006），《生命的精彩由自己決定》，臺北：九歌。

傅皓政（2003），《大師不敢翹的課：聰明思考的十個邏輯》，臺北：御書房。

最上　悠（2009），《負面思考的力量》，臺北：商周。

黃秀金（2008），《國小看圖作文教學研究》，屏東教育大學中國語文學系碩士
　　　論文，未出版，屏東。

黃清輝（2008），〈論說文的兩把鑰匙〉，《母語演講競賽賽前研習講義》，南投：
　　　竹山高中。

楊子嬰、孫芳銘、潘鈺宏（1988），《作文指要》，香港：雅苑。

葉玉珠（2006），《創造力教學》，臺北：心理。

葉保強、余錦波（1994），《思考與理性思考》，臺北：商務。

詹斯匡（2008），《兒童創造力開發之教學研究——以圖畫書創作為例》，臺東
　　　大學兒童文學研究所碩士論文，未出版，臺東。

臺灣商務印書館編審部（1971），《哲學辭典》，臺北：臺灣書店。

裴玲（2004），《跳下懸崖找條路》，臺北：知本家。

趙雅博（1990），《知識論》，臺北：幼獅。

劉佳玟（2006），《創造思考作文教學法對國小五年級學童在寫作動機及寫作表現上的影響》，屏東教育大學教育科技研究所碩士論文，未出版，屏東。

劉宓慶（1998），《文體與翻譯》，臺北：書林。

劉瑩（1995），〈創造思考教學對國小五年級學生作文能力之影響〉，《第一屆小學語文課程教材教法國際學術研討會論文集》，臺東：臺東師範學院。

歐崇敬（2010），《創意學——激發潛能的腦內大革命》，臺北：秀威。

蔡佳真（2009），《從短文寫作到小說創作——國小高年級創意思考寫作的轉變歷程》，臺東大學兒童文學研究所碩士論文，未出版。

蔡雅泰 （1994），《國小三年級創造性作文教學實施歷程與結果之研究》，屏東師範學院初等教育學系碩士論文，未出版，屏東市。

蔣敬祖（2007），《Wii 為什麼會 Win》，臺北：我識。

鄭存琪（2009），《放慢‧放鬆‧放下》，臺北：原水。

曉馨（2008），《很重要》，臺北：海鴿。

賴慶雄、楊慧文（1997），《作文新題型》，臺北：螢火蟲。

閻志強（2009），〈評論寫作的要素及其分類〉，《文學教育》，9，34-35，北京。

彌賽亞編譯（2006），《猶太人商學院》，臺北：易富。

謝婷（2010），《會幸福的女人》，臺北：大拓。

謝錫金（2000），〈綜合高效寫作教學法——新全語文寫作〉，網址：http://www.chineseedu.hku.hk/ChineseTeachingMethod/whole/theory/ ，點閱日期：2010.07.09。

Alex Tresniowski 著、藍美貞、高仁君譯（2003），《當生命請你吃檸檬》，臺北：天下。

Anne Morrow Lindbergh 著、唐清蓉譯（1996），《海之禮：一本回歸素樸生活的島嶼沉思集》，臺北：遠流。

Anselm Strauss&Juliet Corbin 著、徐宗國譯（1997），《質性研究概論》，臺北：巨流。

David Weinberger 著、周宜芳譯（2008），《亂是一種新商機》，臺北：天下遠見。

DonaldC. Gause、Gerald M.Weinberg 著、蘇耿弘譯（2010），《真正的問題是什麼？你想通了嗎？》，臺北：經濟新潮社。

Edward de Bono 著、余阿勳譯（1989），《水平思考法》，臺北：水牛。

Edward de Bono 著、謝君白譯（1996），《水平思考法》，臺北：桂冠。

Elizzabeth C. Traugott and Mary L. Pratt.（1980）.Linguistics for Students of Literature. Harcourt Brace Joranorech.Inc.P29.

Eric Abrahamson ＆ David H.Freedman 著、李明譯（2007），《亂好》，臺北：大塊。

Ernie J.Zelinski 著、譚家瑜譯（2003），《生命中不該忘記的事》，臺北：遠流。

Eva Christiane Wetterer 著、陳素幸譯（2006），《決技 40 種有效決策利器》，臺北：商智。

John Briggs and F.David Peat 著、姜靜繪譯（2000），《亂中求序：混沌理論的永恆智慧》，臺北：先覺。

Matthieu Ricard 著、賴聲川、丁乃竺譯（2007），《快樂學：修練幸福的 24 堂課》，臺北：天下雜誌。

Paul Norman Tuttle 著、林慧如、若水譯（2010），《人生畢業禮》，桃園：奇蹟。

Peter A.Angeles 著、段得智、尹大貽、金常政譯（2001），《哲學辭典》，臺北：貓頭鷹。

Rich Gold 著、郭彥銘譯（2008），《夠了！創意》，臺北：馬可字羅。

Ronald Wright 著、達娃譯（2007），《失控的進步》，臺北：野人。

Stephen Bowkett 著、賴麗珍譯（2007），《思考技能教學的 100 個點子》，臺北：心理。

Thomas Kida 著、陳筱宛譯（2010），《別掉入思考的陷阱》，臺北：商周。

Tony Buzan 著、陳昭如譯（2007），《圖解心智圖的第一本書》，臺北：新手父母。

附錄

一、資料編碼表

（一）創意對象論説文

代碼	資料類型	對象	時間	記錄方式	編碼
A	觀察	各組抽樣	2011.03.29	摘記	觀 A1 摘 2011.03.29
	觀察	各組抽樣	2011.03.29	摘記	觀 A2 摘 2011.03.29
	觀察	各組抽樣	2011.03.29	摘記	觀 A3 摘 2011.03.29
	反思	全班	2011.03.22	摘記	思 A 摘 2011.03.22

（二）創意後設論説文

代碼	資料類型	對象	時間	記錄方式	編碼
B	觀察	各組抽樣	2011.04.13	摘記	觀 B1 摘 2011.04.13
	觀察	各組抽樣	2011.04.13	摘記	觀 B2 摘 2011.04.13
	觀察	各組抽樣	2011.04.13	摘記	觀 B3 摘 2011.04.13
	反思	全班	2011.04.06	摘記	思 B 摘 2011.04.06

（三）創意後後設論說文

代碼	資料類型	對象	時間	記錄方式	編碼
C	觀察	各組抽樣	2011.04.26	摘記	觀 C1 摘 2011.04.26
	觀察	各組抽樣	2011.04.26	摘記	觀 C2 摘 2011.04.26
	觀察	各組抽樣	2011.04.26	摘記	觀 C3 摘 2011.04.26
	反思	全班	2011.04.19	摘記	思 C 摘 2011.04.19

（四）創意論說文

代碼	資料類型	對象	時間	記錄方式	編碼
D	觀察	各組抽樣	2011.05.18	摘記	觀 D1 摘 2011.05.18
	觀察	各組抽樣	2011.05.18	摘記	觀 D2 摘 2011.05.18
	觀察	各組抽樣	2011.05.18	摘記	觀 D3 摘 2011.05.18
	觀察	各組抽樣	2011.05.18	摘記	觀 D4 摘 2011.05.18
	觀察	各組抽樣	2011.05.18	摘記	觀 D5 摘 2011.05.18
	反思	全班	2011.05.11	摘記	思 D 摘 2011.05.11
	反思	第三觀察者	2011.05.12	摘記	思 D 摘 2011.05.12

二、學生訪談問卷

（一）國小六年級學童在創意論說文寫作的自我認知、情意、技能程度

一、基本資料：請在□中勾選，我是：【 　 】組【 　　　　　 】			
我是□男生 　　□女生	我是□87年出生 　　□88年出生	我□曾經補習過作文 □不曾補習過作文	我在家中 □排行老大 □不是老大	我從（　）歲 開始寫作文

二-1 認知程度：

請根據你對於「創意」、「論說文」、「寫作」的主題來回答。

1. 我覺得創意是相反，如上到下變下到上
   □完全同意□有點同意□普通□有點不同意□完全不同意

2. 我覺得創意就是不一樣
   □完全同意□有點同意□普通□有點不同意□完全不同意

3. 我覺得論說文一定要說正向的道理
   □完全同意□有點同意□普通□有點不同意□完全不同意

4. 我覺得論說文就是說明道理，不能夠有情感跟藝術等其他內容
   □完全同意□有點同意□普通□有點不同意□完全不同意

5. 我覺得寫作可以透過多次練習而進步
   □完全同意□有點同意□普通□有點不同意□完全不同意

6. 我覺得寫作必須要有主題相關經驗才會寫
   □完全同意□有點同意□普通□有點不同意□完全不同意

二-2 情意程度：

請根據你對於「創意」、「論說文」、「寫作」的主題來回答。

1. 我喜歡有創意的生活事物
   □完全同意□有點同意□普通□有點不同意□完全不同意

2. 我喜歡從和他人不同的角度去思考
   □完全同意□有點同意□普通□有點不同意□完全不同意

3. 我覺得論說文比其他文體好寫
   □完全同意□有點同意□普通□有點不同意□完全不同意

4. 我覺得寫論說文可以幫助我獲得真理
   □完全同意□有點同意□普通□有點不同意□完全不同意

5. 我覺得寫作讓我樂於寫出我的真實想法
   □完全同意□有點同意□普通□有點不同意□完全不同意

6. 我覺得寫作讓我更知道如何完整表達思想
   □完全同意□有點同意□普通□有點不同意□完全不同意

二-3 技能程度：

請根據你對於「創意」、「論說文」、「寫作」的主題來回答。

1. 我覺得利用文字表現創意是個不錯的方法

　　□完全同意□有點同意□普通□有點不同意□完全不同意

2. 我會用文字表現我思想中的創意內容

　　□完全同意□有點同意□普通□有點不同意□完全不同意

3. 我了解論說文的寫法、結構

　　□完全同意□有點同意□普通□有點不同意□完全不同意

4. 我能理解別人寫論說文的主要重點

　　□完全同意□有點同意□普通□有點不同意□完全不同意

5. 我能夠善用不同的語詞來寫作

　　□完全同意□有點同意□普通□有點不同意□完全不同意

6. 我能夠獨力完成一篇作文

　　□完全同意□有點同意□普通□有點不同意□完全不同意

二-4 綜合程度：

請根據你對於「創意論說文寫作」這一個主題來回答。

1. 我覺得這個主題有特殊性

　　□完全同意□有點同意□普通□有點不同意□完全不同意

2. 我覺得主題重點在於創意，而不是論說文

　　□完全同意□有點同意□普通□有點不同意□完全不同意

3. 我覺得我每次寫的文章都很有創意

　　□完全同意□有點同意□普通□有點不同意□完全不同意

4. 我覺得在寫創意方面，論說文比其他文體更好發揮

　　□完全同意□有點同意□普通□有點不同意□完全不同意

5. 創意論說文的道理可以不是合乎常理的

　　□完全同意□有點同意□普通□有點不同意□完全不同意

三、目前我對於「創意」、「論說文」、「寫作」所產生的困難

關於「創意」，我覺得困難的是：_____

關於「論說文」，我覺得困難的是：_____

關於「寫作」，我覺得困難的是：_____

（二）六年 A 班學童在論説文寫作教學前的「國語文寫作能力分段指標」程度

國民中小學九年一貫課程綱要 語文學習領域 （國語文寫作能力分段指標）	實施前 （5分為最高）					實施後				
	5	4	3	2	1	5	4	3	2	1
6-3-1 能正確流暢的遣詞造句、安排段落、組織成篇。	5	4	3	2	1	5	4	3	2	1
6-3-1-1 能應用各種句型，安排段落、組織成篇。	5	4	3	2	1	5	4	3	2	1
6-3-2 能知道寫作的步驟，逐步豐富內容，進行寫作。	5	4	3	2	1	5	4	3	2	1
6-3-2-1 能知道寫作的步驟，如：從蒐集材料到審題、立意、選材及安排段落、組織成篇。	5	4	3	2	1	5	4	3	2	1
6-3-2-2 能練習利用不同的途徑和方式，蒐集各類寫作的材料。	5	4	3	2	1	5	4	3	2	1
6-3-2-3 能練習從審題、立意、選材、安排段落及組織等步驟，習寫作文。	5	4	3	2	1	5	4	3	2	1
6-3-3 能培養觀察與思考的寫作習慣。	5	4	3	2	1	5	4	3	2	1
6-3-3-1 能養成觀察周圍事物，並寫下重點的習慣。	5	4	3	2	1	5	4	3	2	1
6-3-4 能練習不同表述方式的寫作。	5	4	3	2	1	5	4	3	2	1
6-3-4-1 能學習敘述、描寫、說明、議論、抒情等表述方式，練習寫作。	5	4	3	2	1	5	4	3	2	1
6-3-4-2 能配合學校活動，練習寫作應用文（如：通知、公告、讀書心得、參觀報告、會議紀錄、生活公約、短篇演講稿等）。	5	4	3	2	1	5	4	3	2	1
6-3-4-3 能應用改寫、續寫、擴寫、縮寫等方式寫作。	5	4	3	2	1	5	4	3	2	1

6-3-4-4 能配合閱讀教學，練習撰寫心得、摘要等。	5	4	3	2	1	5	4	3	2	1
6-3-5 能具備自己修改作文的能力，並主動和他人交換寫作心得。	5	4	3	2	1	5	4	3	2	1
6-3-5-1 能經由共同討論作品的優缺點，以及刊物編輯等方式，主動交換寫作的經驗。	5	4	3	2	1	5	4	3	2	1
6-3-6 能把握修辭的特性，並加以練習及運用。	5	4	3	2	1	5	4	3	2	1
6-3-6-1 能理解簡單的修辭技巧，並練習應用在實際寫作。	5	4	3	2	1	5	4	3	2	1
6-3-7 能練習使用電腦編輯作品，分享寫作經驗和樂趣。	5	4	3	2	1	5	4	3	2	1
6-3-7-1 能利用電腦編輯班刊或自己的作品集。	5	4	3	2	1	5	4	3	2	1
6-3-7-2 能透過網路，與他人分享寫作經驗和樂趣。	5	4	3	2	1	5	4	3	2	1
6-3-8 能發揮想像力，嘗試創作，並欣賞自己的作品。	5	4	3	2	1	5	4	3	2	1
6-3-8-1 能在寫作中，發揮豐富的想像力。	5	4	3	2	1	5	4	3	2	1
6-3-8-2 能嘗試創作（如：童詩、童話等），並欣賞自己的作品。	5	4	3	2	1	5	4	3	2	1
我認為我個人獨特所達到的目標為：										

三、寫作教學活動資料

(一)〈責任〉創意對象論說文寫作教學活動資料

1.創意對象論說文——責任：寫作架構單

創意對象論說文——責任：寫作架構單

第一個論點：保護動植物			創意	第二個論點：			創意
概念1	人類演化高於動植物，有能力也有責任保持生態的平衡。	語文經驗	知識性	動植物的存在有他的權利也有他的義務	概念2	語文經驗	知識性
			規範性				規範性
			審美性				審美性
命題1	保持生態平衡，最重要的工作就是了解生物界的食物鏈，人類也是食物鏈中的一份子，因此保護動植物也是保護人類。	語文經驗	知識性	滅絕的相反可能是大量繁殖，不一定比較好	命題2	語文經驗	知識性
			規範性				規範性
			審美性				審美性
演繹1	保護動植物首重的是生命，因此我們應該1.維護生存權2.控制數量3.進行規劃運用。	語文經驗	知識性	不只人類有動植物有責任，動植物對人類也有相對的責任	演繹2	語文經驗	知識性
			規範性				規範性
			審美性				審美性

（二）〈責任〉創意後設論說文寫作教學活動資料

1. 創意後設論說文——責任：寫作架構單

創意後設論說文——責任：寫作架構單

第一個論點：保護動植物			創意	第二個論點：		創意
概念1	人類演化高於動植物，有能力也有責任保持生態的平衡	後設概念1	保持平衡的方法不是不殺不砍，而是要讓他有一定的存在數量	動植物的存在有他的權利也有他的義務	概念2		後設概念2	
命題1	保持生態平衡，最重要的工作就是了解生物界的食物鏈，人類也是食物鏈中的一份子，因此保護動植物也是保護人類	後設命題1	人類對於動植物不是只有使用權，因為過度的使用會讓動植物滅絕，到時候也會連帶影響人類的生存。	滅絕的相反可能是大量繁殖，不一定比較好	命題2		後設命題2	
演繹1	保護動植物首重的是生命，因此我們應該 1.維護生存權 2.控制數量 3.進行規劃運用。	後設演繹1	因此，我們進行 1.滅種動物的培育 2.稀有動物的替代品養殖 3.人工繁殖	不只人類有動植物有責任，動植物對人類也有相對的責任	演繹2		後設演繹2	

（三）〈責任〉創意後後設論說文寫作教學活動資料

1.創意後後設論說文──責任：寫作架構單

創意後後設論說文──責任：寫作架構單

第一個論點：		節能減碳		創意				創意
概念1	環境保護是我們的責任	後設概念1	節省能源能夠保存地球資源：減少碳排放量能夠減緩地球暖化		後後設概念1	節省能源以外，還可尋找替代能源，如綠能源，讓更多的低碳能源替代碳排放高的能源。	
命題1	地球是人類唯一的生存地方，因為擁有空氣、水和陽光。	後設命題1	地球資源是有限的，會有用完的一天；減碳除了能夠節能，也能保護地球溫度		後後設命題1	尋找可以循環或者再生的資源，來接替目前的能源危機，也可以透過地球的循環效應讓碳被自然吸收。	
演繹1	人類的生存掌握在地球的健康狀態，地球被破壞了，人類也會滅亡！	後設演繹1	重複使用資源並且使用低碳的相關資源，就能一點一滴的減緩地球的傷害		後後設演繹1	節能減碳是消極的作法，積極的作法是找到永續的能源，使用上能夠有最大的優點，最少的缺點，這就是人們對於地球應盡的責任。	

創意後後設論說文——責任:寫作架構單

第二個論點:			創意			創意
概念1		後設概念1		後後設概念1		
命題1		後設命題1		後後設命題1		
演繹1		後設演繹1		後後設演繹1		

創意後後設論說文——責任:寫作架構單

第三個論點:			創意			創意
概念1		後設概念1		後後設概念1		

命題1	後設命題1	─	後後設命題1	▶	
演繹1	後設演繹1	─	後後設演繹1	▶	

2.創意後後設論說文——責任：寫作成文單

創意後後設論說文——責任：寫作架構單

第一個論點： 節能減碳				創意			創意
概念1	環境保護是我們的責任	後設概念1	節省能源能夠保存地球資源：減少碳排放量能夠減緩地球暖化		後後設概念1	節省能源以外，還可尋找替代能源，如綠能源，讓更多的低碳能源替代碳排放高的能源。	
命題1	地球是人類唯一的生存地方，因為擁有空氣、水和陽光。	後設命題1	地球資源是有限的，會有用完的一天；減碳除了能夠節能，也能保護地球溫度		後後設命題1	尋找可以循環或者再生的資源，來接替目前的能源危機，也可以透過地球的循環效應讓碳被自然吸收。	

| 演繹1 | 人類的生存掌握在地球的健康狀態，地球被破壞了，人類也會滅亡！ | 後設演繹1 | 重複使用資源並且使用低碳的相關資源，就能一點一滴的減緩地球的傷害 | | 後後設演繹1 | 節能減碳是消極的作法，積極的作法是找到永續的能源，使用上能夠有最大的優點，最少的缺點，這就是人們對於地球應盡的責任。 | |

創意後後設論說文──責任：寫作成文單

第一段（6行）開頭	第二段（12行）正文一	第三段（12行）正文二	第四段（5行）結論
責任，對每一個人來說，都是存在的。無論是成人或是兒童，該盡的責任是多與少，而不是有與無。而我認為目前人們該盡的責任至少有兩個，一個是「節能減碳」，另一個則是「　」。	節能減碳不只是一個口號，更是生長在地球上的每個生物都該努力付出的責任。因為科技的發展使得人類數百年的能源都將在近幾十年耗盡，並且產生了讓地球升溫的碳，讓地球變得越來越難「相處」。因此我們除了節省能源以外，還可尋找替代能源，如綠能源，讓更多的低碳能源替代碳排放高的能源。另外，尋找可以循環或者再生的資源，來接替目前的能源危機更可以延續人類的文明發展，並透過地球的循環效應讓碳被自然		人類應盡的責任是不會有完結的一天，因為人類不斷的建立自己的權利，相對的也就必須盡到應盡的責任義務，「節能減碳」不能只是流行，而必須當作重大建設來努力，……，盡責任不該只是為自己，更要眼光放大，讓人類的社會更美好！

	吸收。當然，節能減碳是消極的作法，積極的作法是找到永續的能源，使用上能夠有最大的優點，最少的缺點，這就是人們對於地球應盡的責任。		

（四）《守信》創意後後設論説文寫作教學活動資料

1 創意論説文——守信：寫作架構單

創意論説文——守信：寫作架構單

第一個論點：守信的好處			創意			創意
概念1	守信可以獲得信任、好名聲	後設概念1	信任，可以拉近與他人的距離 信任增加成功的機率 信用是無價的 好名聲是好品德之一		後後設概念1	與人親近，能夠彼此團結 建立好名聲，能夠獲得更廣的友情 好品德勝過於一切外在
命題1	因為信任，可以結交到好朋友，也能夠擴展自己的生活圈，好名聲可以讓自己處理許多事情更順利。	後設命題1	成功就是得到表面的風光，還要有許多值得保留的條件，因為這些條件會讓下一次的成功更順利。		後後設命題1	讓人敬佩的不是財富，而是有高尚的品德條件，也才能夠帶動社會進步，更能夠影響社會往後的發展。
演繹	好名聲、好朋友是每個人都需要	後設	成功的方法很多，但沒有信用		後後	守信所帶來的善良行為流傳久遠，受

| 1 | 擁有的，那能使我們的生活更加完善。 | 演繹1 | 一定不會成功，再多的財富也買不回信任，更無法洗刷曾經沒有信用的記錄。 | | 設演繹1 | 益無遠弗屆！ | |

創意論說文──守信：寫作架構單

第二個論點：			創意			創意
概念2	後設概念2			後後設概念2		
命題2	後設命題2			後後設命題2		
演繹2	後設演繹2			後後設演繹2		

2 創意論說文——守信：寫作成文單

創意論說文——守信：寫作架構單

第一個論點：				創意			創意
概念1		後設概念1			後設概念1	與人親近，能夠彼此團結 建立好名聲，能夠獲得更廣的友情 好品德勝過於一切外在	
命題1		後設命題1			後設命題1	讓人敬佩的不是財富，而是有高尚的品德條件，也才能夠帶動社會進步，更能夠影響社會往後的發展	
演繹1		後設演繹1			後設演繹1	守信所帶來的善良行為流傳久遠，受益無遠弗屆！	

創意論說文──守信：寫作成文單

第一段（6行）開頭	第二段（12行）正文一	第三段（12行）正文二	第四段（5行）結論
守信，遵守誠信除了能夠與人親近，促進彼此團結，還能夠建立好名聲，更能夠獲得更廣的友情，這些的重要性都說明了守信的重要性。	首先，遵守誠信，能夠拉近彼此的距離，在與人親近的過程中，建立好名聲，能夠獲得更廣的友情，進而彼此團結。再者，誠信的互動更能夠帶動社會進步，因為人們彼此的誠信，增加了更多的溫暖，也更能夠影響社會往後的發展，成為對社會更有助益的人士，		誠信，是人與人情感最珍貴的地方，守信所帶來的善良行為流傳久遠，受益無遠弗屆！
	所帶來的影響遠比金錢富有的人要來得深遠，仔細思考歷史上的成功人物，成功的原因很多，但一定具有絕對的誠信，因此獲得後人敬佩，由此可知，守信所帶來的善良行為不因為人類生命而有所損傷，反而能夠帶給社會一個學習的榜樣。		

社會科學類　PF0074　東大學術 46

創意論說文寫作教學

作　　者 / 張銘娟
責任編輯 / 林千惠
圖文排版 / 楊尚蓁
封面設計 / 陳佩蓉

發 行 人 / 宋政坤
法律顧問 / 毛國樑　律師
印製出版 / 秀威資訊科技股份有限公司
　　　　　 114 台北市內湖區瑞光路 76 巷 65 號 1 樓
　　　　　 電話：+886-2-2796-3638　傳真：+886-2-2796-1377
　　　　　 http://www.showwe.com.tw
劃撥帳號 / 19563868　戶名：秀威資訊科技股份有限公司
　　　　　 讀者服務信箱：service@showwe.com.tw
展售門市 / 國家書店（松江門市）
　　　　　 104 台北市中山區松江路 209 號 1 樓
　　　　　 電話：+886-2-2518-0207　傳真：+886-2-2518-0778
網路訂購 / 秀威網路書店：http://www.bodbooks.com.tw
　　　　　 國家網路書店：http://www.govbooks.com.tw
圖書經銷 / 紅螞蟻圖書有限公司
　　　　　 114 台北市內湖區舊宗路二段 121 巷 28、32 號 4 樓
　　　　　 電話：+886-2-2795-3656　傳真：+886-2-2795-4100

2011 年 12 月 BOD 一版
定價：380 元
版權所有　翻印必究
本書如有缺頁、破損或裝訂錯誤，請寄回更換

國家圖書館出版品預行編目

創意論說文寫作教學 / 張銘娟著. -- 一版. -- 臺北市：秀
威資訊科技, 2011. 12
　　面 ；　　公分. -- (社會科學類 ；PF0074)(東大學術 ；46)
BOD 版
ISBN 978-986-221-867-9(平裝)

1. 漢語教學　2. 論說文　3. 寫作法

802.723   100020863

讀者回函卡

感謝您購買本書,為提升服務品質,請填妥以下資料,將讀者回函卡直接寄回或傳真本公司,收到您的寶貴意見後,我們會收藏記錄及檢討,謝謝!如您需要了解本公司最新出版書目、購書優惠或企劃活動,歡迎您上網查詢或下載相關資料:http:// www.showwe.com.tw

您購買的書名:＿＿＿＿＿＿＿＿＿＿＿＿＿＿＿＿＿＿＿＿＿＿

出生日期:＿＿＿＿年＿＿＿＿月＿＿＿＿日

學歷:□高中 (含) 以下　　□大專　　□研究所 (含) 以上

職業:□製造業　□金融業　□資訊業　□軍警　□傳播業　□自由業
　　　□服務業　□公務員　□教職　　□學生　□家管　□其它＿＿＿

購書地點:□網路書店　□實體書店　□書展　□郵購　□贈閱　□其他

您從何得知本書的消息?

　□網路書店　□實體書店　□網路搜尋　□電子報　□書訊　□雜誌

　□傳播媒體　□親友推薦　□網站推薦　□部落格　□其他＿＿＿＿＿

您對本書的評價:(請填代號　1.非常滿意　2.滿意　3.尚可　4.再改進)

　封面設計＿＿＿　版面編排＿＿＿　內容＿＿＿　文／譯筆＿＿＿　價格＿＿＿

讀完書後您覺得:

　□很有收穫　□有收穫　□收穫不多　□沒收穫

對我們的建議:＿＿＿＿＿＿＿＿＿＿＿＿＿＿＿＿＿＿＿＿＿＿＿

＿＿＿＿＿＿＿＿＿＿＿＿＿＿＿＿＿＿＿＿＿＿＿＿＿＿＿＿＿＿＿

＿＿＿＿＿＿＿＿＿＿＿＿＿＿＿＿＿＿＿＿＿＿＿＿＿＿＿＿＿＿＿

＿＿＿＿＿＿＿＿＿＿＿＿＿＿＿＿＿＿＿＿＿＿＿＿＿＿＿＿＿＿＿

11466
台北市內湖區瑞光路 76 巷 65 號 1 樓

秀威資訊科技股份有限公司　　　收

BOD 數位出版事業部

....

（請沿線對折寄回，謝謝！）

姓　　名：＿＿＿＿＿＿＿＿＿　年齡：＿＿＿＿　性別：□女　□男

郵遞區號：□□□□□

地　　址：＿＿＿＿＿＿＿＿＿＿＿＿＿＿＿＿＿＿＿＿＿＿＿

聯絡電話：(日)＿＿＿＿＿＿＿＿＿　(夜)＿＿＿＿＿＿＿＿＿

E-mail：＿＿＿＿＿＿＿＿＿＿＿＿＿＿＿＿＿＿＿＿＿＿